未完稿

陈思和——著

中国出版集团
東方出版中心

图书在版编目(CIP)数据

未完稿／陈思和著. —上海：东方出版中心，2019.7

ISBN 978-7-5473-1442-5

Ⅰ.①未… Ⅱ.①陈… Ⅲ.①中国文学—现代文学—文学史研究—文集②小说评论—中国—当代—文集③华文文学—文学研究—世界—文集 Ⅳ.①I206-53②I106-53

中国版本图书馆 CIP 数据核字(2019)第 053414 号

未完稿

出版发行：东方出版中心
地　　址：上海市仙霞路 345 号
电　　话：(021)62417400
邮政编码：200336
印　　刷：山东鸿君杰文化发展有限公司
开　　本：890mm×1240mm　1/32
字　　数：180 千字
印　　张：8.75
版　　次：2019 年 7 月第 1 版第 1 次印刷
ISBN 978-7-5473-1442-5
定　　价：58.00 元

目录

辑三　世界华文文学研究

【附录】

坚持：知识分子的精神岗位是不能改变的(代序)

——答《新京报》记者问

问：陈老师，你是上世纪90年代"人文精神寻思"的发起者之一。时隔二十年，你对中国的人文精神现状有了什么新的认识？

答：就现在的上海都市生活状况而言，知识分子虽然还是不富裕，但是比上世纪末的那些年要好多了。悬置政治领域不谈，我觉得当代人的文化生活，主要出现两个新的现象：一是对我们当下的生活状态是回避的。二十年前市场经济新兴的时候，学者是不回避现实生活的，我们发起"人文精神寻思"的讨论，就是觉得可以为避免市场经济带来负面因素而有所作为。二十年前我们很清醒市场经济的两面性，在带来生产力发展和人性解放的同时，也一定会带来物欲横流、人欲过度乃至道德滑坡。作为社会主义国家的中国，要发展商品经济那一套，已经有了前车之鉴，是可以在总结资本主义经济两百多年来的经验教训的基础上发展自己的。当时的"人文精神寻思"就是这样的努力：希望国家和大多数人能够认识到市场经济对社会风气和道德理想可能带来的伤害，并且有意识地去避免。

当时我做"火凤凰"系列丛书，也是基于这样的前提——人一定要用一种精神理想来抗衡社会上可能出现的负面的文化因素。但是很不幸，市场经济经过二十年的发展，恰恰就是在人文精神这方面陷于一种完全不设防的、全面崩溃的状态。这个问题我一直在思考，中国更需要人文传统，对人世的走向起到中流砥柱的作用。可是为什么最终人文传统还是淹没在商海之中，受到社会的集体唾弃？过了二十年，人文精神非但没有发展，社会上还出现了那么多骇人听闻的事件，今天媒体报道和网络上流传的那些社会案件、负面新闻难道和人文精神的缺失没有联系吗？

问：为什么二十年后我们物质上富裕了，可是人文精神的现状更令人忧虑了？

答：这正是我们要反思的。人文精神不是国家法律也不是天外来客，它就是你我心中的"宗教"，是人之所以为人的信念。人要相信自己，首先就是要相信人是有良知的。我们今天看见路人为抢道打架、老人被撞无人相助等不良社会现象，内心深处会感到有压力，会有自我谴责，只是良知在黑白颠倒的世界里，被各种利益博弈所压倒，陷入自我麻痹的状态。现在网上越是对各种负面新闻铺天盖地渲染，人心忏悔的恐惧就越是强烈。其实个人对自己做了不光彩的事情，内心是有恐惧的，但是负能量转换为一种集体行为以后，就变成了"这个世界就是这样的"等等似是而非的观念，以此来麻痹自我的良心。一个人要逃避自我谴责，要寻求心理解脱，他就会强调："现在社会人人都是这样，我这样做也就没什么关系。"这种观念与人文精神的衰败是有密切联系的。

问：你曾说“如今我们的文化生活、文学趋势之急剧变化，一点也不亚于1980年代中期的革命性转型”，可否谈谈其中的相似性？你现在对于“社会转型”有什么新想法吗？

答：二十年前“人文精神寻思”的大讨论时，我觉得“转型”、“过程”等等都是一种社会正在发展的动态的未完成状态，但经过这二十年后，我的想法变了。我觉得“社会转型”是一种假设的目的。现在我们都在嚷嚷社会转型，但其实“转”到哪里我们并不清楚。1980年代百废待兴，社会转型总方向明确，要走向一个积极正向发展的新世界，可是到了1990年代经济开始起飞，大家的意见反而分歧了：要“转”向哪里去？所以说，每一代人都有每一代人的困惑和问题。我开始觉得，当下，就是我们的现代性所在，社会永远处于这样的发展变化状态，如果真的达到完美状态，社会就停滞了。这是不可能的。所谓的“社会转型期”，不过是每代人都遇见了自己当下独有的社会和个人问题，而社会一直都在“转型”，知识分子在其中必须发挥功用。所谓“知识分子”，通俗地说，一是要有知识，二是要有担当，这是一种缺一不可的组合关系。

问：但现在，其实社会上确实存在着很多知识分子无法发挥社会担当的因素。

答：原因是多方面的。现在知识分子可能主要集中在学院里，学院是有墙的，和社会是隔离的。人在学院里，可以不看报纸不上网，照样做学术研究，学院可以给你一个“两耳不闻窗外事”的环境。但如果你要做一个真正的知识分子，一个对社会承担责任的人，这样做就不行。知识分子一定要把自己的思索和当下的社会矛盾相结合，一定要把当代人的立场呈现出来，这就需要你去对学院体制作思考。这种体制总体上说是有碍人文学科的个性发展的。比如论文考核、职称评级、课题数量等等，对人文学科的伤害是值得注意的。体制把一切人文研究都转换为量化的数字，但是人文学科是最不能量化的东西，它是跟人走的，没有个体的人，就没有这个学科。

问：当年你与王晓明主编了《火凤凰新批评文丛》之后，又与李辉等人相继推出《火凤凰文库》、《火凤凰青少年文库》、《火凤凰学术遗产丛书》。你曾说这一套"火凤凰"系列是要重返"五四"新文化传统，这是一种怎样的新文化传统？

答：我是一个生命意识很重的人。当年的"火凤凰"系列一共编了四套丛书：从给孩子看的《火凤凰青少年文库》到青年批评家的《火凤凰新批评文丛》，从论述知识分子思想的《火凤凰文库》再到为老年知识分子保存学术成果的《火凤凰学术遗产丛书》。我为什么要编这四套书？我要体现的是一种生命循环的精神，实践一种知识分子的岗位意识。在我的学术研究和教书育人的生涯中，也是要贯彻这个旨意的。今天我很开心，现在活跃在出版界批评界的许多青年朋友，他们不一定是复旦大学毕业的学生，但通过当年我写的、或者编的书籍而有了某种传承意识，这就像火炬传递一样。我现在可以不做什么了，因为已经有人在做我原来想做的工作。如北岳文艺出版社的续小强，还有云南人民出版社的周明全，这些"80后"的青年才俊，我以前并不认识，他们主动来找我，对我说起当年的“火凤凰系列”怎么激励他们，他们一直念念不忘。续小强希望我来策划一套新的青年批评家文丛，就用“火凤凰”这个品牌接着这个出版道路走下去，激励今天的青年文学批评家。周明全也着力编辑出版了“80后”批评家的丛书，为大家做了很多工作。我在这些青年人身上看到了我们当年工作的影子。

问：你所说的知识分子的岗位意识，是你为当下人文精神复苏开出的一剂药方吗？

答：我所说的岗位意识如果能普及到普通人，这个社会就会好转，比如我出门乘出租车，司机开车不小心违反交通法规被罚钱，我就会主动把罚的钱给他。其实我与他并不认识，没必要给的，但是如果我给了，也许会在这个司机的心里加上一点温暖，他会觉得人与人之间是可以相互理解的，他会在某个时刻心存善意，不再怨天尤人，那么我的目的就达到了。如果只是普及到知识分子，那这个社会还有希望，起码有人会呐喊，有人会呼吁社会不要往下沉。如果连知识分子都放弃了，整个社会只有沉沦在道德滑坡里了。

问：你说自己的岗位就是教育、学术和出版这三位一体的实践，而这是你在40岁以后找到的。你40岁时是1994年，是第一次“人文精神寻思”的大讨论发生以后，这是否就是你找到自我道路的转折点？

答：我是从1990年代的“人文精神寻思”开始有这种自觉的。

但丁(1265—1321)是在1307年(即42岁)左右开始写《神曲》的。但他把《神曲》的叙事时间定在1300年复活节周,他35岁那年。所以就有开篇的“拱门之顶”之说,但丁也陷入过精神危机,他在《神曲》一开始就说,在人生中途的自己迷失了路。而我在35岁到40岁这五年内的经历,却让我收益很多。新世纪以后,我的人生观还是发生了些许的改变。新世纪以前,我是从文学入门,探讨的是知识分子独立人生的道路选择。进入新世纪以后,我担任了复旦大学中文系主任,开始为学院体制工作,需要担当起一个系的发展重任。从前我是闲云野鹤,作为一个旁观者,只要做好自己的事情就行,对学院是采取疏离的态度。可是从做了系主任以后,个人与学校的关系、中文系和学校的关系、学科与国内外学术界的关系等等,我都要去沟通协调。但即使这样,我也是带着自己的生命意志进入体制内的,尽量想让一切事宜都处理得有知识分子的风骨。但实际上并不能如意,比如我一方面反对学院体制的僵化,一方面也必须执行这个体制决定的工作任务。我有双重身份,一方面要保护中文系的人文传统和知识传承,尽量维护其中的学术自由环境;另一方面我又要融入体制,去保证各种评估顺利通过,获得各种发展资源。这样的工作我做了十二年,和体制打交道十二年。直到2012年我辞去了系主任的职位,开始担任复旦大学图书馆馆长。

新世纪这十五年来,我的人生经历了变化,对于现实中的那些“潜规则”,我内心都有一份自觉,我知道自己现今已经不是一个纯粹的理想主义者,无法回避那些现实的东西,为了学科的发展,需要去妥协去周旋。但是我并没有忘记一个知识分子的使命，知识分子的现实岗位是可以移动的，但是精神岗位是不能改变的。年轻时我受过存在主义影响，提倡站在当下的立场去做实事，而且不能一个人单枪匹马，一定要通过群体的努力带动一批人去向好的方向努力。编“火凤凰”也好，“人文精神寻思”也好，我从来都是团队作战的。我也想过有一天要“独善其身”，但起码现在，我还是要继续在藏污纳垢的社会上，去做有意义的事情。

（采访者：柏琳）

修订于 2015 年 5 月 14 日

初刊于《新京报》2015 年 5 月 16 日

辑一　现代文学史研究

中国现代文学学科发展概述

在中国高校教育体制内，中国现代文学[①]是独立的二级学科[②]，规定开设各种必修课和选修课，设置硕士和博士的研究生学位课程。中国现代文学学科具有较长的学科史和具体的学科内涵。如果我们追溯它的学术研究史，大致可以分为三个阶段：

第一阶段："新文学"的研究阶段（1917—1949）；

第二阶段："现代文学"的研究阶段（1950—1985）；

第三阶段："20 世纪文学"的研究阶段（1985—　）。

---

① 中国现代文学的学科概念，在 1950 年至 1979 年期间主要是指 1917 年新文学运动开始到 1949 年中华人民共和国成立这一期间的新文学；以后内涵逐渐扩大，从晚清到当下的中国文学都包括在内。

现行教育体制把 1949 年以后的中华人民共和国文学称作"当代文学"，教育部设定的学科全名为"中国现当代文学"。但笔者认为，目前学界流行的"当代文学"概念是一个与实际内涵不相符合的概念。contemporary 含有"当下"的意思，当代文学应该是指当下文学，即在进行中的文学。所以本文中提到的"现代文学"主要内涵是 20 世纪文学，而新世纪（21 世纪）开始的文学，作为当下文学，不在本文的考察范围之内。

② 中国教育部设定"中国语言文学"为一级学科，其下属 8 个二级学科：汉语言文字学、语言学及应用语言学、中国古代文学、中国现当代文学、文艺学、比较文学与世界文学、中国古典文献学、中国少数民族语言文学。

“新文学”、“现代文学”和“20 世纪文学”三个概念代表了不同历史阶段对这门学科的不同认识。

第一阶段:“新文学”的研究阶段(1917—1949)

“新文学”是“五四”时期陈独秀、胡适、钱玄同、刘半农等同仁参与编辑的《新青年》杂志发起的一个强调白话为主要语言,西方文艺复兴以来形成的各类文学样式为主要形式,旨在批判中国传统社会及其文化的落后现象,提倡人的自觉和人性高扬的文学运动。“新文学”的对立面,一是表现传统士大夫阶级没落情绪的贵族文学及其形式(旧体诗、骈体文、桐城派古文等),二是新兴于文化市场的以消遣为主要功能的市民大众文学①(鸳鸯蝴蝶派以及各类通俗文学)。“新文学”的“新”,代表了以世界先进自然科学与先进社会科学为标志的现代人的追求目标(科学与民主),也代表了中国人以世界先进国家为参照系努力发展未来的方向。新文学运动因为紧接着的一场声势浩大的学生爱国运动(1919 年)而得到普及,产生深远影响;它提倡白话文的主张,最终也获得国家教育部门的认可和采纳(1921 年)。陈独秀、胡适、鲁迅、周作人、钱玄同、刘半农、郭沫若、郁达夫、成仿吾、沈雁冰、郑振铎等都是这一文学运动的奠基者,他们在“五四”时期都发表了许多批判旧道德、提倡新文学的激烈主张,这些主张可以看作是“新文学”

---

① “市民大众文学”是范伯群先生提出的概念,他建议以此取代文学史上“鸳鸯蝴蝶派文学”或“民国通俗文学”的概念。本文采用范先生的观点,参见范伯群《中国市民大众文学百年回眸》“自序”《请为他们戴上“市民大众文学”的桂冠》,南京:江苏教育出版社 2014 年。

最早的理论。

关于“新文学”的研究，可以追溯到20世纪30年代。1935年上海良友图书公司出版赵家璧主编的十卷本《中国新文学大系》[①]，第一次系统汇编了新文学最初十年(1917—1927)的主要成果，分成建设理论一卷，文学争论一卷，小说三卷，散文两卷，新诗、戏剧、资料各一卷，编选者胡适、郑振铎、茅盾、鲁迅、郑伯奇、周作人、郁达夫、朱自清、洪深、阿英各人撰写的长序，总结新文学各个领域的成就，并由蔡元培写总序。这些执笔者大多是新文学运动中的主将，他们的地位和眼光决定了这套书的特殊价值。尤其是各卷导言，从不同分类和不同认识层面上总结了新文学的十年历史，合订在一起，形成一部有重要学术价值的新文学史的雏形。同时，20世纪20年代末到30年代初，国内若干高等院校设置了新文学的课程。现在能够找到的两种文献：一种是王哲甫撰写的《中国新文学运动史》[②]，是作者在山西省立教育学院的授课讲义；另一种是朱自清在清华大学的授课讲义，讲的是“中国新文学研究”[③]。这表明了一个信息：在1930年代初，“新文学”的研究已经从一般的文艺批评中脱离出来，作者有了文学史的研究眼光，并且让“新文学”进入了高等院校课堂，虽然是少数的高校开

---

① 赵家璧主编《中国新文学大系》，全十卷，上海良友图书公司1935年初版，上海文艺出版社1980年出版影印本。

② 王哲甫《中国新文学运动史》，杰成印书局1933年初版，上海书店1986年出版影印本。

③ 朱自清《中国新文学研究纲要》，刊于《文艺论丛》第14辑，上海文艺出版社1982年初版。

设这样的课程，但标示了新文学研究已经具有学科的雏形。①

新文学运动早期涌现许多文学批评家，他们都属于一些新文学团体，宣传自己团体的文学主张，攻击别的文学团体，如文学研究会的沈雁冰和郑振铎，创造社的成仿吾，语丝社的周作人，新月社的闻一多和梁实秋，中国左翼作家联盟的瞿秋白、冯雪峰、胡风等，他们的文学批评成为新文学理论的重要遗产。1930年代中期，北京大学、清华大学、燕京大学等高校的教授们介入新文学批评，尤其是新诗理论的探讨，朱光潜、梁宗岱、叶公超等文学批评家引进西方文艺理论，形成比较学理化的文艺批评。当时最杰出的书评家李健吾，用“刘西渭”笔名对一些著名作家的创作进行精湛而独到的艺术分析。刘西渭充满感悟、抒情的文艺批评，不仅摆脱了作家圈子的狭隘意识，也摆脱了意识形态化日益严重的批评阴影，对以后的作家研究产生了良性的影响。1942年5月，毛泽东在延安整风期间召开的文艺座谈会上发表讲话，阐释了抗战期间文学艺术与政治、战争以及人民大众生活的关系，提出了文艺为政治服务、为工农兵服务的号召，并对于投入抗日实践的知识分子如何适应这一新的形势提出了具体的途径。毛泽东的文艺思想和理论，是中国共产党在长期对敌斗争的实践中总结了许

① 据胡楠最近发表的《文学教育与知识生产：周作人在燕京大学(1922—1931)》，周作人在1922年由胡适介绍进入燕京大学国文系，建立现代文学组，开设新文学课程。起初是文学通论、习作以及讨论等，后逐渐扩大，添设了近代散文、日本文学、新文学之背景等课程，近代散文课程里包括了新文学作家的散文作品。应该说，这是新文学进入课程的最初雏形。(胡楠的文章载《现代中文学刊》2014年第1期，第39—50页)

多经验教训以后获得的集体思想结晶，作为执政党的文艺工作纲领，对1949年以后的现代文学研究产生了重大影响。

第二阶段："现代文学"的研究阶段(1950—1985)

"现代文学"研究阶段是中国政治局势发生根本变化(1949年)以后开始的。这里指的"现代"，不是世界意义上的modern，也不是时间意义上的contemporary，它是一个特定的政治概念，指1919年到1949年的"新民主主义"革命时期。因此，现代文学也曾经被理解为"新民主主义革命时期的文学"，与1949年以后的"社会主义时期的文学"相衔接。中国现代文学史是中国共产党领导下的中国革命史普及教育的组成部分。从大的文化背景看，抗战以来中国意识形态形成了一种特殊的战争文化范式，在战争结束以后，国共两党内战阴影与以美国和苏联为代表的世界两大阵营冷战思维都继续支配了研究者的文化心理。这一点，海峡两岸没有什么差别。不过中国现代文学研究的主流在大陆，其特点更加明显。在大陆，出自巩固新政权和加强意识形态的需要，现代文学研究被置放到重要的教育位置，通过高校设置二级学科来保障学科经费、研究队伍以及教育途径。但是，出于同样的原因，现代文学在学科建设中也表现出许多局限，国家政治权力及其意识形态对学术的制约也相当明显。在"新民主主义革命"的话语框架以外的，或者在20世纪五六十年代的政治运动中被排斥的作家以及相关文学现象，都无法进入文学史的视域，或者得不到正常的研究。

这一期间的"现代文学"作为一门学科被纳入了学术体制，主要表现在现代文学史的编写和鲁迅研究队伍的建立。为了配合高校开设中国现代文学史课程而编写的教材，代表著作有王瑶、丁易、刘绥松、张毕来、唐弢等学者分别主编的现代文学史，这些著作对现代文学的性质、意义以及作家作品评价的描述基本一致，逐渐形成了固定的文学史模式。第一部作为学科建设而编写的现代文学史，是王瑶撰写的《中国新文学史稿》①，虽然书名还沿用了"新文学"的概念，但已明确地将 1919 年到 1949 年划为一个特定的历史范围。王瑶是朱自清的学生，研究中古文学的专家，他在治学方法上延续了朱自清的《中国新文学研究纲要》的传统。《中国新文学史稿》完成于 1955 年（胡风冤案）之前，受到政治干扰还比较少，资料搜集比较齐全，为现代文学研究奠定了一个大致的基础和框架，成为后来几代人学习现代文学的入门书。这部著作放到今天来读自然有许多不足，如作品分析比较粗疏，缺乏理论的深度，对于非左翼作家的文学成就也未能给以应有的评价，但依然代表这一时期现代文学研究的水平。

与现代文学史编写成绩相匹配的，首先，是关于鲁迅的研究。鲁迅作为"五四"新文学运动和 1930 年代左翼文艺运动的领袖之一，生前就是一个充满争议的人物。1930 年代鲁迅加入了左翼作家联盟并成为"盟主"，瞿秋白撰写了《〈鲁迅杂感选集〉序言》一文，用马克思主义的观点论述鲁迅的阶级定位、鲁迅思想从进化论到阶级论的转化、鲁迅杂文的意义等问题，体现了鲜明的党派

① 王瑶《中国新文学史稿》，上册于 1951 年由开明书店出版，下册于 1953 年由上海新文艺出版社出版。1982 年由上海文艺出版社出版修订本。

立场，对后来的研究者产生了深远影响。鲁迅去世以后，毛泽东对鲁迅的高度评价，使鲁迅的声誉在中共党内越来越高。1949年以后，鲁迅亲炙的弟子冯雪峰、胡风、李何林等在1950年代初期的鲁迅研究中都发挥过重要作用，把鲁迅的精神传播开去；另一批鲁迅生前的朋友许寿裳、台静农、黎烈文等在台湾光复（1945年）后迁居台湾，把鲁迅和新文学的精神火种也带到了经历五十年殖民统治的台湾。但是在1949年后的白色恐怖下，台湾左翼文化遭到国民党当局的整肃，现代文学也成为一个被禁止的话题。而在大陆，1955年开始的一系列政治运动中，胡风、冯雪峰、萧军、黄源等鲁迅的学生都受到迫害，李何林的学术也遭受批判。但是关于鲁迅的研究仍然在高校里进行，出产了一批以资料文献为主的研究成果（代表性成果是1950年代和1970年代末两次编辑、注释的《鲁迅全集》）。其次是左翼文艺运动的研究。这一时期最有贡献的学者是丁景唐，他主持修订瞿秋白、左联五烈士等人的传记资料，并且搜集影印了五十多种左联以及其他宣传革命文化的刊物，为学术研究保存了大量的珍贵历史文献。此外，薛绥之曾编撰全国第一套大型现代作家研究资料（1960年），奠定了这个学科最初的文献资料基础，后来薛绥之又主编《鲁迅生平资料丛抄》共11册，惠及后学。那一时期其他现代作家的研究成果有曾华鹏、范伯群关于郁达夫的研究、钱谷融关于曹禺的研究、扬风关于巴金的研究、叶子铭关于茅盾的研究，等等，在他们的文章里，对研究对象抱有同情的理解，比较客观地论述了现代作家的创作道路和创作特点。

在“文革”时期，现代文学研究经历了极左路线的摧残，成为

“重灾区”。在“文革”结束以后，现代文学因为与当代政治运动的密切关系，成为1980年代拨乱反正、解放思想的前沿学科，出现了百家争鸣的繁荣局面。中国现代文学学会在王瑶、严家炎、樊骏等学者的领导下，积极推动了全国高校和社会科学院的现代文学研究的学科建设工作。中国社会科学院文学所主持两套大型国家社科项目的编撰工作：一套是《中国现代文学史资料汇编》，分甲、乙、丙三种，甲种是“中国现代文学运动、论争、社团资料丛书”，乙种是“中国现代作家作品研究资料丛书”，丙种是“中国现代文学书刊资料丛书”，甲种和乙种的丛书囊括了新文学史上大部分作家以及文学社团、文学运动等资料汇编；另一套是《中国当代文学研究资料》丛书，着重于1949年以后从事创作的作家创作资料。两套丛书出版数量相加大约有几十种。这是动员全国学术力量参与进行的集体项目，规模巨大，内容繁复，所搜集的资料大多曾经被封存在政治禁区中，逐渐被人遗忘，现在重新搜集整理这些资料并公开出版，有力地支持了研究者恢复实事求是的治学精神，大量历史文献资料的出土，为现代文学学科建设奠定了扎实基础。更重要的意义还在于，这两套大型资料集的编撰者，主要来自高校的一大批中青年学术骨干，他们通过翻阅报章杂志、辨析材料、采访相关人士等等，掌握了某一领域的大量第一手资料，成为相关领域的专家。

第三阶段："20世纪中国文学"的研究阶段(1985—　)

王瑶在《中国新文学史稿》规定了现代文学作为一个学科的范围和规模，梳理出1919年至1949年间的“‘五四’新文学”、“30

年代左翼文学”、“40 年代后的延安解放区文艺”的文学主流。这种以三十年为时间界限的现代文学学科很快出现了内在的局限性。1978 年中共十一届三中全会以后，中国逐渐走上了实事求是、解放思想、改革开放的道路，思想文化领域的极左路线得到清算，一些被迫害的知识分子得到平反昭雪，现代文学史上的经典著作被允许出版并获得关注，这就打开了现代文学研究的空间，学术研究领域的禁区都被取消了。另一方面，1949 年以后的文学创作已经有了三十多年的历史，尤其是在“文革”结束后，文学创作出现一个高潮，在社会上产生重大影响。面对新的文学状况，原来的现代文学学科的定义显得过于狭隘，在时间范围和空间范围都限制了研究的进一步深入。现代文学作为一门学科，是中国现代社会研究的组成部分，所以，它不能被看作孤立的现象。如果把它封闭在三十年的时空范围，上不衔接 20 世纪初社会转型的文化特征，下不联系 1949 年以后文学的发展流变，这样等于扼杀了这门学科的生长因素。1985 年 5 月，中国现代文学学会在北京中国现代文学馆（万寿寺）举办青年学者创新座谈会，北京大学黄子平、陈平原、钱理群三位学者联名发表了论文《论“二十世纪中国文学”》，提出“20 世纪中国文学”的概念，以取代“现代文学”的概念。他们对于“20 世纪中国文学”的定义是这样解释的：“所谓‘20 世纪中国文学’，就是由上世纪末本世纪初（即指 1900 年前后——引者按）开始的至今仍在继续的一个文学进程，一个由古代中国文学向现代中国文学转变、过渡并最终完成的进程，一个中国文学走向并汇入‘世界文学’总体格局的进程，一个在东西方文化的大撞击、大交流中从文学方面（与政治、道德等诸多方面一道)形成现代民族意识(包括审美意识)的进程,一个通过语言的艺术来折射并表现古老的中华民族及其灵魂在新旧嬗替的大时代中获得新生并崛起的进程。"[①]"20 世纪中国文学"的定义空泛而乐观,体现了 1980 年代中国知识分子的进取心态。1985 年距离 20 世纪的真正结束还有十五年,后来事实证明,1990 年代的中国文学走向完全越过了这三位作者对文学发展所寄予的乐观想象,出现了无法预测的"无名"状态[②]。但是"20 世纪中国文学"概念的提出,对现代文学研究视域的开拓还是起了很大作用。其一,这个概念把清末民初的文学、"五四"新文学以及当下正在进行的文学联系起来进行整体考察,"20 世纪中国文学"是整体的概念,突出了文学内在发展的一致性,淡化学术界把近代文学[③]、现代文学和当代文学作为三个不同性质的学科的差别,消解了原来意义上的"新文学"和"现代文学"两个概念,从而拓展了研究者的学术视野。其二,它把中国文学的发展与中国社会的现代化进程

---

① 黄子平、陈平原、钱理群《论"二十世纪中国文学"》,收《二十世纪中国文学三人谈》,北京:人民文学出版社 1988 年,第 1 页。

② "无名"状态是笔者对 20 世纪某几个阶段中国文学状态的一种描绘。"无名"状态指的是中国社会进入相对稳定、开放、多元的时期,人们的精神生活日益变得丰富,以往那种重大而统一的时代主题再也拢不住民族整体的精神走向,于是出现了价值多元共存的状态。但"无名"不是没有时代主题,而是多元并存,文学创作只是反映了时代的一部分主题,但不能达到统一的状态,如上世纪 10 年代、30 年代(1937 年以前)以及 90 年代。关于"无名"与"共名",可参考拙作《新文学整体观续编》第六章《共名与无名相交替的文学状态》,济南:山东教育出版社 2010 年。

③ "近代文学"是中国学界的一个概念,指的是 1840 年鸦片战争以后到 1919 年五四运动这一历史阶段的文学。按照体制化的提法,也叫作"旧民主主义革命时期的文学"。

联系在一起，突出了文学的现代性转型而淡化原来把文学依附在新民主主义革命的意识形态，扩大了现代文学的内涵与范围，许多原来因为政治原因不能容纳的文学现象逐步得到客观的评价。其三，这个概念强调了“进程”一词，在提倡者的描绘下，20 世纪中国文学成为一个充满动感、包孕强大生命力的开放性的流动体。它与世界文学保持了密集的信息沟通，凝聚了 20 世纪中国社会变化中不断增长的新的民族意识。它不仅经历文学自身的变化，也用艺术形式折射出时代与社会发展变化的信息，在当时，20 世纪并没有结束，社会发展和文学发展都处于变化之中，这种没有设置下限的文学史运动的叙述，给学科的发展提供了丰富的多种可能性。

《论“二十世纪中国文学”》的作者们说，他们是在各自的研究中不约而同地抓住了这个新的“文学史概念”。事实上，1985 年学术创新和学术探索的气氛鼓励了更多的研究者想到这个文学史命题的生长性意义，尤其是把晚清文学与“五四”文学相联系、把 1949 年前后的现代文学和当代文学相联系并视为一个文学史整体加以考察的方法，在当时许多学者的研究中已经体现出来。当人们把晚清文学、现代文学和当代文学(指 1949 年以后的文学)视为一个整体加以考察时，就会发现对文学史的整体研究获得的信息要明显大于对各个时期文学的孤立研究，其意义不仅仅在于沟通了各个时期的文学，而是试图用一种新的研究视角来重新认识文学史的某些既定结论，现代文学史的许多现象可以在晚清文学中找到源头，也可以在 1949 年以后三十多年的发展中检验其生命力；反之，当代文学发展中层出不尽的新现象也可以从历史源流上考察其存在的合理性。这种整体观的方法导致了研究者对以往文学史固定模式的质疑，也导致了 1988 年“重写文学史”的发生。

学术界关于“重写文学史”的提出，不是为了重新写一本反映当今学术水平的文学史著述来取代以往的文学史，而是提倡一种新的理念，提倡一种新的治学风气，即文学史应该如何写，如何处理作家与文学史的关系，这些问题是可以自由讨论、多元并存的，不必有定于一尊的观念。1988 年上海一家理论刊物开辟一个“重写文学史”栏目（1988—1989）①，发表了一系列重新评价作家赵树理、柳青、郭小川、何其芳、丁玲等人作品的文章，这些文章并没有跳出作家作品研究的范围，但因为“重写文学史”的栏目名称而引起争论，也因此推动了文学史的深入研究。1990 年代到新世纪最初十年期间，文学史研究（包括断代文学史的研究）有了深入的进步，学术界出版了多种有新意的现当代文学史著作，都可以视为“重写文学史”所获得的成果。

这个阶段的学科史研究也注意到海外关于中国现代文学研究的成果，尤其是夏志清的《中国现代小说史》在海外引起巨大反响，后来传到中国大陆，也产生过重要的影响。夏志清的政治立场与内地学者有着深刻分歧，但他用西方经典文学的标准来解读中国现代文学作品，梳理出鲁迅、茅盾、张天翼等代表的左翼文艺

---

① “重写文学史”栏目刊于《上海文论》杂志（徐俊西主编）1988 年第 4 期到 1989 年第 6 期。主持者陈思和、王晓明，栏目每期都有主持人的话，表达了“重写文学史”的主张。每期栏目都发表两到三篇论文，最后一期整本杂志为“重写文学史”专号。

传统，沈从文、师陀等代表的乡土民间文艺传统，张爱玲代表的现代都市文艺传统，以及钱锺书代表的知识分子的讽刺文艺传统，这四大传统反映了中国现代文学的基本格局，比起内地学者以新民主主义革命的标准独尊左翼文艺传统，显然是更加全面和符合历史真实。此外，以李欧梵的《中国现代作家中的浪漫一代》与王德威的《被压抑的现代性：晚清小说新论》等著作为代表的海外汉学研究成果，在不同历史时期对中国现代文学研究也产生过较大的影响。

那么，接下来的问题是：新世纪以来，中国文学发生了很大变化，文学史研究也出现了许多新的元素和新的现象，“20 世纪中国文学”是否已经成了一个过时的概念，目前我们的文学史编写以及同时期的相关文学史著作，是否仍然属于这个研究阶段呢？

本文认为，现代文学学科经过 1990 年代的沉稳发展，学者的人文激情被实实在在的资料发掘和边缘拓荒所取代，原先的研究空白被逐渐填补，学术地图被重新描绘，学术视域进一步得到开拓，所取得的学术成果，已经超越了当年学术界对“20 世纪中国文学”的期待和想象。但是，我们在新世纪初期发现并提出讨论的所有文学史问题，都没有离开时间范围的 20 世纪文学现象，包括：如何看待近代文学（尤其是晚清民初文学）与“五四”新文学的关系，如何评价民国时期旧体诗词、文言文的创作，如何评价市民大众文学（通俗文学）的价值，如何评价从乙未割台到抗战胜利这一时期内的日据下台湾文学、伪满文学、沦陷区文学，如何整合中国内地文学与台湾文学、香港文学，如何处理文学与戏曲、影视文学的关系，等等。这一系列的问题，在学术领域都没有得到充分的讨论，也没有进行更加深入的研究，但如果归结起来，这些问题在学术视域上都已经逸出了新文学的范畴，主要集中在新文学传统的发展与本来不属于新文学范畴的文学现象之间的关系问题，但这些问题都是属于20世纪中国文学范畴内还没有得到解决的问题，也是重写文学史的根本问题。

当然，新世纪的文学已经有了十五年的发展，并且产生出许多难以用20世纪文学的概念范畴去概括的新现象，如新媒体视野下的文学创作现象，但是这些问题尚处于萌芽状态，还不足以进入文学史层面的研究。相反，新世纪文学中最令人鼓舞的现象，是1980年代崛起的作家群体，经过了近三十年的坚持和努力，取得了足以骄人的成绩。这一批作家都是在“五四”新文学传统影响下成长起来的，他们起步于1985年的文化寻根文学，逐渐在创作中摆脱文学为时代精神传声筒的局限，克服了新文学传统中某些狭隘的意识观念，恢复了“五四”新文学传统中关注社会现实、批判社会和历史文化中的种种阴暗面的恢弘气象，以及多方面吸收世界文学中表达现代精神的艺术技巧，在新世纪创作出辉煌的新文学实绩。我们从这些作家的创作中看到的是一个多世纪以来新文学从发生、发展、沉沦而后获得飞跃拓展的完整历程。他们具有个人风格的成熟作品可能是在新世纪最初十年中完成的，但是他们创作的累累硕果却体现了20世纪中国文学经过一个世纪的努力的完整意义。

因此，现阶段的现代文学史研究，无论从问题意识的发现，还是从当下文学创作立场而言，都还没有摆脱20世纪中国文学的研究阶段。唯有需要补充的是，20世纪中国文学的概念的理解，应该从特定的意义角度改变为常态的时间意义，把它看作是中国现代化转型过程中人们精神历程的发展和追求。这种追求必然也是多样性和多元价值的追求，如马克思所呼吁的，要求每一滴露水在太阳光的照耀下闪耀出无穷无尽的色彩。从“新文学”到“现代文学”再到“20世纪中国文学”，内涵在不断扩大，意义也越来越丰富，不仅是“五四”新文学传统的核心价值得以坚持和发扬，同时还将吸收更为宽广的文学力量，多层面地表现和反映社会各阶层的精神状态，即使是新文学运动早期批判过的被视为敌对力量的文学，也要对其进行甄别和研究，发扬其精华，保留及理解其在现代化进程中所反映的复杂的感情世界。

中国现代文学作为一门二级学科，具有一个鲜明的特征，即文学史的时间下限具有无限发展的可能性。这门学科，是中国在社会经济现代化过程中相应发展而来的“现代学”的一个组成部分，它在中国社会性质没有发生根本变化的前提下，将会长时期地发展下去。中国现代文学是一个漫长的历史过程，而20世纪一百年，仅仅是其启程的第一步，“20世纪中国文学”作为中国现代文学发展历史的一个特定概念，它完整地涵盖了晚清文学、民初文学、“五四”新文学以及1949年以后海峡两岸文学等所有的文学信息与文学潮流，波澜壮阔浩浩荡荡，把我们带向新世纪的未来。

修订于2015年9月10日

初刊《同济大学学报》2015年第5期

有关20世纪中国文学史研究的几个问题

作为一个特定的文学史概念,“20世纪中国文学”被视为一种常态的时间意义,从而能够包容更加丰富的内涵和更加复杂的文学形态。“新文学”和“现代文学”两个研究阶段都含有强烈的排他性和斗争性(“新文学”反对的是传统的“旧文学”;“现代文学”含有的“新民主主义革命文学”的属性,排斥了特定政治立场下的“不革命”或者“反革命”的文学)。但是,我们在现代化进程的基础上构筑起常态的时间意义的“20世纪中国文学”,就是要避免各种排他性的内耗,搭建一个多层面的平台,将各类不同观念和形态的文学现象并置于同一个文学史平台之上,比较客观地来评价其价值得失,以此来阐释20世纪文学发展中悬而未决的各类问题。

这当然只是一种文学史的理想。现代文学的内在冲突是客观存在的,新文学运动一开始就是在排斥形形色色的旧传统文学的论战中发生的,现代文学学科也是在维护“新文学运动—左翼文艺运动”核心价值的基础上建构起来的,现在要淡化历史形成的鸿沟,把各种不同甚至对立的文学现象并置在一起给以客观评价，必然会构成文学史叙述的困难。因此，如何克服价值观互相矛盾的拼凑式的文学史叙述，建构新的文学史理论话语，是文学史写作面对的最大挑战。解决文学史理论问题需要深入的探讨和展开学术争鸣，这不是本教程所能够完成的任务。本教程只能以编者研究文学史的一得之见，通过本教材的思路与结构，尝试回答20世纪中国文学史的一些重要问题，大致归纳为以下三点：

一、在晚清到民国的文学大潮中，如何看待"五四"新文学运动的意义，以及如何看待新文学传统与整个20世纪文学的关系？

在以往新民主主义革命为核心价值的文学史叙述中，"新文学运动—左翼文艺运动"具有毋庸置疑的权威性，它既是现代文学史螺旋型发展的起点，也是价值判断的基本标准；"新文学运动—左翼文艺运动"对立面的文学，均受到排斥和批判，现代文学史叙事正是围绕这些批判斗争而展开的。但从1990年代开始，中国现代化进程逐渐成为文学史叙事的核心价值，晚清西学东渐思潮逐渐成为现代文学史的发生起点。海外汉学对于晚清接受西方影响的文学翻译、通俗小说、戏曲改革以及其他各种现代文化因素，做了大量的有价值的研究。这些研究成果在晚清到民初文学之间构成了新文学以外的另一个文学场域，它一直延续到抗战以前的市民大众文学和战争期间的沦陷区文学。这个文学场域与新文学场域之间存在着长期的冲突和互动，彼此消长，它们之间的关系不是比翼双飞和谐发展，而是在不同审美观念的冲突中向对方转化，达成部分的融合。如：民国时期市民大众文学不仅继承了晚清文学中的许多现代性因素，而且也从新文学那里认同了反对强权、尊重人权等因素；而新文学在排斥通俗文学的同时，也努力采取大众化的手段来吸引市民读者。到了抗战发生、民族危亡之际，新文学排斥通俗文学的倾向逐渐收敛，在民族形式讨论以后，这两个文学场域达到了一定程度的融合。但是在这样一个从冲突到融合的过程中，新文学的一方始终占据话语的主导权。这是不容怀疑的。

那么，当文学史叙述放弃了昔日的批判思维和斗争模式，以客观的态度把以往不见诸文学史或者仅仅扮演了被批判角色的某些文学现象，诸如传统旧文学形式（旧体诗、文言文等）、市民大众文学与新文学一起展示于现代文学史，人们不禁要问：新文学当初的斗争意义在哪里？它在20世纪中国文学史上承担了怎样的意义？新文学运动与从传统自然发展而来的文学现象构成了怎样一种关系？这是本教程要回答的第一个问题。为此，本教程引入两个20世纪中国文学史的关键词：先锋与常态。①

"先锋"，指的是20世纪中国文学发展中产生先锋意义的文学因素，首先是体现在"五四"新文学运动中。先锋文学是20世纪初的世界文学现象，在第一次世界大战前后，意大利首先出现未来主义（Futurism）文学思潮，后来又蔓延到俄罗斯；紧接着，法国出现了达达主义（Dadaism）、超现实主义（Surrealism）等先锋诗歌，德国出现了表现主义（Expressionism）的文学，等等。先锋文学区别于19世纪末流行的后期象征主义（Symbolism）、唯美主义

---

① 关于先锋与常态的问题，可参见拙作《先锋与常态——现代文学史的两种基本形态》，初刊《文艺争鸣》2007年第3期。

(Aestheticism)、颓废派(Decadence)等文学思潮,更加强调对现实的批判和斗争,企图通过对文学自律的调整来达到文学推动社会生活的目的。为了达到这一目标,先锋文学不惜采用批判、否定传统文化的强硬态度,以及夸张变形的现代艺术手法。先锋文学的政治态度是激进的,往往自觉地与现实中的激进政治团体相结合,实现自己的政治目标。在20世纪初世界资本主义进入成熟阶段的特定环境中,西方的先锋文学思潮必然是短暂的,它很快就会发生分化,其最激进的部分融入激进的政治运动中去。从中国20世纪第二个十年的政治环境来看,一方面是晚清激进主义革命余波的回荡,另一方面是民国初年颟顸混乱、乌烟瘴气的共和政治,两者冲撞激荡起思想文化领域的先锋思潮,有其必然的原因。"五四"新文化运动中包含了先锋性,它起先来自社会下层的激进主义思想力量,与主流政治团体和权力阶层没有太深的联系,所以才能够形成对社会政治的深刻批判和对传统文化的全然否定。新文化运动是不完全的先锋运动,它的思想内涵具有复杂的知识渊源和文化背景,但是其主导思想,尤其是由此派生的新文学运动,体现在语言革命、文体形式革命以及思想内容的尖锐性和批判性,构成了先锋文学的主要成分。

"五四"新文化的先锋性决定了:现代文学史发展进程不再是依据社会生活的现代化进程渐进演变,它是通过对自身处境的深刻反省和历史追问,造成文化传承的断裂,从而把被认为是先进的外来文化楔入其间,建立起一个文化发展的新坐标。新文化运动中大量西方文化的输入和引进,迅速改变了中国文化传统的发展模式,同时也迅速改变了中国人传统的思维模式,包括马克思主义、列宁主义和一般社会主义思潮在内的西方先进文化直接推动了中国现代化进程,也推动了中国革命,使之成为世界革命的一部分。新文学运动不仅仅普及了现代世界文化知识,而且以其自身的先锋性,通过欧化语言改造了传统中国人的语言模式和思维习惯;通过引进西方文学新形式,激活了现代汉语的表达和抒情能力,营造符合现代人精神需要的审美观念;通过崭新的为人生的文学内容,使文学批判与社会生活的进步紧密相关。文学不再是被动地因循社会变化而变化,而是走到了生活的前面,引领和推动社会进步,成为一面英姿飒爽、猎猎作响的风旗。

"五四"新文学运动本身是由各种社会进步力量组合起来的统一战线,它以先锋性因素为核心,在 20 世纪中国文学史上树立旗帜、引领风气、推动进步,成为整个 20 世纪文学发展的核心力量。新文学的先锋性因素与其他形形色色的文学现象(也包括新文学自身的非先锋性因素)的关系,构成一种先锋与常态的关系。所谓"常态"的文学,也就是随着社会生活发展而逐渐发生演变的文学现象,它包含了传统文化因循沿革的传承(如旧体诗词、古典白话小说、文言文、骈体小说、传统戏曲的改良等等)、相随现代器物更新而出现的新文学形式(如电影、新剧、副刊、翻译等等),以及与大多数市民农民的审美习惯相符合的通俗文学,甚至包括这些文学所隐含的权力运作下的意识形态的宣传。常态的文学是大多数人能接受的文学,因为常态文学的对象包含了多层面的接受者。常态文学也是多层面的,它的最高层面与新文学是同一的。这也就是说,新文学与作为一种先锋的新文学运动还是有所区别的。新文学的核心是超前的先锋文学,但它也包含了常态的文学因素,如新文学也追求大众性和普及性，也有一部分新文学创作并不是那么激烈和超前，尤其到了20世纪二三十年代，先锋文学逐渐被社会的主流体制所接受，或者被都市时尚文化所容纳，新文学的先锋性渐渐地为大众性所取代。这时候，要么出现更加激进的文学思潮来更新先锋的意义——譬如左翼文艺运动，要么就使原先的先锋因素消融于常态的大众文学。永远站立在先锋立场上不断击进的大勇者，终究是少数的先驱者，譬如鲁迅。鲁迅参与了20世纪上半叶的两场文学先锋运动，并且发挥了引领的作用。

常态文学表现出来的是文学的常态，它是以多层面的形态出现于文学史。除了最高层面的常态文学属于新文学的一部分（如市民文学的杰出代表老舍的小说，抗战时期无名氏、徐讦的言情小说，沦陷区张爱玲的小说，以赵树理为代表的抗日民主根据地小说等）外，大部分常态文学还是与新文学保持了距离，有的还相去甚远。虽然在现代性框架下，各类文学都有可能展示于文学史体系的不同层面，但是从内涵来说，毕竟还是五花八门、百鸟齐鸣、丰富而复杂。民国都市通俗文艺和新媒体文艺（如电影广播、报刊连载、说书、戏曲改编、连环画等等）代表了市民大众文化市场的主要产品，是常态文学的主体部分；在国统区和沦陷区（包括伪满洲国、日据下台湾等地区）体现统治者权力意志的官方文艺也是常态文学的一个特殊层面；还有距离新文学更远的如前清遗老遗少的旧文学创作（旧体诗词、笔记小说等），多样的文学内容，构成了常态文学的多层面性，也决定了20世纪中国文学的丰富复杂的多元形态。

20世纪前半叶，中国是一个后发展国家，在两千年帝制被推翻、民国刚刚建立、民族资产阶级利用世界大战的机会努力发展资本主义的时候，西方资本主义社会已经出现了严重危机，其自身内部产生的社会主义思潮和现代主义思潮，都是资本主义社会的反叛力量。西方先锋文化正是产生于欧洲社会矛盾剧烈冲突之中。欧洲资本主义的危机与社会矛盾的冲突导致了第一次世界大战的爆发和俄国十月革命的胜利。世界大战的结果给中国资本主义带来了“公理胜过强权”的自信，十月革命的胜利又给中国带来了社会主义信仰。于是，中国的先锋文化思潮毫不犹豫选择了后者，推动了中国反帝反封建革命。这是作为亚洲后发展国家特有的现代化道路。“五四”先锋文化提出的反帝反封建革命既包含了资产阶级革命的任务，也隐含了社会主义革命的要求。中国革命的双重意义和前沿性质，使得资产阶级政治力量（国民党）始终无法不受挑战地单独推行自己的社会理想和革命目标（三民主义）。先锋文化的彻底批判精神和反帝反封建的旗帜，使得整个中国社会在进取现代化的过程中弥漫着激进主义的爆发力，吸引了大量热血沸腾的优秀青年投奔到时代的革命潮流中去。这种作为核心力量的先锋性的存在，就成为常态文学的明显或者潜隐的榜样，凝聚了常态文学中最高层面的批判现实主义文学和市民阶级抒情文学的理想性。由于激进的社会批判包含了社会现代化进程的必然要求，即使受到猛烈批判的市民阶级及其文化也不能不受其正面影响，逐渐地发生自身的蜕变，以迎合时代的要求。这就是中国市民大众文学所呈现出来的进步性。现代文学以新文学的先锋性为核心，来批判、吸引、影响常态文学的多层面发展轨迹，带动了现代文学的整体发展。

本教程以先锋/常态模式来描述现代文学的发展轨迹，是以先锋性因素与社会先进文化的结合为前提的。但是需要强调的是，这只是针对中国新民主主义革命时期的特殊背景而言的。从一般的社会发展与文学创作的关系而言，常态文学是最普遍的现象，在一个成熟的市民社会里，发展稳定而正常，文学所呈现出来的都是常态，只有在中国现代化进程的特殊环境里，政治革命与文学运动紧密地结合在一起，文化建设和文学运动才会被一波又一波的先锋运动所刺激和激活，形成了动荡相激、新旧更替、否定之否定的运动轨迹。但先锋性因素给现代文学创作带来的负面影响也是明显的，由于强烈的政治情结和过于迅速的新旧更替观念，现代文学始终停留在青春文学的热情伤感以及二元对立思维的粗暴状态里，很难产生真正的伟大创作。何况先锋性因素也不是天然与思想的先进性联系在一起，在强烈批判传统因袭的社会弊病时，也可能滑向另外一些反理性的社会思潮。欧洲未来主义思潮的分化，以马里内蒂（F. T. Marinetti，1876—1944）为代表的意大利未来主义运动后来转向法西斯主义，便是著名例子。这些问题，我们在研究 20 世纪中国文学史的过程中还会继续深入探讨。

二、晚清到民国的文学大潮中，如何看待中国大陆反帝反封建的文学运动与日据下台湾的殖民地文学之间的关系？

由于以往现代文学研究局限于新民主主义革命的范畴，日据时期的台湾文学基本上被排除在研究视域之外。1949 年以后，海峡两岸处于近半个世纪的政治军事对峙状态，两岸的文学经过短暂交往后又被隔绝，这就导致了中国现代文学研究（包括 1949 年以后的文学)中台湾文学始终不在场。近三十年来两岸关系日趋缓和,文化交流也越来越频繁,文学史著作尝试拼接两岸文学。但是文学史体系的建构是需要文学史理论支撑的,拘泥于新民主主义革命为范畴的现代文学史理论,则无法把台湾文学完整纳入现代文学史体系和框架,只有在 20 世纪中国文学的理论视域下,才有可能梳理大陆文学与台湾文学之间的有机联系。对此,本教程需要引入一个理论视角:中国现代文学史上的殖民地文学。

本教程把 20 世纪中国文学史的起点设定在甲午战争后的乙未割台事件(1895 年)。虽然中国在鸦片战争以后一再受到西方列强的军事侵略,而且每一次军事抵抗失败总是伴随丧权辱国的割地赔款,香港被迫受到英国殖民统治,还在更早时期,北方大片土地被沙皇俄国所掠夺。但是所有这些失败都不如甲午战争的失败那么强烈地在中国人(尤其是士人阶层)的文化心理上构成刺激。1895 年 4 月 17 日,日本帝国与清政府正式签订《马关条约》,清政府在日本的强势压力下被迫签署割让与战争毫无关系的台湾、澎湖列岛,形成日本殖民统治下台湾特有的殖民地政治、经济、文化的格局,由此派生出特殊的殖民地文学。

甲午战败和乙未割台让清廷统治下的中国士大夫阶层受到了极大震惊,紧接着发生了在京举人"公车上书"事件,维新救亡的思想广为传播。1898 年光绪召见变法运动的领袖康有为,颁布"定国是诏",宣布新政变法,开始了总共才 103 天却深刻影响中国命运的戊戌变法。变法失败后,流亡者(梁启超为代表)逃亡日本,创办《新小说》等刊物,鼓吹新思想和文学改良。同时,一批被变法所牵累的官员相继南下,毅然放弃传统仕途,开始了新的人生选择：严复闭门翻译，陆续译介《天演论》等西方社会科学著作，推动思想文化领域的启蒙；张元济加盟于商务印书馆编译所的建设，开创了现代出版媒体的发展道路；蔡元培先后进入绍兴中西学堂、上海澄衷学堂、南洋公学等处从事教育，提倡新学等等，现代思想传播、现代出版、现代教育等一系列知识分子的民间岗位开始被确立，一部分接受了先进思想的传统士大夫开始向现代知识分子转型，以启蒙为特征的新文学运动也由此滥觞。

从中国的社会性质而言，鸦片战争以后，中国的丰富资源和广阔市场就一直成为西方列强觊觎的对象，中国屡蒙军事侵犯，国土和主权一再沦丧，直到1900年的庚子事变，八国联军侵犯北京，清廷不得不签订城下之盟《辛丑条约》，中国最终形成半殖民地半封建的社会形态。其结果一方面导致半殖民地体制下丧失主权的清政府也完全丧失了民心，从此革命、立宪两股政治力量此起彼伏，直接动摇了爱新觉罗氏的专制政权；另一方面，半殖民地的经济形态破坏了闭关锁国的自然经济，外资不断投入中国市场，促使了资本主义商品经济发展，中国在经济上蒙受列强的剥削与掠夺，但因为打开了国门，思想文化上开始吸取资本主义文明的进步因素，以此批判自身落后的封建文化。在日本是由明治政府自上而下推行的脱亚入欧的维新运动，在中国则是由一批被迫与庙堂分离、凝聚在民间的思想启蒙者轰轰烈烈地发动起来，封建专制的政治秩序由此动摇，一场与传统的替天行道、取而代之的农民起义有着根本区别的革命——以民主与科学为旗帜的思想革命势不可当地产生了。半殖民地半封建社会下产生的新文化思潮及其重要一翼新文学运动，与日本殖民统治下的台湾的殖民地文化及其文学，构成了现代文学史视域下的巨大张力。两者有相通的一面，但在不同的社会形态构成的环境下，也形成了各自的特点和差异，甚至是紧张的对立。本教程要描述的两岸文学，正是中国现代文学领域的半殖民地社会与殖民地社会的两种不同文化、文学思潮双重变奏的发展过程。

第三世界国家，无论是殖民地社会还是半殖民地社会，都是殖民主义者全球扩张和野蛮统治的产物，都同样面对殖民主义宗主国的侵略和奴役，因此，两种社会形态下的文学在本质上都具有反帝性质，但是在表现形态上还是有较大的不同。在中国大陆，随着半殖民的资本主义因素发展，封建自然经济逐渐解体，从这个角度来看，半殖民是促进半封建的直接原因，也即是马克思所说的殖民的“双重的使命”①。所以，中国大陆知识分子从西方先进国家学来的现代文明，是摧毁封建传统文化的有力武器，新文学运动的主要任务是反封建的启蒙使命。而在被日本强行割让、受其殖民统治的台湾，反帝反殖就成为文学更重要的主题。于是，中国现代文学的反帝反封建的性质体现得更加完整了。如果将两岸文学置于20世纪中国文学史的系统里加以比较的话，可以看到文学史呈现的丰富性和差异性，超出了单一社会形态下的文学状态。

台湾在荷兰东印度公司殖民统治时期，就有大量汉人移民垦殖，汉文化大量输入。明末爱国文人沈光文流亡台湾，支持明郑

---

① 马克思《不列颠在印度的统治》、《不列颠在印度统治的未来结果》，见《马克思恩格斯选集》第1卷，北京：人民出版社2012年，第848—863页。

政权抗清复明，写下大量感时忧国的诗篇。清廷统一台湾以后，沈光文留在台湾，组织遗老文人建立东吟社，继承明末文人结社的爱国精神，开创了台湾汉文化传统。[①] 经过清廷二百多年的统治，汉文化通过科举功名培养出一个台籍士绅阶层，加上与赴台官吏文士的来往交流，逐渐滋养了本土的汉文化传统。乙未割台，瞬息之间台湾被日本占据，这对于深受儒家传统熏陶的台湾士绅来说，无异是亡国灭族。于是一部分台湾士绅毅然发动起义，采取各种措施，号召民众自发进行武装抵抗，“全台除台北台南两城不战而降外，各地（后山除外）都曾激烈抵抗日军之入侵，死伤无数”。[②] 台湾民间自发的抵抗活动连绵不断，一直到1915年“西来庵事件”[③]被镇压以后才算平定下来。但少数民族的抗日

---

① 施懿琳在《从沈光文到赖和：台湾古典文学的发展与特色》中有一段论述：“沈光文与清吏及诸寓公共组诗社，并不只是单纯的文人吟咏酬唱，而是具有与遗老互通声气，共抒怀抱，并借以延续传统文化命脉的苦心。东吟社虽然终究在1686年（康熙二十五年）因清廷严厉地查禁学社而终止活动，但是，它为台湾诗学的发展，播下第一棵种苗，而有往后清代，尤其是日据时期诗社活动的蓬勃发展。这在整个台湾文学史的发展上，具有值得重视的开创之功。”（高雄：春晖出版社2006年，第25页）

② 周婉窈《台湾历史图说：史前至一九四五年》（增订本），台北：联经出版事业公司2009年，第116页。

③ “西来庵事件”也称“噍吧哖事件”。1915年，余清芳领导的农民武装和另外两股抗日武装（分别以罗俊、江定为首）一起发动武装起义。起义队伍在台南噍吧哖地区袭击日本警察，开展大规模的战斗。起义失败后，日军屠杀了数千名噍吧哖地区民众，并且经法院引“匪徒刑罚令”审判，被告达1957名，其中判处死刑866名，有期徒刑453名。这一判决引起了日本国内社会舆论的严厉批评。后台湾总督府改死刑为无期徒刑，其他也减轻一等，但已有95名被执行死刑。起义领袖余清芳和江定都曾经参加过乙未割台时的抗日武装斗争，所以这次起义可以看作是乙未抗日的余波。材料参考周婉窈《台湾历史图说：史前至一九四五年》（增订本）。

活动，一直延续到1930年的“雾社事件”①。在漫长的被征服的岁月中，台湾文学创作中的民族主义情绪非常强烈，台湾诗人们（洪弃生为代表）用写实的笔法记录了整个抗日过程中可歌可泣的真实事迹，抗议台湾被割让，讴歌抗日战斗中的死难烈士，揭露和嘲讽日本占领台湾后推行的政治制度改革、经济掠夺、城市规划、风俗教育、医疗卫生等等，成为这一时期台湾诗文创作的重要题材。可以说，诗人们用诗歌记录了一部台湾被殖民的痛史。② 这部分爱国诗人的抗日写实诗歌与另外一批流亡内地、思念台湾故乡的爱国诗人（丘逢甲、许南英为代表）的诗歌创作，构成了台湾被割占以后的反殖民文学的第一乐章。

中国的近代文学中，从鸦片战争失败到甲午乙未惨变再到庚子事变，也不乏文人的反对列强侵略的爱国诗作，但是从晚清文学发展趋势而言，戊戌变法失败以后，新民启蒙的文学大潮汹涌而起，救亡主题很快转向了启蒙主题，大量西方思想文化被引进介绍，激发了以提倡西方文明为目标的新思想的传播。从批判官场腐败到鼓吹反清革命，以及混杂在市民大众文学里的人的自我意识觉醒、追求人性解放的潮流，逐渐成为文学

---

① “雾社事件”：台湾少数民族所属泰雅族的赛德克人，因为与日本警察长期冲突积压了相互间的仇恨，终于在1930年爆发了暴力反抗事件。先是以马赫坡社头人莫那·鲁道为首的少数民族袭击派出所和正在雾社公学校举办活动的日本官方人士和居民，日人死亡人数达139人。接着日本军警实行报复性大屠杀，雾社死亡人数达644人，雾社总人数减少一半以上。材料参考周婉窈《台湾历史图说：史前至一九四五年》（增订本）。

② 本文这一段叙述，参考了许俊雅《台湾写实诗作之抗日精神研究——1895—1945年之古典诗歌》，台北：“编译馆”1997年。

发展的主流。帝国主义通过控制半殖民地的政权来掠夺资源，中国大陆民众遭受统治阶级和帝国主义双重剥削，首先激化的是阶级矛盾，所以，清政府以及后来的历届民国政府无不成为中国革命的头号对象。启蒙文学也必然把批判锋芒首先指向统治阶级以及维护其统治利益的封建儒家文化，而不是像台湾文学那样，首当其冲的是殖民者的侵略和统治。中国现代文学中比较直接、尖锐地表达反帝意识，大约是在1925年“五卅运动”。1931年日本军队入侵东三省，扶持伪满洲国，中华民族的存亡又一次迫在眉睫，现代文学的反帝意识才成为比较普遍的现象。这是继日据下台湾反殖文学以后的第二个反帝反殖文学的高峰。

与反殖民意识相关的问题是如何对待随殖民统治而来的现代文明。现代文明是人类社会发展到一定历史阶段，随着人类科学技术进步而实现的物质和精神的文明形态，它通过具体生活方式和内容表现出来，与人民大众发生密切关系。现代文明是一种人类文化选择，也是人类的共同财富，任何国家随着社会进步和生产力提高，或快或慢都会接受现代文明，实施现代化教育、卫生、交通、媒体以及其他现代生活方式。但是随着殖民主义兴起，殖民者用枪炮占领被殖民地区以后，为了掠夺资源而在被殖民地区修建铁路、投资工业以及强制推行现代生活设施，“现代性”往往被舆论渲染成殖民者的属性。这种舆论把人类文明简单划分成“现代文明”与“野蛮文化”的对立，被殖民的文化被渲染成“野蛮”文化，只有殖民者才能给“野蛮”地区带来现代文明。用福泽谕吉的话说，日本在甲午战争中战胜清廷，是因为

“文明战胜野蛮”[1]，在侵略者的眼里，整个中国的传统文化都是野蛮的。这一论述本身就充满了帝国主义的野蛮性，在刚刚经受惨痛失败的台湾知识分子心理上造成伤害尤其为大。日据时期台湾的早期诗文里，诗人们一方面以新奇的眼光描写大量西方器物和现代科学的成果，表明台湾士人接受世界新事物并不保守；但另一方面，对日本殖民当局推行的各种现代殖民制度（警察、教育、卫生等）进行了冷嘲热讽和尖锐批判，表达了诗人们对殖民政策的抗拒。日据时期的台湾主流文学里，作家们是把西方现代观念和文明成果，与殖民当局推行的现代管理制度区别对待的，因而怀有复杂的感情和心态。1930年代抗日战争爆发后，日本当局在台湾加紧推进“皇民化”运动，进一步把现代文明与日本文化画上等号，鼓吹用所谓的“文明进步”来“改造”台湾。当时许多台湾作家在被迫表现“文明”与“野蛮”冲突时，也都流露出复杂的心态。[2] 但是这样的文化认同的痛苦，在中国新文学发展中是很少见的。在中国大陆半殖民地的大环境下，民众对来自西方的现代文明（包括现代管理制度）虽有反感，但是知识分子（大多数经过留学而熟知西方现代生活的作家们），都是把实施现代文明、改变中国传统生活陋习视为社会进步。鲁迅还曾在小说《肥皂》里辛辣讽刺那些有意歪曲现代生活观念的内心肮脏的中国绅士。在新文学一代作家看来，拒绝现代生活是落后保守的民族劣根性的

① 转引自吕正惠《殖民地的伤痕：脱亚入欧论与“皇民化”教育》，收吕正惠《殖民地的伤痕：台湾文学问题》，台北：人间出版社2002年，第92页。

② 吕正惠在《殖民地的伤痕：台湾文学问题》一书里通过文本分析，对这个观点有深入的论述，可以参考。

表现。抗战爆发以后，新文学的主流意见都是强调坚持在抗战中推进“五四”新文学传统，在战争中改造自身民族的陋习，学习世界先进国家的现代生活观念和方式，认为这是中华民族在现代战争中凤凰涅槃的必然途径。不同的环境不同的处境，导致文化价值和认同上很不一样的结果。

热烈拥抱现代文明，是中国现代文学的一个重要特点。但是台湾受到日本的殖民统治，在话语权上，现代文明成了侵略者自己给自己贴上的标记，这就给台湾文学带来了某种屈辱的阴影。同样的问题也反映在批判封建性的传统文化风俗上。日据时期的台湾新文学运动在中国大陆新文化运动的影响下，对传统文化与旧文学发起猛烈批判，这个批判运动虽然时间不长，却包含了更为复杂的内涵。日本明治维新并不是完全“脱亚入欧”，日本学习西方的先进文化是不彻底的，天皇制统治的政治形态，以儒学为精神支柱的专制化意识形态，都没有改变。只是把儒家忠君爱国的传统观念偷梁换柱，改造为“忠”天皇制，“爱”日本国。与西方殖民主义一样，日本殖民者用野蛮手段镇压台湾民众的反抗运动，又利用台湾汉学传统中与日本传统文化相通的部分，进行文化侵略和征服。日据时期台湾汉学教育被废除，日语教育（公学校）取代汉文教育（书院），但是因为日语里含有大量汉字，日本文化里固有汉诗形式，所以殖民统治者仍然鼓励台湾士绅建立诗社，创作汉语旧体诗词。在沦陷的最初二十年里，台湾文人的旧体诗词创作得到了长足的发展。吊诡的是，汉诗既能够与殖民当局进行文化沟通，也保留了汉民族的文化记忆。因此，这种旧文学形式具有双重的含义：它被殖民当局文化侵略所利用，但同时又因为保存了汉民族记忆而成为一种抵抗侵略的形式。台湾民间风俗(包括迷信宗教活动)也同样如此,在现代文明的观照下,它确实有封建迷信、落后的一面,但是在保存台湾民间文化传统方面,民俗民风又展现了台湾民众对于殖民当局文化政策的疏离与抗拒。以此考察台湾新文学运动对旧传统的批判,必须对这样一种复杂现象采取双重的评价标准。赖和为代表的台湾新文学的作家的创作,都呈现出双重的意义。①

殖民地文学的语言特征与半殖民地的文学也不一样。"五四"新文学运动作为一种先锋运动,其语言特征是大胆破坏传统汉语的纯粹和规范,引入大量外来语新词和陌生语法,包括外语单词的植入、西方语法的引进、文言文的戏谑化、口语方言的直接使用等等,形成了一种读者感到陌生、难读的欧化白话。欧化白话是西方外来影响进入中国的产物,但这种白话文有力地区别于传统口头白话(古典小说使用的说书人的白话),造成了对中国传统思维习惯的强力冲击,虽然不通畅,但有革命性,在长期的运用实践中起到了改造国民旧思维的功效。现代汉语创作就是在欧化白话的自觉实践与自我否定的辩证发展中慢慢形成了新的成熟规范。而台湾文学语言则是在殖民者铁蹄下艰难、畸形发展起来的。日本殖民当局是把台湾作为国家领土的一部分来经营的,除了强制推行殖民政策、掠夺经济资源外,还实行文化"同化"政策,强制推行日语和日本文化的教育。全面抗战爆发前夕

---

① 本文这段论述,参考了游胜冠《殖民主义与文化抗争》,台北:群学出版有限公司 2012 年;赵稀方《历史与理论》,广州:花城出版社 2014 年。

(1937年4月1日起),殖民当局废止报刊汉文栏,中文写作几乎没有空间。而第二代作家在日语教育下成长起来,能够用日语创作。也有少数作家(郭秋生、蔡秋桐为代表)为了维护台湾本土性而进行台湾话文创作,因此,汉语(文言和白话)、台湾话文、日语三者互相交杂、逐步交替的关系,形成了杂糅的日据下台湾殖民地文学的语言特征。直到战后光复,这种殖民地语言的创作才被扭转过来。因此,我们在讨论中国现代文学史框架时引进殖民地文学的概念,就意味着不仅仅面对汉语文学创作,还要面对一部分日语创作的文学现象。语言没有阶级性,任何民族语言都是人类长期生活实践的产物,只是在殖民侵略的时代,语言的使用被打上了民族霸权和民族压迫的烙印。日语文学传统本身有着悠久的历史和丰富的内涵,台湾新文学第二代作家在日语教育下也能迅速掌握日语的表达,创作了非常优秀的文学作品。

日本统治台湾的时间并不长,只有半个世纪就随战争失败而告结束,所以,台湾被殖民的文学可以被理解为中国现代文学史框架中的一个特殊的部分。台湾经千百年汉文化的浸淫,台湾士绅阶层早就融入了汉文化传统,日本虽然在军事上占领台湾,但在文化上要彻底隔断中国文化的影响并非易事。割台以后,大陆与台湾的文人之间交流相当频繁(梁启超与林献堂的交游,张我军介绍"五四"新文学运动,刘呐鸥与穆时英、施蛰存等人的文学活动,李万居与章太炎、胡风、黎烈文的往来,吴坤煌与东京左联雷石榆、魏晋的文学活动,以及胡风从日语翻译台湾、朝鲜作家的短篇小说集《山灵》在上海出版等等,都是很好的例子),台湾新文学运动的重要刊物和左翼刊物上大量引进大陆作家的作品[①]，而且日本殖民当局虽然在大传统上企图隔断汉文教育，推行日语教育，但在小传统领域却并无作为，也没有禁止大陆文学的输入。据台湾学者研究，即使是日本殖民当局主办的媒体如《台湾日日新报》（包括《汉文台湾日日新报》）上，刊载的约三千篇汉文通俗短篇小说里大约三分之二以上来自大陆的文言笔记小说和通俗故事。[②] 更遑论其他民间通俗刊物以及宣传儒教的刊物上转载大陆文人的作品。[③] 从民间立场来看，两岸在文化上的联系与影响并没有被完全隔断。

---

① 可参考许俊雅《〈洪水报〉、〈赤道〉对中国文学作品的转载——兼论创造社在日据台湾文坛》，载《台湾文学研究学报》第 14 期，2012 年 4 月，第 169—218 页。

② 据许俊雅在《日据时期台湾小说的生成与发展》披露："大约从 1906 年开始，至 1934 年，《台湾日日新报》约刊载了三千篇汉文通俗短篇，其中大约有两千多篇是大陆小说（含笔记丛谈、新闻故事）的直接转载或改写摹仿之作。台湾汉文小说的发展历程里，大量大陆文言笔记小说、鸳蝴派小说几乎充斥在各报章杂志，但因未交代作者、出处，有时又做了各种隐瞒手法，因此迄今学界未悉这些作家、典籍曾如是广泛被台湾人阅读，进而产生摹仿借鉴学习之路程。……就笔者目前初步之整理，可发现三千多篇汉文文言之作，即使至 30 年代末，仍有为数不少的大陆文言笔记小说被刊载，方之台湾新文学的蓬勃发展，这现象又说明了甚么？文言通俗小说在台湾的发展，透过刊载脉络的清理，将可发现大陆文学的影响可能远超出我们的想象。"（文讯杂志社主编《百年小说研讨会论文集》，台北：文讯杂志社 2012 年，第 19—52 页）

③ 据许俊雅在《日据时期台湾小说的生成与发展》指出："除了日本统治初期的儒教利用，台湾在清末以来，宣扬孔教的团体与个人，逐渐崛起，活动日多。早中期与宣讲、鸾堂关系甚大，到了'皇民化'运动前后，汉文遭到打击、压抑，但推扬孔教的活动，却未受禁止，反而鼓励其进行，出版汉文杂志，最有名者如施梅樵主编的《孔教报》，及其后的《崇圣道德报》。甚至《风月报》都转载刊登了丁寅生《孔子演义》，自第 90 号（1939 年 7 月 24 日）起连载至《南方》188 期 1944 年 1 月 1 日停刊止，百回之作连载至九十三回，即使《风月报》改为《南方》仍继续连载，未尝中断，不能不说是相当特殊的现象。这与 30 年代末刊行的《孔教报》、《崇圣道德报》对儒家孔子的宣扬必然有密切关系。"（文讯杂志社主编《百年小说研讨会论文集》，第 19—52 页）

中国现代文学史上被殖民的文学并非仅限日据下台湾文学，它是一种动态的文学现象。甲午战争后，台湾、澎湖列岛被割让，但日本帝国主义的殖民侵略野心没有因此满足。从历史的角度看，1915年强迫中国政府签订二十一条不平等条约和1919年巴黎和会上要求转让德国在中国山东的权益，都是日本帝国主义对中国领土的变相侵略，直到1931年九一八事变和1937年全面侵华战争等等，都是中日甲午战争的延续。战争期间形成的伪满洲国文学，汪伪控制下的华北、华东沦陷区文学，也都是未完成的被殖民的文学，与日据下台湾文学同属于日本侵略政策下的“大东亚文学”，有着既相通又不同的特征及其运作规律，这是现代文学史的一个连续性的现象。我们只有引进殖民地文学的概念，才能对这一文学现象做完整的考察和研究。

三、为什么把1937年抗日战争全面爆发作为中国现代文学史的重要分期？如何理解战争对20世纪中国文化以及文学发展的影响？

把1937年抗日战争全面爆发作为20世纪中国文学史的重要分期，虽然早有学者提出过这个命题①，但本文引入了日据下台湾的殖民地文学，抗战对于文学史的意义就变得更加重要了。因为在全面抗战之前，台湾的殖民地文学与中国大陆的半殖民地文学之间虽互有联系，总体上还是各行其道，呈现出比较丰富的文学“无名”状态。而在1937年卢沟桥事变以后，战争全面爆发，两岸文学都进入

① 刘志荣《抗战爆发：中国20世纪文学史上的重要分界线》，收章培恒、陈思和主编《开端与结束——现代文学史的分期论集》，上海：复旦大学出版社2002年。

了战争的"共名"状态[1],两岸文学都被强制性地置放在同一个战场空间。这时候文学的性质发生了变化,两者之间出现了对峙的关系。

抗日战争全面爆发前,两岸的文学发展轨迹非常接近。日据下台湾文学五十年被殖民的历史,按照日本对中国的侵略步骤而言,大致可以分为三个阶段:**第一个阶段(1895—1931)是殖民地文学内部的冲突蜕变时期,从被殖民到反殖民,促成了以反殖与启蒙为主旨的新文化(1920年)与新文学运动(1923年)。**这个时期台湾文学经历了由士绅阶层为主体的传统诗社向知识分子为主体的新文学的转换过程。在第一次世界大战后民族自决理念的鼓舞下,1920年台湾新文化运动的标志性刊物《台湾青年》创刊,公开发表思想启蒙的言论,几乎是步了《新青年》发起新文化运动的后尘。1923年以后,"五四"新文学运动提倡白话文的主张在台湾获得响应,台湾新文学运动也轰轰烈烈地开展起来。从张我军猛烈批判台湾旧文学,到台湾新文化阵营不断左倾化,逐渐催生出激进的左翼文化运动。这个过程也重复了大陆"五四"新文学运动到左翼文艺运动这两个先锋思潮相交替的过程。大陆的先锋运动导向了文化运动,朝政治革命发展,推动了中国共产党的产生、第三国际的介入以及国共两党合作发动北伐战争,新文学的骨干纷纷

---

① "共名"在本教程中是一个与"无名"相对应的概念,指的是某个历史时期的文化状态。"共名"是指"当时代含有统一而重大的主题时,知识分子思考问题和探索问题的材料都来自时代的主题,个人的独立性被掩盖在时代的主题之下"。这样的文化状态就构成了"共名"。如抗战就是一个大的时代共名。关于"无名"与"共名",可参考拙作《新文学整体观续编》第六章《共名与无名相交替的文学状态》,济南:山东教育出版社2010年。

参与了这场革命战争。而同一时期以蒋渭水为首的台湾知识分子成立台湾文化协会(1921年),向殖民政府提出争取民族自决、地方自治和议会制度等权利,同时,反对殖民主义经济压迫的劳工运动、农民运动也此起彼伏,各种思想倾向的政治团体纷纷崛起,分裂组合,百家争鸣,1928年作为日共支部的台湾共产党成立,成为台湾最激进的政党。直到1931年九一八事变爆发,日本当局加紧殖民控制,台湾所有的政治团体都被取缔,所有的政治活动都被镇压。这形势与早几年(1927年)发生在大陆的国共分裂、"清党"以及革命进入低潮的形势也相差无几。大陆的现代文学也是在政治陷入白色恐怖以后才转向了左翼文学运动,通过文学创作来延续新文学的先锋精神,于是文学创作进入繁荣阶段,各色各样的文学实验和文学流派都出现了,"五四"第二代作家胡风、巴金、沈从文、老舍、曹禺、丁玲、萧红、艾青、夏衍、戴望舒等,迅速成为文学的中坚力量,创造了"三十年代"民国文学的黄金时期。这时期,**台湾文学的第二阶段(1931—1937)也是由政治运动转向文学创作,同样进入了政治高压下的文学创作繁荣时期。**当时文学运动所发起的许多讨论,诸如乡土文学、台湾话文、文艺大众化等对文学史产生深远影响的议题,都是在这一时期展开的。台湾的新文学第二代作家用日语创作,并且在日本和中国大陆文坛上都产生了影响(如杨逵、吕赫若、龙瑛宗的小说)。这时期台湾新文学也出现了多种风格并存的现象,杨逵等人的激进左翼书写,巫永福、翁闹等人的现代主义意识的写作,杨炽昌为首的风车诗社的超现实主义,刘呐鸥在中国大陆的新感觉派,以及龙瑛宗、张文环、王昶雄等人的创作,构成了丰富多元的文学格局。所以说,1937年抗日战争全面爆发之前，两岸文学的发展基本上是协调与同步的。

但是抗日战争改变了一切，首先是两岸都结束了丰富多元的文学“无名”状态，进入抗日战争时期的“共名”状态。台湾作为受日本侵略者殖民统治的地区，其文学被纳入战争体制，殖民统治者需要受殖民统治的奴隶充当战场上的炮灰，就提倡“皇民化”，让台湾人民顶了“皇民”的资格去送死。**台湾文学的第三阶段(1937—1945)进入了丧失反抗能力、被“皇民化”的时期。**尤其在1941年太平洋战争爆发以后，日本当局在台湾施行法西斯的战时体制，任何自由反抗的空间都被封闭，文学只有一条出路，就是“皇民化文学”①。这一时期的台湾文学中，除了“潜在写作”②以

① 关于“皇民化”运动和台湾文学的关系，陈芳明在《台湾新文学史》(上)中是这样解释的：“所谓‘皇民化’运动，并不止于政治、经济、军事的总动员，甚至文化的层面也深深受到波及。‘皇民化’运动也不只是在台湾推动而已，凡是在日本统辖下的土地，包括朝鲜、满洲(指中国东北——引者)、桦太、北京、南京、上海等地，都网罗在此庞大运动的阴影之下。在这段时期，台湾作家的文学活动都被迫要配合日本的战争国策，而配合国策所产生的文学作品，就是文学史上所定义的‘皇民化文学’。”(台北：联经出版事业公司2011年，第158页)

② “潜在写作”，是指在哑声的时代，有许多被剥夺了正常写作权利，或者虽然没有直接受到迫害但写了作品无法发表的作家，他们依然保持了对文学的热爱和创作的热情，写下许多当时环境下无法公开发表的作品，直到环境发生变化以后，才公开出版。本教材把这类作品称为“潜在写作”。(关于“潜在写作”，可参考拙作《新文学整体观续编》第三章《当代文学史上的潜在写作》。)陈芳明在《台湾新文学史》(上)描述1937年抗日战争全面爆发以后的台湾文学状况：“从1937至1945年战争期间，文学发展大约可以分为两个阶段。第一阶段，亦即从1937至1941年，是作家不能发声的时期。第二阶段，亦即从1941至1945年，是作家不能沉默的时期。这两个阶段的分野，在于1941年太平洋战争的爆发。”(第158页)陈所指的“不能发声”是指作家不能发出自由之声，但还能保持沉默，不附和殖民者的主流意识形态，但到了“不能沉默”的阶段，作为一个作家，他们连沉默的权利也没有，只能配合战争宣传。在台湾，一大批原来抵抗、批判殖民统治的作家也不得不违心写作来配合“皇民化”；但笔者还是愿意引入“潜在写作”的概念，强调即使在日本殖民统治强权下，还是有台湾作家的潜在写作，如吴浊流的长篇小说《胡志明》(出版时改名为《亚细亚的孤儿》)。

外，几乎所有能公开发表的文学作品，哪怕是违心的、被迫的、不得已的，都只能被纳入支持战争的"皇民化文学"。这一时期，唯一能够在文学写作中稀释、消解甚至悄悄抵御日本殖民主义的同化政策的，是一批坚持写实的文学作品包藏了民间的隐形结构：书写台湾现实生活场景和地域风俗，以及台湾人在国族认同上的极其痛苦的内心意识。应该补充的是，日本当局把文艺纳入战争，成为侵略战争工具的文艺政策，不仅仅是针对台湾的，当时日本国内的文艺政策也是如此，许多日本作家，不管是左翼作家还是唯美作家，都被纳入"笔部队"的编制，参与了侵略战争。[①] 当时在中国大陆被日本占领的沦陷区，也发生了类似的情况。只是日本军事占领各地区的情况不一样，掌控的程度也不一样而已。如在上海、北平等地区的中国作家中，还是有很多人用潜在写作或者回避战争政治来保持文学的艺术独立性。

同样，在大陆，全面抗战也改变了"五四"以来新文学的发展方向。如果说，新文学运动是一个具有先锋文学因素的思潮，其在近二十年的发展中逐渐融入各种各样的文学因素和文学潮流，进而在汇集成为文学主流的过程中，原有的先锋精神也逐渐地被消解和被丧失；从"五四"初期新文学运动到左翼文艺运动是一个文学先锋精神的式微过程：从社会的文化的紧张对立关系进入到

---

① 日本在战时也有许多作家被迫"转向"，被纳入"笔部队"参与侵略战争，但是还有很多作家在战场上发表了反对战争的作品（如石川达三），也有的作家以强调艺术上的美与人性，进行"艺术的抵抗"。参见叶渭渠、唐月梅《日本文学史·现代卷》第八章《黑暗的战争年代与文学》，北京：经济日报出版社2000年，第292—324页。

政治的党派的紧张对立关系以后，其内在的先锋文学因素也开始衰亡。对于这种变化来说，抗战则是一个分界，外来情势剧变促使文学的先锋性迅速转换为民族主义的政治激进态度。“五四”新文学是一种先锋运动，它的主体是思想解放、冲破了传统文化观念的先进知识分子，由知识分子推动思想启蒙和民族救亡运动；而在抗战全面爆发以后，一个新的伟大的民族主体觉醒了，千百万中国农民走上了战场，成为抗日救国的主要力量。随着农民阶级在政治上军事上的地位急剧上升，他们在文化上的自我解放的要求也被激发出来，成为当代文化建构的重要内容。战争使知识分子为中心的启蒙文化开始瓦解，文学与战争、与战争的主体农民之间的关系，都发生了变化，先锋运动消失了，知识分子精英独占主流的现象受到遏制，民间文化形态进入了当代文化建构。原来由知识分子精英对庙堂统治者的斗争和对国民性的改造同时展开的文化冲突，转向了庙堂意识形态、民间文化形态和知识分子精英传统三者有条件的妥协与沟通，取得了对外抗战的一致性。“三分天下”并存的局面由此形成。文学与战争紧密结合，充当宣传工具，与“抗战无关”的文学受到了抵制和批判。当代文化建构中的战争文化心理在此时被普遍接受。①

抗战对现代文学史的影响还不仅仅表现在战争期间，在这一场战争结束以后，战争因素已经深深楔入民族文化心理。抗战胜利后，中国大地上的战争没有结束，国共两党之间的战争、世界范

---

① 关于抗战形成的战争文化心理问题，可参见拙作《新文学整体观续编》第二章《抗战与当代文学》，第52—80页。

围内的美苏两大阵营的冷战，一直影响着民族文化建构中的战争文化心理。因为战争的关系，文学与政治、政权、国家的关系越来越紧密，尤其是1949年后海峡两岸政治军事对峙的格局下，两岸的文学都被纳入到战争思维模式中去，都在政治意识形态支配下运作；而在香港，除了市民大众文学格外繁荣外，美元操作下的文学创作和左、右两派文学的对峙，也都形成了文学运作的基本格局。但是，战争思维的大格局中仍然存在着多层次的创作现象，可以分出主旋律的、现实批判主义的、偏重艺术与内心的，以及潜在写作等等层面。在大陆，经过了数次政治运动，以鲁迅为偶像的先锋精神在现实层面基本上已经消失，但是新文学作为一种新传统被纳入国家意识形态的建设，进入了被学科化、文献化、经典化的阶段，新文学的精神传统通过学院的教学和研究转化为一种学科形态，保存在大量的历史文献与文献叙述中，并得以传播；现代文学的经典作家和经典作品也被合法地树立起来，在教学和研究中获得延续。但是正因为进入了学院的学科体制，"五四"新文学的先锋精神隐隐约约地隐藏于新文学传统的大叙述中，通过师承的学术血脉依然在慢慢流淌，延续，薪尽火传。

抗战的规模几乎蔓延到整个中国的东部和中部，太平洋战争以后甚至蔓延到东南亚和南洋地区。大规模的战争使中国的政治、军事、文化的地图发生了根本性的改变，文学地图也随之发生了变化。1937年以前，"五四"新文学运动的影响自然也波及全国各地，但文学集中于繁华之地基本上不离京沪沿线，而全面抗战打破了这种狭小的分布格局，先是东三省的沦陷促使一批作家流亡内地，加入了新文学的队伍。1937年战事爆发，战争裹挟了作家艺术家的迁徙和流亡，武汉、香港、桂林、重庆、延安等等，相继成为中国文学的精英荟萃之地，形成了多元的文学中心。战争中政治军事地图的不断变化，促使作家艺术家们渐渐地相应分布在不同政治性质的三个区域：国民党统治下的大后方、共产党领导下的抗日民主根据地，以及日本侵略军占领的沦陷区。这三大区域构成了战后中国的政治版图，也构成了战后的文学版图。如果我们将全中国版图视为一个整体的话，那么，不难认识到这三大区域始终存在于20世纪后半叶的中国土地上，只不过区域面积和土地上的主宰者在不断的变化之中。首先是国共两党的大规模战争改变了中国政治领导权的比重。原先占有大部分领土的国民党最后退守到台湾，维系着国统区的命脉；原先以延安为中心的抗日民主根据地随着战争的胜利渐渐扩大解放区，直至控制了整个中国大陆；其次，日本在战争中终遭失败，其殖民统治崩溃，"满洲国"已经覆灭，台湾省被国民党占据，但近代中国遭受殖民统治的国土并没有完全恢复行使主权，还留有香港和澳门。香港在战前文学并不繁荣，但随着1949年的战事，南下北上的大流徙造成了文学的畸形繁荣。英国在二战以后经营香港与战前日本统治台湾有很大的不同，但战后香港文学仍然具有鲜明的殖民地文化的特征，1949年以后的香港文学构成了不同于内地和台湾的文学特点。战争造成的三大区域的文学面貌，直到20世纪末的1990年代，随着两岸政治变化以及关系缓和、香港澳门回归等因素，才渐渐发生了新的变化。

以上三个问题的提出，都是为了更好地理解20世纪中国文学发展的规律，先锋与常态的关系是考察1937年以前现代文学运行发展的一个视角，以抗战为分界是考察1937年到上世纪末大中国文学版图的文学状况，而殖民地文学这一概念的提出，可以更全面地考察中国20世纪文学运行的状况及其特点。这正是本教程所追求的文学史理论的创新和突破。

完成于2016年3月上海鱼焦了斋

初刊《文学评论》2016年第6期

重读有关《新青年》阵营分化的信件（之一）

前些日子，为编辑《史料与阐释》[1]，我邀请王观泉先生著文介绍香港收藏家许礼平先生提供的三幅书信手迹。王观泉先生认定这三封信件均与现代史上“《新青年》分化”事件有关，他特意撰写了有关《新青年》思想发展及其分化的研究大文《光芒四射之余辉，也光芒四射》，浩浩瀚瀚，势不可收。我读之怦然心动，勾起进一步探幽析微的兴趣，于是把有关《新青年》分化的信件文献重新系统阅读，现把阅读体会及一些不成熟的想法整理如下，以求教于方家。

一、《新青年》阵营“分化”书信的文献来源

王观泉先生在文章里提到学术界研究“《新青年》分化”的资料来源时，有如下介绍：

---

① 《史料与阐释》，陈思和、王德威主编，年刊，复旦大学出版社出版。此处所指第 3 期，2015 年出版。

> 上世纪50年代,出版界大佬张静庐主编的《中国现代出版史料》分甲、乙、丙、丁(上下卷)四编出版,在第一卷《甲编》第7—16页题为《关于〈新青年〉问题的几封信》,开启了对于早已被遗忘了三十多年的《新青年》的研究。……又等候了四十年,于2001年,出版了由另一出版大佬宋原放主编、陈江辑注的《中国出版史料(现代部分)》两卷(山东教育出版社2001年4月第一版),在上册第10—17页刊登题为《涉及〈新青年〉分化的几封信》的一组信件。从标题看是,张编是没有倾向性的史料汇集;宋编陈辑的资料却有倾向性,指为“分化”,必有“左”、“右”之分。此为一。二,陈江的辑注多出一封信。现在,我因为要考释许礼平先生提供的李大钊致胡适的一封信和周启明致李大钊的两封信,再广收遗漏,列出一份清单……①

我在编辑时,出于校对文献的需要,参考了欧阳哲生的两篇文章:《新发现的一组关于〈新青年〉的同人来往书信》与《〈新青年〉编辑演变之历史考辨——以1920—1921年同人书信为中心的探讨》。② 前一篇文章里叙述了作者2002年在美国胡祖望家中获得《新青年》同人书信十五封的经过,并且发表了这些信件的抄

---

① 王观泉《光芒四射之余辉,也光芒四射》,《史料与阐释》第3期,复旦大学出版社2015年,第142—153页。

② 前一篇载《北京大学学报》(哲学社会科学版)2009年第4期,后一篇载《历史研究》2009年第3期。这两篇文章后经修订收入作者的《五四运动的历史诠释》,北京大学出版社2012年。

件,其中包括许礼平收藏的三封信件。这些书信中有些内容后来被学界引用,发挥了重要的作用,但书信原件依然保存在胡祖望家属手中。2009年5月,这批信件首次由中国嘉德拍卖公司公开拍卖,6月,国家文物局从嘉德拍卖公司购得,于同年7月整体移交中国人民大学博物馆收藏。《中国人民大学学报》2012年第1期正式公布这批书信,共十三封[①],其中有十一封陈独秀致胡适等人的信件,两封钱玄同信件。对照欧阳哲生发表的十五封信件,有十封陈独秀信件是重合的,中国人民大学博物馆收藏的陈独秀信件中多了一封1932年10月10日陈独秀致胡适的信[②],为欧阳哲生发表的信件所无。两封钱玄同信件与欧阳哲生发表的信件也相重合,只是其中一封因为钱玄同用罗马拼音签名,被专家误认为是陶孟和[③]。唯有欧阳发表的信件中李大钊致胡适一封、周作人致李大钊两封尚无着落。那么现在清楚了,这三封信件的原件已经被许礼平先生所收藏。

欧阳哲生在《新发现的一组关于〈新青年〉的同人来往书信》一文中,除了公布十五封信件外,还提供了一组有关"《新青年》分化"的

---

① 该期学报以《中国人民大学博物馆藏"陈独秀等致胡适信札"研究》为总标题,发表三篇文章:黄兴涛、张丁整理《中国人民大学博物馆藏"陈独秀等致胡适信札"原文整理注释》、黄兴涛《中国人民大学博物馆藏"陈独秀等致胡适信札"释读》、齐鹏飞《文物价值和史料价值俱珍的重要历史文献——中国人民大学博物馆藏"陈独秀等致胡适信札"刍议》。其中第一篇的"原文整理注释"包括十三封陈独秀等致胡适信札。

② 关于这封信件的考释和研究,请参见王观泉《〈资本论〉在中国》,载《史料与阐释》第2期,复旦大学出版社2014年。

③ 黄兴涛在《中国人民大学博物馆藏"陈独秀等致胡适信札"释读》中对此有详尽说明,可以参考。

资料来源，十分详尽，比王观泉提供的资料目录更加丰富。如下：

> 第一批为1954年2月北京中华书局出版的《中国现代出版史料》甲编，内收《关于〈新青年〉问题的几封信》一文。这篇文章共收入陈独秀、胡适、鲁迅、李大钊等人的六封信。这些信注明原件保存在北京大学……
>
> 第二批为1979年5月北京中华书局“内部出版”的《胡适来往书信选》上册，内又增收了七封与《新青年》转折时期相关的信……这些信来源于保存在中国社科院近代史研究所的“胡适档案”。在“胡适档案”中还保有陈望道致胡适(1921年1月15日)一信，当时没有公布，后来收入《胡适遗稿及秘藏书信》第35册(黄山书社1994年出版)。
>
> 第三批是鲁迅博物馆于1979年为纪念五四运动六十周年，在《历史研究》(1979年第3期)①、《复旦学报》(社会科学版，1979年第3期)两刊发表了一批与《新青年》有关的信件。1980年鲁迅博物馆为纪念“左联”成立五十周年纪念，再次公布其收藏的一批书信(内含此前在《历史研究》、《复旦学报》两刊公布的信)②。此外在《钱玄同文集》第六卷《书信》里还收有一封李大钊致钱玄同信(1921年1月)。

---

① 这条信息有误，应该是《历史研究》1979年第5期。

② 鲁迅博物馆1980年公布的书信刊载于《上海现代文艺资料丛刊》第5辑，上海文艺出版社1980年12月出版。题为《胡适、刘半农、陈独秀、钱玄同、郑振铎、傅斯年、陈望道、吴虞、孙伏园书信选》(1917年9月—1923年8月)，鲁迅研究室手稿组选注，共六十三封信件，包括《历史研究》和《复旦学报》已经刊登过的八封书信。但其中内容与《新青年》阵营“分化”相关的，一共有十五封。

此外,“第四批”就是人民大学博物馆收藏的十三封信件加许礼平收藏的三封信件,其中陈独秀致胡适信中有三封信件的时间分别为1925年2月5日与2月23日、1932年10月10日,内容无涉《新青年》分化,今姑且不计在内。四批信件,可以说是目前研究《新青年》从一个坚持启蒙主义立场的同人刊物转变为宣传马克思主义的共产党组织的机关刊物及其阵营由此分化的最重要的资料文献。

根据王观泉与欧阳哲生提供的文献目录,汇总起来大约如下:

(一) 宋原放主编的《中国出版史料(现代部分)》第一卷上册(陈江辑注)所收《涉及〈新青年〉分化的几封信》七封:

001①,陈独秀致李大钊等(未注明日期)②

002,陈独秀致胡适、高一涵(1920年12月16日)

003,胡适致陈独秀(未注明日期)

004,鲁迅致胡适(1921年1月3日)

005,胡适致李大钊等八人(1921年1月22日)

006,李大钊致胡适(未注明日期)

007,陈独秀致胡适(1921年2月15日)

(二) 选自《胡适来往书信选(上)》的信件六封:

008,陈独秀致李大钊、胡适等(1920年4月26日)

---

① 这里编号是笔者为方便讨论而设,特此说明。

② 编号001的“陈独秀致李大钊等信(未注明日期)”,为张静庐主编的《中国现代出版史料》甲编内收《关于〈新青年〉问题的几封信》所无,其余六封,两者收录相同。特此说明。

009,陈独秀致胡适(残)(1920 年 8 月 2 日)

010,陈独秀致胡适(1920 年 9 月)

011,陶孟和致胡适(1920 年 12 月 14 日)

012,胡适致陈独秀(稿)

013,钱玄同致胡适(残)(1921 年 1 月 29 日)

(三) 来自《胡适、刘半农、陈独秀、钱玄同、郑振铎、傅斯年、陈望道、吴虞、孙伏园书信选》中相关信件十五封:

014,陈独秀致周作人(1920 年 3 月 11 日)

015,陈独秀致周作人(1920 年 8 月 22 日)

016,陈独秀致周作人(1920 年 9 月 28 日)

017,陈独秀致鲁迅、周作人(1921 年 2 月 15 日)①

018,陈望道致周作人(1920 年 12 月 16 日)

019,陈望道致周作人(1921 年 1 月 28 日)

020,陈望道致周作人(1921 年 2 月 11 日)

021,陈望道致周作人(1921 年 2 月 13 日)②

022,陈独秀致周作人(1920 年 7 月 9 日)

023,陈独秀致鲁迅、周作人(1920 年 8 月 13 日)

024,陈独秀致周作人(1920 年 9 月 4 日)

025,钱玄同致周作人(1920 年 8 月 24 日)

026,钱玄同致周作人(1920 年 9 月 25 日)

027,钱玄同致周作人(1920 年 12 月 16 日)

---

① 编号 014—017 的四封信先前曾刊登于《历史研究》1979 年第 5 期。

② 编号 018—021 的四封信先前曾刊登于《复旦学报》1979 年第 3 期。

028,钱玄同致周作人(1920 年 12 月 17 日)[1]

(四) 来自《钱玄同文集》第六卷的信件两封:

029,李大钊致钱玄同(1921 年 1 月)

030,钱玄同致鲁迅、周作人(1921 年 1 月 11 日)

(五) 来自《胡适遗稿及秘藏书信》书信一封:

031,陈望道致胡适(1921 年 1 月 15 日)

(六) 来自《中国人民大学博物馆藏"陈独秀等致胡适信札"原文整理注释》公布的信件十封:

032,陈独秀致胡适、李大钊(1920 年 5 月 7 日)

033,陈独秀致胡适(1920 年 5 月 11 日)

034,陈独秀致胡适(1920 年 5 月 19 日)

035,陈独秀致胡适(1920 年 5 月 25 日)

036,陈独秀致高一涵(1920 年 7 月 2 日)

037,陈独秀致胡适(1920 年 9 月 5 日)

038,陈独秀致胡适、高一涵(1920 年 12 月 21 日)

039,钱玄同致胡适(约在 1920 年 12 月 21 日至 1921 年 1 月 3 日之间)

040,陈独秀致胡适等(1921 年 1 月 9 日)

041,钱玄同致胡适(1921 年 2 月 1 日)

(七)《新发现的一组关于〈新青年〉的同人来往书信》首次公布、原信为许礼平先生收藏的三封:

---

① 编号 025—028 钱玄同致周作人信件,内容丰富,不完全针对《新青年》,但偶尔有些段落涉及对《新青年》的看法,在此存以备考。

042,李大钊致胡适

043,周作人致李大钊(1921 年 2 月 25 日)

044,周作人致李大钊(1921 年 2 月 27 日)①

全部信件 44 封。②

二、《新青年》阵营"分化"的背景

这 44 封信件中,最早是 1920 年 3 月 11 日陈独秀致周作人信(编号 014)。陈独秀于 2 月 19 日除夕之日定居上海后才 22 天,就围绕《新青年》稿子筹划致信周作人。其内容有:策划七卷六号(五月份出版)的劳动节专号、代周氏兄弟向群益书店联系出版《域外小说集》、向周氏兄弟索稿等等。信中透露,之前他还有一信致钱玄同,但未见回信,内容不外是索稿。当时京沪之间邮路时间较长(书刊邮寄时间五天,信件可能快些),陈独秀在 3 月 11 日信中催问此事,估计他在 3 月上旬已经开始《新青年》的正常编辑工作。当时陈独秀战斗生涯尚未进入建党阶段,也不存在《新青年》编辑部内部的分裂。陈独秀编《新青年》还是依仗北京同人,在信中,对李大钊、钱玄同、周氏兄弟,都充满怀念之情。

这组信件的最后两封都是周作人致李大钊的信,时间是 1921 年 2 月 25 日(043)与 27 日(044),内容差不多,主要是声明他赞同

---

① 032—044,初刊于欧阳哲生的《新发现的一组关于〈新青年〉的同人来往书信》,但个别文字、署名有出入。

② 根据欧阳哲生《〈新青年〉编辑演变之历史考辨——以 1920—1921 年同人书信为中心的探讨》一文提供的新材料,陈独秀于 1920 年 6 月 15 日、17 日,8 月 2 日、7 日都有信件给程演生,内容都是为了《新青年》筹款。这四封信件尚未完整公布,故没有列入这批书信目录。

《新青年》的分裂:“《新青年》我看只有任其分裂,仲甫移到广东去办,适之另发起乙种杂志,此外实在没有法子了。”但他不希望胡适在北京办刊继续用“新青年”之名:“适之的杂志,我也狠是赞成,但可以不必用《新青年》之名。《新青年》的分裂虽然已是不可掩的事实,但如发表出去(即正式的分成广东、北京两个《新青年》),未免为旧派所笑。”(043)周作人的态度,大致也代表了鲁迅。周氏兄弟此时对《新青年》转向共产主义的政治宣传是有思想准备的,表示同情的理解。但他们也有自己的底线:“如仲甫将来专用《新青年》去做宣传机关,那时我们的文章他也用不着了;但他现在仍要北京同人帮他,那其内容仍然还不必限于宣传可做了。”(044)这话表明,周氏兄弟虽对陈独秀的“专用《新青年》去做宣传机关”表示理解,但他们并不准备介入这种转变。这两封信是写给李大钊的,之前李大钊似乎是反对《新青年》分裂的,但在周作人的信里可以看出,《新青年》阵营之分裂已经成为定局了。也就是说,1920 年 3 月 11 日到 1921 年 2 月 27 日不到一年的时间,新文化运动以来最重要的思想文化阵营——《新青年》编辑部同人之间发生了极为深刻以致影响 20 世纪中国走向的“分化”①。

王观泉先生是一位学术视野宏大的学者,他在论文《光芒四射之余辉,也光芒四射》里论述了《新青年》编辑部同人从发展到分裂的过程,正是折射出一战前后国际形势变化的大趋势对中国思想

---

① 王观泉是不赞成用“分化”来形容《新青年》阵营的分裂事件的,他认为“指为‘分化’,必有‘左’、‘右’之分”,不赞成简单地以“左”、“右”来划分《新青年》这一战斗团体,我对此表示赞成;其实《新青年》“分化”无关“左”、“右”,而是一部分先锋分子接受苏俄第三国际的建议,从理论走向实际运动而发生的结果。

精英的深刻影响。他把1914年9月5日《青年杂志》的创刊日与欧战中第一次马恩河战役英法联军击溃德军、促使中国加入协约国同盟并宣布“绝德”(1917年3月14日)的过程联系在一起,如此描述:“《青年杂志》以民主和科学为远程目标。眼下全线投入第一次世界大战与中国之命运。从一卷一号起,选择政治和军事进展的顶级论文和战场信息和报导,如透视日本绝德的《大限内阁之改造》以及《巴尔干半岛之风云》、《德意志邻近中立国之态度》、《波斯湾排除英法势力之风波》、《英法阁员会商军事》等等。大概由于《青年杂志》的走向,特别登出如《共和国家与青年之自觉》、《战云中之青年》、《德国青年团》、《英国少年团规律》、《巡视美国少年团》、《青年论》等等,迟到的《青年杂志》不说超越,至少是跻身于名刊《东方杂志》、《晨报(副刊)》等,并且与梁启超、梁士诒、刘彦、伍廷芳父子以及张君劢等朝野时贤多共同语言,更不必提及在全国名牌大学中的影响了。”①王观泉注意到当时笼罩欧洲大陆的战争已经吸引了急于想走进世界格局的中国知识分子的注意力,无论梁任公、梁士诒、刘彦、伍廷芳父子以及张君劢,“朝野时贤”政治立场未必相同,但是对于欧战的关注显示了他们思想的超前性和宽广度。陈独秀主编的《新青年》正是在这一时代“共名”的维度里后来居上,成为一个携带着较多国际视野和信息的广受欢迎的思想刊物。

近期学界论述《青年杂志》在上海创刊时期,往往强调其“是一本青年文化修养的时尚读物”②,或者说“是一本以当时的中国

---

① 王观泉《光芒四射之余辉,也光芒四射》,第144页。

② 庄森《飞扬跋扈为谁雄——作为文学社团的新青年社研究》,上海:东方出版中心2006年,第26页。

青年为预期读者的杂志"[①]，说它是本青年读物总不会错，但是作为一本自觉引领青年文化潮流的读物，陈独秀的"自觉"，首先是在培养青年获得世界视域的制高点，而不是其他。他在创刊之初就向青年读者公布了自己的办刊方针："今后时会，一举一措，皆有世界关系。我国青年，虽处蛰伏研求之时，然不可不放眼以观世界。本志于各国事情，学术，思潮，尽心灌输，可备攻错。"[②]为了这个目的，前有陈独秀、高一涵、李亦民等人，后有周作人、胡适、陶孟和等人，或写或译，介绍西方的各种思想学术潮流，"国外大事记"、"世界说苑"等栏目重点介绍世界形势和正在发生的事情，基本上是围绕着欧战的进展而展开。1918 年 11 月 11 日欧战以德国战败宣告结束，中国作为战胜国也曾扬眉吐气于"列强"之中，北京的学校宣布 11 月 14 日、15 日、16 日连续放假三天，市民学生集会庆祝，学者教授登台演讲，欢腾一片；李大钊、蔡元培、陶孟和都在公众集会上发表了演讲，李大钊、陈独秀、蔡元培撰写文章，与那些演讲稿一起刊登在《新青年》第五卷第五号，这一期刊物几乎成了庆祝一战胜利的专号。如果说，从《青年杂志》第一卷第一号撰文介绍第一次世界大战中的"华沙战役"等开始，到第五卷第五号庆祝协约国的胜利，《新青年》同人中有一部分人始终密切关注世界战争的情报，紧跟着世界大势探寻中国的出路何在；那么，整个世界大势走向也将反过来影响《新青年》同人的思想。

① 左铁凡《〈新青年〉的青年形象塑造》，载《史料与阐释》第 3 期，复旦大学出版社 2015 年。

② 《青年杂志》第一卷第一号，社告第二条。

再进而论之,发生在第一次世界大战期间的俄国推翻沙皇统治的二月革命,紧接着又爆发列宁为首的布尔什维克领导的十月革命,都不能不给以《新青年》同人以深刻的刺激。

我以前曾经讨论过"五四"新文化运动的先锋性因素①,主要是体现于《新青年》同人倡导的"文学革命"和以鲁迅为代表的新文艺创作实绩。而"先锋"的文化意义绝不局限于文艺思潮,它的彻底反现状、反传统的姿态和立场,必然要以更为直接与社会变动发生关系的形态展现出来,政治斗争往往成为先锋运动最终选取的领域。这也是当时世界大势所致,法国的超现实主义、俄国的未来主义等文艺运动,最终都与正在新兴过程中的激进的左翼政治思潮相结合,成为革命浪潮中的弄潮儿。相反的例子是意大利的未来主义领袖马利内蒂最终走向了法西斯主义。但不管最终目的怎样,先锋运动的政治指向是一致地反对平庸的、物质的、死气沉沉的中产阶级社会生活。所以,《新青年》作为一种先锋运动的旗帜,其同人中最激进者必然会把注意力转向正在崛起的俄国革命。而李大钊、陈独秀是其中的佼佼者,先锋运动中的急先锋。俄国爆发的革命对这个先锋运动群体多少都有一点影响,包括鲁迅、钱玄同和胡适等,但是站在先锋立场上最坚决最敏感的是陈李二人。陈独秀始终是站在时代的前沿,紧紧盯住了欧战大势所趋,1917 年中国朝野热议加入协约国参战时,陈独秀就在《新青年》第三卷第一号发表《对德外交》,呼吁"绝德"而加入协约国,刊物出版日期为 3 月 1 日,到 3 月 14 日中国政府正式宣布与德国

① 参阅拙作《试论"五四"新文学的先锋性》,初刊《复旦学报》2005 年第 6 期。

绝交，参加第一次世界大战，陈独秀在《新青年》第三卷第二号又发表《俄罗斯革命与我国民之觉悟》，针对刚刚发生的俄国二月革命推翻沙皇政权以后是否会与德国单独媾和问题发表见解，他说："吾国民所应觉悟者，俄罗斯之革命非徒革俄国皇室之命，乃以革世界君主主义侵略主义之命也。"[①]陈独秀所说的"君主主义"与民主主义相对立，"侵略主义"与人道主义相对立，陈独秀站在民主主义和人道主义的立场上，歌颂了俄国革命的世界性意义。李大钊对俄国革命更为敏感。在1918年11月欧战胜利的庆祝期间，他连续发表《法俄革命之比较观》、《庶民的胜利》和《Bolshevism的胜利》三篇文章，热烈歌颂列宁和托洛茨基等领导的俄国十月革命。随之他的世界观朝着马克思列宁主义转变，在由他轮值主编的《新青年》第六卷第五号，他不但发表了著名的《我的马克思主义观》，还策划了一个关于马克思主义的讨论专号，发表了不同立场的学者对马克思主义的论述。很显然，李大钊、陈独秀的立场一直在往前推进，由先锋立场走向了以马克思主义为旗帜的列宁主义，也就是从事实际的革命运动了。

再回过来看《新青年》杂志同人的本来立场，一般来说，民国初期的知识精英都经历了从传统士大夫阶层向现代知识分子的转型，但相对于梁启超的研究系、章士钊的《甲寅》以及商务印书馆的《东方杂志》等带有浓重庙堂气息的学术派系而言，《新青年》的立场更接近知识分子的"广场"价值取向：《新青年》阵营基本上采取了拒绝庙堂的立场，偏重思想启蒙、民众教育，批判社会上种

① 陈独秀《俄罗斯革命与我国民之觉悟》，初刊《新青年》第三卷第二号。

种落后和愚昧现象，从事文化领域的“革命”。这一群由留日、留美、留法的海归知识分子构成的新思想阵营，携带了国外引进的不同的思想流派和思想方法，也包括西方的民主精神和自由思想，独立于传统庙堂与民间社会之外，形成了一股新的社会力量。这才是《新青年》阵营所显示的区别于别的学术团体的新气象，也是在当时的社会风气中最吸引人的新鲜活泼、充满生命力的精神力量。胡适在1917年回国时“打定二十年不谈政治的决心，要想在思想文艺上替中国政治建筑一个革新的基础”[①]的计划就是从这个背景而来。“不谈政治”并不是他们真正的目的，也不是《新青年》同人必须遵循的约束，只是他们自觉拒绝庙堂的一种姿态。客观环境不利于谈政治，或者说，政治黑暗到无从谈起，才迫使知识分子放弃谈政治，发奋在思想领域努力。而作为一种先锋运动，其本质就在于对当下社会环境的批判，先锋文化团体即使在艺术领域或者思想领域做工夫，最终目的仍然在于调整与社会的关系，指望通过先锋运动来激化社会批判和社会冲突，先锋运动导致政治介入是有其内在规律的。陈独秀主编的《新青年》屡屡发表有关世界大战的报道、讨论中国的外交立场、对欧战、“绝德”以及俄国革命，难道都不是谈政治吗？待到欧战结束，全民沸腾，中国第一次在列强面前有了面子，谈政治更加受到社会欢迎而变得自然而然了。《新青年》催生了《新潮》、《每周评论》等卫星刊物，非但不再回避谈政治，反而大张旗鼓地领导了民众爱国运动。

---

① 胡适《我的歧路》，收《胡适文集》第3册，欧阳哲生编，北京大学出版社1998年，第363页。

思想启蒙运动的结果总不外乎唤醒人们对于自己命运的自觉，对于社会进步的责任，最终导致社会变革、政治动荡甚至改朝换代，是必然的结果。欧洲的思想启蒙运动导致了法国大革命的流血，俄国革命民主主义者的思想启蒙导致了推翻沙皇统治的二月革命与十月革命，都是历史的先例。因此我们讨论新文化启蒙运动与1919年的五四运动，无法将两者截然分开甚至对立起来，以其之矛攻其之盾。从思想启蒙发展到社会运动，继而唤起实际革命，都是由其内在的逻辑发展所决定的。

所以，我们今天谈论《新青年》的"分化"，其实就是《新青年》阵营中几位文化先锋走出了原来的鼓吹"民主"与"科学"的思想革命藩篱，从《新青年》阵营中分离出来，单独前进，从而促使了原来阵营的瓦解。为什么李大钊发表《我的马克思主义观》，欢呼"布尔什维克的胜利"的时候没有引起《新青年》的"分化"？为什么1919年下半年胡适与李大钊发生"问题与主义"争论的时候没有"分化"，而要到1920年陈独秀南下以后才出现了无可挽回的分裂——完成了所谓的"分化"？事实上，只要把"主义"分歧停留在思想理论的讨论范围，坚持民主、自由和尊重对方的立场的《新青年》同人就不会走向分裂。《新青年》不是一个政党，更不是权力机构，只是一个基于民主理想、先锋做派而自由结合的文人团体，更何况从这个团体建立之初，同人之间就充斥了善意的互相批评。胡适有在《新青年》上宣传实验主义的自由，李大钊当然也有宣传马克思主义的自由，所以"问题与主义"争论并没有影响李大钊与胡适个人之间的关系，在陈独秀南下，与胡适发生"短兵相接"、分裂几乎无可避免的时候，李大钊依然苦口婆心地做和事佬,希望弥合两者的关系,维护《新青年》团结,从这一点上来看,我们过去把“问题与主义”争论的意义看得过于严重了。

但是到了1920年4月陈独秀接受了共产国际的建议,秘密组织建党以后,一切都发生变化了。1919年是陈独秀命运急剧转变的一年。那年3月26日,蔡元培在汤尔和、沈尹默等人怂恿下,决定变相免去陈独秀文科学长之职。原因是陈独秀的嫖妓风波引起了媒体舆论的关注,但这事件正值新旧势力斗争激烈的关键时刻,容易被人理解为社会新旧势力冲突的结果。后人叙述中也未免夸大这个事件的性质,汤尔和几乎成了千古罪人。[①] 也有学者把汤尔和、沈尹默等人怂恿蔡元培罢免陈独秀,视为浙江籍与安徽籍之间的派系斗争。这些说法都有一定的片面性。陈独秀为人桀骜不驯,对周围人群可能多有得罪,他主编《新青年》的先锋立场和激进态度也让周围在场的知识分子感到不舒服,所以被小人落井下石是可以想象的。至于说到嫖妓,民国初期还保留晚清社会的遗风,文人嫖妓并未触犯法律,北大延续了京师大学堂的许多恶俗风气,只要想想一个文科学长、一个理科学长为嫖妓闹出风波,甚至大打出手,校园风气之污秽可想而知。但作为

① 胡适一直坚持这个观点。1935年12月28日,事隔16年之后,胡适仍致信批评汤尔和:“当时外人借私行为攻击独秀,明明是攻击北大的新思潮的几个领袖的一种手段,而先生们亦不能把私行为与公行为分开,适堕奸人术中了。”胡适对1919年3月26日之夜的汤宅会议耿耿于怀,上纲上线,在1935年12月23日致汤尔和信中甚至说:“然独秀因此离去北大,以后中国共产党的创立及后来国中思想的左倾,《新青年》的分化,北大自由主义者的变弱,皆起于此夜之会。……不但决定北大的命运,实开后来十余年的政治与思想的分野。”(引自《738. 胡适致汤尔和(稿)》和《736. 胡适致汤尔和[稿]》,载《胡适来往书信选》[中册],中国社会科学院近代史研究所中华民国史组编,北京:中华书局1979年,第290、281—282页。)

社会名流、新思想领袖，陈独秀在私德上确有不可推卸的责任。蔡元培为端正校风特设进德会，陈独秀是骨干，明知故犯又惹出媒体风波，蔡元培免其文科学长是必要的措施，但为了顾全两位学长的面子，蔡还特意将早已在议的《文理科教务处组织法》提前实施，用教务长来取代两科学长，而夏元瑮出国放洋，陈独秀留任教授。应该说是一种稳妥的处理方法，体现了蔡元培与人为善的厚道与原则。汤尔和、沈尹默都是当年向蔡元培推荐陈独秀的人，对陈独秀素有厚望，如今风波骤起，舆论危及北大声誉，两人急于摆脱干系，建议蔡元培免去陈独秀文科学长，也是可以理解的。事实上，被免职以后的陈独秀并未因此降低其作为思想明星的声誉，这从两个月后陈独秀被捕而激起声势浩大的社会营救事件可以证明。而且，陈独秀这样一个大无畏的人，生命欲望必有异于常人之健旺强烈，他既是清政府也是北洋政府的不妥协的敌人，生命都在所不惜，哪里会把陈腐道学、媒体舆论放在眼里？即使不当文科学长，他依然是北京大学的名教授，思想界的大明星，《新青年》的主编，照样叱咤风云。如果以为被免职事件刺激了陈独秀，让他脱离自由主义而变成共产党，胡适也太低估了陈独秀。在我看来，真正刺激陈独秀的，还是越来越激进的社会环境，当时的社会风潮推动了他走向社会前沿，从书斋走向监狱。五四运动骤然爆发，作为一个文化先锋走向街头散发传单，唤起民众，不管是不是文科学长，陈独秀都会作如是选择。被捕入狱也是他早有思想准备的，他发表随感录《研究室与监狱》才几天①，就以身试法

---

① 《研究室与监狱》发表于 1919 年 6 月 8 日出版的《每周评论》第 25 号。陈独秀在 6 月 9 日和 11 日两次上街散发传单。根据京师警察厅档案，他 6 月 11 日被捕。

被捕了。1919 年 9 月 16 日陈独秀被保释出狱,还是受到警察的监视,人身行动都不自由。经过这三个多月的狱中考验和社会营救,陈独秀从思想明星变成政治明星,其思想在特殊环境的刺激下日趋偏锋,同时政治活动也深深吸引了他,不能想象这时候的陈独秀还能沉住气在书斋里做一个稳稳当当的教授。既然从研究室走到了监狱这一步,等他出了监狱以后,就再也回不到研究室了。这是典型的先锋做派。这时候唯一能够把他拴在研究室的工作就是编辑《新青年》。10 月 5 日,陈独秀在胡适寓所召开《新青年》同人会议,会议决定《新青年》自第七卷起仍归陈独秀一人主编。据胡适说,陈独秀在上海失业,编辑部同人请他专任《新青年》的编辑,给他一个具体的职业。[①] 胡适这话似不完全准确,因为 1919 年 10 月 5 日陈独秀收回《新青年》的主编权,还没有到上海定居的准备。[②] 编辑部同人之所以同意他一人主编刊物,还是从道义上鼓励他重回研究室的努力。《新青年》的同人刊物性质没有变化,仍然由编辑部同人提供稿件。所以第七卷前几期的

---

① 《胡适口述自传》,收《胡适文集》第 1 册,欧阳哲生编,北京大学出版社 1998 年,第 355 页。

② 关于陈独秀何时离开北大,似乎没有定论。陈明远《文化人的经济生活》一书中引用《北京大学 1919 年职员薪俸册》记载,陈独秀薪俸三百银元发到 6 月份,说明陈独秀被解除了文科学长以后两个月仍然拿的是文科学长的薪水。陈独秀 6 月 11 日被捕,9 月 16 日出狱,他的薪俸是否因为被捕而没有发?还是因为他已经离开了北大而没有发?现在没有可靠证据。但是,他出狱后的身份仍然是北大教授。11 月份他主持刘师培的葬礼时,对他的学生陈钟凡说:"校中现已形成派别,我的改组计划已经实现,我要离开北大了。"可见 11 月份还未离开北大。(参见陈钟凡《陈仲甫先生印象记》未刊手稿,转引自唐宝林《陈独秀全传》,北京:社会科学文献出版社 2013 年,第 225 页。)

内容也没有什么特别的变化，第七卷第一号的《本志宣言》更加强调了编辑部同人的统一立场，议论政治的倾向更加明显。到了第二年2月，陈独秀去上海定居，《新青年》也被带到上海去编辑，胡适的回忆材料可能针对这个阶段暗示了一个事实：陈独秀离京南下后是否还能继续担任《新青年》的主编工作，编辑部同人对此有过讨论意见，可能在这个时候，胡适强调陈独秀的生计问题。陈独秀到上海后主编《新青年》是有薪水的，一百五十银元。[①]

1920年4月，俄共(布)西伯利亚局东方民族部代表维经斯基来到上海与陈独秀见面，商定成立中国共产党，具体日期已无考。当时的情况是，十月革命后不久，联共布尔什维克政权还处于欧洲帝国主义的包围之中，出于稳定大后方的战略，1920年3月，俄共中央正式决定建立远东局(又称西伯利亚局)，负责领导远东各国革命的工作。维经斯基就是这个组织派往中国的，任务是建立中国共产党和考察在上海设立共产国际东亚支部的可能性。当时列宁领导的联共(布)政权和第三共产国际派出许多人秘密深入东方各国(中国、朝鲜和日本等)[②]，寻找那些国家内部的反叛力量，组织革命政党来推翻或牵制本国政府，稳定俄苏

---

① 根据《〈新青年〉编辑部与上海发行部重订条件》第六条款："发行部每期赠送编辑部一百份外，并担任编辑费一百五十元。"陈独秀的编辑费应该是一百五十银元。

② 任建树根据《共产国际、联共(布)与中国革命档案资料丛书》第一卷所载来华人数统计："苏俄政府的这两个不同职能的外交渠道，其对华实施从1920年起渐渐加强。从这一年的4月到1922年12月止，由俄共或政府先后派遣来华的有14人，由共产国际派来的6人，共有20人。"(任建树《20年代初联共对华政策的制定——〈共产国际、联共[布]与中国革命档案资料丛书〉研究札记》，载《上海行政学院学报》2001年第1期，第123页。)

政权的大后方。[1] 联共(布)政权以及第三国际派往中国的人员起先并没有具体的对象,他们在混乱形势中广泛接触中国各种政治力量,物色他们在中国的“代理人”。为此,他们对吴佩孚、陈炯明、孙中山都产生过兴趣,维经斯基这一路从东北到北京、天津主要接触当时社会革命力量中最有影响的无政府主义组织,以及知识分子领袖李大钊。那是 1920 年 4 月,李大钊身任北京大学图书馆馆长和北大教授,在社会上有崇高的威望,而且公开宣布自己的马克思主义信仰。维经斯基对他肯定抱有期望。但那时候李大钊所信仰的马克思主义理论体系十分复杂,在具体的政治主张里,还是比较倾向于无政府主义的工团主义和克鲁泡特金的互助思想[2]。这

① 唐宝林根据《共产国际、联共(布)与中国革命档案资料丛书》发布的资料:“当时派维经斯基来华的俄共(布)远东局海参崴分局领导人、俄罗斯联邦驻远东全权代表维连斯基把俄共中央政治局给他的指示归纳为四条,其中第一条是‘我们在远东的总政策是立足于日美中三国利益发生冲突,要采取一切手段来加剧这种冲突’,其次才是‘支援中国、蒙古、朝鲜、日本的革命’。这就是说维经斯基以及以后一切来华代表,执行援助中国革命的政策,必须要服从苏俄的外交政策即苏俄国家利益。当时苏俄对华政策最大的国家利益是什么呢?是追求苏俄远东边界线上的安全……”(唐宝林《陈独秀与共产国际[1920—1927]》,载《湖北行政学院学报》2002 年创刊号,第 51 页。)

② 唐宝林在《陈独秀全传》中这样评价李大钊:“一般认为,李大钊是中国接受马克思主义第一人。但是细读他的代表作《我的马克思主义观》却发现,李大钊接受的是近似马、恩晚年的思想,即恩格斯领导的第二国际社会党的思想——‘社会民主主义’。所以他用‘总觉有些牵强矛盾’的评说,委婉地批评了马、恩在《共产党宣言》、《资本论》中‘经济(即物质生产)决定一切’、‘阶级竞争’(即阶级斗争)是历史发展动力,忽视伦理、道德、人道主义、宗教等精神方面的作用的观点。因此,他庄严地宣告:‘我们主张以人道主义改造人类精神,同时以社会主义改造经济组织……我们主张物心两面的改造,灵肉一致的改造’。”(第 231 页)我同意这个观点。李大钊、陈独秀、毛泽东等早年都接受过无政府主义的影响,把马克思主义与无政府主义的某些观点进行了调和。1920 年以后陈、李都是在共产国际指导下才转向列宁主义,强调阶级斗争和无产阶级专政。

一点陈独秀也一样[①]。他们对于十月革命之“庶民之胜利”高声欢呼，但对于列宁强调的阶级斗争、无产阶级专政并非心仪。维经斯基与李大钊的会晤似乎没有产生具体成果，于是李大钊推荐他去上海与陈独秀见面，可能是李大钊认为陈独秀对中国革命未来途径的判断更具有敏锐性。

维经斯基在上海与陈独秀有过多次商谈。当时的陈独秀正处于人生的十字路口：一方面因为主编《新青年》、发表惊世骇俗的言论，因散传单被捕入狱引起全国性营救的不平凡经历，把他从思想明星一步步推向政治明星，他迫切需要寻找到一种可靠的政治力量来支持他从事社会活动。在1919年11月，陈独秀对他的学生陈钟凡说要离开北大，离开北大后做什么？陈独秀明确表示：“专心从事社会运动。”[②]这表明陈独秀对北大教授岗位已经无心恋栈，决定转向“广场”，从事更为直接的政治运动。但从另一方面来说，书斋里奢谈社会主义比较容易，一旦离开北大跑到上海，等于跃入社会运动的汪洋大海，而那时社会上主要的反抗组织大多是倾向无政府主义和基尔特社会主义，陈独秀没有扎实的

---

① 1919年11月2日，陈独秀出狱不久写作了《实行民治的基础》，公开宣布：“我们所渴望的是将来社会制度的结合生活，我们不情愿阶级争斗发生，我们渴望纯粹资本作用——离开劳力的资本作用——渐渐消灭，不至于造成阶级争斗。”（载《新青年》第七卷第一号）这表明这时候的陈独秀还不是一个自觉的马克思列宁主义的信徒。唐宝林《陈独秀全传》里说：陈独秀出狱以后，“与蔡元培、李大钊等人发起成立了北京工读互助团运动，进行空想社会主义的试验。……这个运动最早是外来的‘新思潮’——克鲁泡特金的无政府共产主义、托尔斯泰的泛劳动主义和日本武者小路实笃的新村主义——在中国进步青年中影响的结果。”（第224—225页）

② 唐宝林《陈独秀全传》，第225页。

社会基础,具体能够做什么?怎么做?都是需要实践的未知数。唯一能够被他紧紧抓在手里的,就是《新青年》及其产生的社会影响。这种压力对陈独秀来说可想而知。但是在与维经斯基见面以后,这一切都变了。陈独秀有了共产国际的支持,他立刻抓住从天而降的机会,迅速调整自己的行动目标,坚决反对与无政府主义组织合作,要求独立地成立中国共产党。他的第一举措就是向昔日盟友无政府主义者[①]开炮,以清理自己的阵营。

在这个问题上,不仅维经斯基及时地支持了陈独秀,陈独秀也及时为维经斯基提供了中国革命的途径。[②] 以陈独秀的果断强悍、富有革命经验以及置之死地而后生的状况,他无疑成为维经斯基最理想的革命领袖人选。我们现在从维经斯基 1920 年 6 月致组织的信件里所汇报的工作情况来看,他已经明确选定了陈独秀为领袖,但是维经斯基对他在中国接触到的无政府主义者还是保持了好感,所以他开始着手进行的工作,是让陈独秀与中国无政府主义者谋求联合。维经斯基给组织汇报工作的信件中有一段十分重要的话,描绘了 1920 年 4 月到 6 月期间他在上海的工作情况:

> 目前,我们主要从事的工作是把各革命团体联合起来组成一个中心组织。"群益书店"可以作为一个核心把这些革

---

① 陈独秀在李大钊掩护下从北京到天津,再转道上海的路途上已经接触了一些无政府主义组织,到上海以后,他也曾经尝试与无政府主义组织和其他社会革命力量谋取合作。当时,另一个共产国际安排来华的代表鲍立维(柏烈伟)也在天津谋求建立包括无政府主义在内的"社会主义同盟"。此事与陈独秀也有一定的关系。

② 这个观点也是来自唐宝林的推测(《陈独秀全传》,第 250 页),笔者觉得是对的。

> 命团体团结在它的周围。中国革命运动最薄弱的方面就是活动分散。为了协调和集中各个组织的活动，正在着手筹备召开华北社会主义者和无政府主义者联合会议。当地的一位享有很高声望和有很大影响的教授（陈独秀），现在写信给各个城市的革命者，以确定会议的议题以及会议的地点和时间。①

根据这段话我们可以找出三层意思，与本文要解读的文献有直接关系：1. 维经斯基确认了陈独秀在未来中国革命中的领袖地位，安排陈独秀出面来整合“活动分散”的各派革命力量；2. 他之所以选择陈独秀，是因为陈独秀在中国“享有很高声誉和有很大影响”，而这些声誉和影响来自《新青年》，所以出现了“群益书店（社）”为核心的意思；3. 当时着手协调和集中各派组织的目标中包括了社会主义者和无政府主义者。广义上说，无政府主义者也是社会主义者，所以这里特指的社会主义者，应该是指不是无政府主义者（但可能受无政府主义影响）的社会主义者。

在俄国十月革命初期，无政府主义者与布尔什维克也有过短暂的联合，但不久，无政府主义者遭到了布尔什维克政权的镇压，克鲁泡特金从欧洲回到俄国，曾经企图说服列宁放弃暴力镇压，列宁拒绝了。克鲁泡特金遭到软禁。但在中国，为了组织反叛力量必须调动一切可能参与革命的因素，那些涣散的无政府主义组织也成了俄国布尔什维克的团结目标。据书信的注释者说明，信

① 《维经斯基给某人的信》，载《共产国际、联共（布）与中国革命档案资料丛书》第1卷，中共中央党史研究室第一研究部译，北京：北京图书馆出版社1997年，第29页。

里说的这个会是1920年7月19日在上海召开的“最积极的中国同志”会议,为中国共产党的成立奠定了基础。但是唐宝林在《陈独秀全传》里认为维经斯基信中筹划的那些与无政府主义者联合的活动最后都没有落实,原因是陈独秀的抵制。后来的事情显然不是按照信中的设计进行的,1920年5月,上海建立了共产国际的东亚书记处,指导东亚国家的革命运动,这以后,“钦差大臣”频频降临,在上海举行了一系列的会议指导中国革命。8月,以陈独秀为核心的中国共产党发起组正式成立,真正地为建立中国共产党奠定了基础。1920年8月2日,陈独秀致信胡适(009)约稿:“我近来觉得中国人的思想,是万国虚无主义——原有的老子说,印度空观,欧洲形而上学及无政府主义——底总汇,世界无比,《新青年》以后应该对此病根下总攻击。这攻击老子学说及形而上学的司令,非请吾兄担任不可。”这时候《新青年》第八卷第一号已经付印,陈独秀正在筹备第二号的稿子,《新青年》的经费已经落实,陈独秀心情大好,摆出一副大干一场的姿态,他希望得到好朋友胡适的支持,把古代思想史的老子批判与现实斗争中无政府主义批判巧妙地结合起来,并且把胡适推为“司令”。显然,陈独秀这时候意气风发,又恢复了1917年与胡适联手发起新文学运动时期的勃勃雄心。由此也可见陈独秀成功地改变了共产国际原来联合无政府主义的想法,独立地担当起领导中国革命的重任。

从这时候开始,《新青年》阵营的分化才渐渐凸显出来了。

完稿于2015年2月24日

初刊于《上海文化》2015年第2期

重读有关《新青年》阵营分化的信件(之二)

——《新青年》研究中的两个问题

1920年4月26日陈独秀在上海致信给十二位北京同人(008):

守常　孟余　慰慈
适之　孟和　抚五
申甫　百年　遏先
玄同　尹默　启明
诸兄公鉴:

《新青年》七卷六号稿已齐(计四百面),上海方面,五月一日可以出版,到京须在五日以后。

本卷已有结束,以后拟如何办法,尚请公同讨论赐复:

(1) 是否继续出版?

(2) 倘续出,对发行部初次所定合同已满期,有无应予交涉的事?

(3) 编辑人问题:

（一）由在京诸人轮流担任；

（二）由在京一人担任；

（三）由弟在沪担任。

为时已迫，以上各条，请速赐复。

弟 独秀　四月廿六日①

这是一封值得我们认真解读的信件，从中可以帮助我们解决若干问题。

一、《新青年》编辑部同人的构成

这是一封陈独秀写给北京十二位同人的公开信（公信）②，内容完全是履行公事：《新青年》七卷编完了，合同已经到期，接下来怎么办？很显然，这十二位收信人构成了《新青年》在京同人的基本名单。那么，笔者首先想了解的是：这十二位收信人怎么会成为《新青年》同人的？陈独秀为什么要向他们汇报和请示工作？这涉及《新青年》编辑部同人的构成。

本文先梳理一下这些人与陈独秀及《新青年》的关系：

《新青年》（原名《青年杂志》）1915年在上海创办，最初的编辑

---

① 录自耿云志主编《胡适遗稿及秘藏书信》第35册，合肥：黄山书社1994年，第569—570页。此信首次公开发表于《胡适来往书信选》（上册），中国社会科学院近代史研究所中华民国史组编，北京：中华书局1979年，第90页。但是整理本文字与原文有出入。本文根据手稿录入。特此说明。

② 1920年5月7日陈独秀致胡适、李大钊信中有"日前因《新青年》事有一公信寄京……"。见黄兴涛、张丁《中国人民大学博物馆藏"陈独秀等致胡适信札"原文整理注释》，载《中国人民大学学报》2012年第1期，第25页。

人员很简单。陈独秀一人担任主撰,其他撰稿者基本上是《甲寅》杂志的班底、陈独秀的安徽籍老乡或多少与安徽有关的人,其中积极撰稿的有高一涵、易白沙、刘叔雅、谢无量、陈嘏等,但在这封信的收信人名单里,一个也不见。而这十二位收信人中,名字最早出现于《新青年》的是李大钊和胡适。1916 年 9 月出版的《新青年》二卷一号上有李大钊的散文《青春》和胡适的翻译小说《决斗》,紧接着二卷二号上,又有胡适致陈独秀信,提出文学改良的主张。而胡适的论文《文学改良刍议》要到 1917 年 1 月出版的《新青年》二卷五号才发表,同期刊出的还有陶孟和①的社会学文章《人类文化之起源》。(插一句,《新青年》二卷二号起,刘半农的创作频繁发表。)到了 1917 年 2 月出版的《新青年》二卷六号,钱玄同以通信的形式声援北大文科改革以及文学革命的主张。——此时开始,陈独秀已经应蔡元培邀请,携带着《新青年》杂志进入北京大学担任文科学长,刘叔雅、刘半农、胡适等也前后进入北京大学②,加上先在北大任教的钱玄同、沈尹默,

---

① 据陈万雄《五四新文化的源流》,陶孟和于 1913 年进北大任教,教授社会学、社会问题和英文学戏曲等课程。(北京:生活·读书·新知三联书店 1997 年,第 31 页。)据 1918 年 2 月编制的《国立北京大学廿周年纪念册》中《职员一览》记载,陶孟和担任文本科教授,兼法本科教授和哲学门研究所教员。据 1918 年 9 月编制的《国立北京大学职员履历表》记载,陶孟和于日本东京高等师范学校和英国伦敦大学毕业,从事社会学研究。(《京师译学馆校友录》,陈初辑,台北:文海出版社)

② 陈独秀于 1917 年 1 月始掌北大文科学长时,沈尹默与钱玄同已经在北大任教。

刘叔雅于 1917 年上半学期进北大任教。据《钱玄同日记》1917 年 4 月 14 日记载:"大预中新请来一国文教习,为刘叔雅,合肥人。曾在《青年杂志》上登有《叔本华自我意志说》,年纪甚轻,问系刘申叔之弟子。"(整理本,杨天石主编,北京大学出版社 2014 年,第 313 页。)《职员一览》记载,担任理科预科教授,兼文科预科教授和国文门研究所教员。

(转下页)

“四大台柱”[1]为主角的《新青年》阵营已经布局成功。《新青年》三卷二号通信栏里还出现了张嵩年(申府)[2]的名字。1918 年 1 月，《新青年》第四卷起改为同人刊物，由编辑部同人轮流执编。四卷一号开始，频繁出现周作人[3]和沈尹默的作品，四卷四号刊化学教授王星拱(抚五)[4]的科普文章，四卷五号又刊心理学教授陈大齐

(接上页)刘半农于 1917 年 9 月由陈独秀介绍进北大任教。《职员一览》记载，担任法科预科教授，兼理科预科教授和国学门研究所教员。

胡适于 1917 年 9 月起任北大文科教授。《职员一览》记载，担任文本科教授兼哲学门研究所主任，又兼国文、英文两门研究所教员。

钱玄同从 1913 年开始在北京高等师范学校历史地理部及附属中学任国文、经学教员，兼任北大预科文字学教员。(见曹述敬《钱玄同年谱》，齐鲁书社 1986 年。)1917 年秋被聘为北京大学文本科教授(《钱玄同日记》1919 年 1 月 24 日所记)。《职员一览》记载，担任文本科教授兼国文门研究所教员。

沈尹默于 1913 年在北大预科任教。蔡元培引进陈独秀为文科学长，沈尹默、汤尔和都有引荐之功。《职员一览》记载，担任文科预科教授兼国文门研究所主任。

① 1917 年 10 月 16 日刘半农致钱玄同信：“先生试取《新青年》前后所登各稿比较参观之，即可得其改变之轨辙。……譬如做戏，你，我，独秀，适之，四人，当自认为‘台柱’，另外再多请名角帮忙，方能‘押得住座’。”四大台柱应指陈独秀、胡适、钱玄同和刘半农。(载《中国现代文艺资料丛刊》第 5 辑，上海文艺出版社 1980 年，第 303 页。)同信中，刘半农又说：“信中不能多说话，望先生早一二天来谈谈！愿为你之好友者！”从语气上看，这应该是钱、刘最初交往，有相见恨晚之意。《钱玄同日记》1917 年 10 月 18 日记：“三时至大学法科访半农，谈得非常之高兴。”(第 323 页)是应邀约谈的记录。

② 张申府于 1917 年秋北大数学系毕业留校。《职员一览》记载，担任预科补习班教员。

③ 周作人于 1917 年 4 月进北京大学附设国史编纂处任职，9 月正式任北大文本科教员。(《周作人年谱》，张菊香、张铁荣编，天津人民出版社 2000 年，第 121、125 页。)《职员一览》记载，担任文本科教授兼国文门研究所教员。

④ 据《五四新文化的源流》记载，王星拱于 1916 年毕业于英国伦敦大学理工学院，获硕士学位，回国被聘北大任教。(第 17 页)1918 年 2 月编制的《职员一览》记载，担任文本科兼预科讲师。1918 年 9 月编制的《国立北京大学职员履历表》记载，他毕业于英国帝国科学工程学院，担任文本科教授，薪水二百四十银元。后一条信息比较可靠。

(百年)[①]批"灵学"文章,同期还发表鲁迅的《狂人日记》和白话诗。——这里除了鲁迅,其他都是北大的教员。到了1919年出版的六卷四号和六号,连续出现朱希祖(逷先)[②]的文章,五号又出现了顾孟余[③]的头条文章。——到此为止,《新青年》进入全盛时期,也就是第二阶段的同人刊物时期。《新青年》的社会影响与发行量都是在这个时期获得充分的扩大。十二位收信人中的大部分进入了《新青年》同人行列,唯有张慰慈[④]在《新青年》第七卷前几期才开始露面。第七卷虽然由陈独秀主编,依然属于同人性质。

现在,我们似乎可以看清楚这十二位撰稿人与《新青年》关系的深浅了。如果以陈独秀为标杆,以出现于《新青年》撰稿行列的先后及其关系亲疏为序列,大致可以排为三列:

1. 1915—1916年陈独秀主撰时期的朋友:高一涵、胡适、李大钊、刘叔雅等。他们的主要特征是安徽籍人,或者是《甲寅》

---

① 陈大齐于1914年进北京大学任教,初授哲学概论、心理学、理则学课程,后授认识论、陈述心理学等课程。(见周进华《经师人师——陈大齐传》,台湾商务印书馆1986年,第9页。)《职员一览》记载,担任文本科教授兼哲学门研究所教员。

② 朱希祖于1913年受聘任北大预科教员兼清史馆编修,袁世凯称帝时辞去编修,专任北大教授。《职员一览》记载,担任文本科教授兼国文门研究所教员。

③ 顾孟余又名顾兆熊,1917年任北京大学教授兼文科德文门主任,后任经济系主任。《职员一览》记载,担任文本科教授兼理预科教授。《国立北京大学职员履历表》记载,其毕业于德国柏林明星工科大学。

④ 张慰慈名张祖训。《职员一览》记载其担任法本科兼预科教授。《国立北京大学职员履历表》记载,其为美国埃哀亚哀省立大学(似乎是University of Illinois,即伊利诺伊大学)博士。张慰慈参与《新青年》同人较晚。据《周作人日记》(上)1918年11月27日记载:"下午至学长室议创刊每周评论十二月十四日出板任月助刊资三元。"(影印本,郑州:大象出版社1996年,第786—787页。)《每周评论》出资人中有张慰慈的名字。可见他参加了1918年11月27日的会议。尽管他那时还没有在《新青年》上发表文章,但已经加入《新青年》同人行列。

老臣。

2. 1917年陈独秀进入北大掌文科学长后的朋友：钱玄同、刘半农、陶孟和、沈尹默、周作人和张申府等。他们的主要特征是北大文科教员；鲁迅也是这时期的朋友，但不是北大专任教员。

3. 1918年《新青年》轮流执编以后陆续加入的撰稿人：王星拱、顾孟余、陈大齐、朱希祖、张慰慈等。他们与陈独秀及《新青年》的关系不会很亲密，专业背景也很广泛，化学、经济学、心理学、政治学都有，留学背景也比较复杂。

在陈独秀写这封信的1920年4月，刘半农已经脱离了《新青年》[①]并在法国留学，高一涵也出国[②]，不在收信人名单里可以理解。但是第三序列的名单为什么会进入《新青年》编辑部同人行列？撰稿人与编辑部同人是不是一回事？如果说不是一回事，那么，第三序列的名单似乎不应该成为陈独秀汇报和请示工作的对象。如果说，他们因为撰稿人身份而可以成为收信人，那么，鲁迅、吴稚晖、沈性仁、任鸿隽、陈衡哲等都是同时期《新青年》的重要撰稿人，发表数量也远在上述若干收信人之上，为什么他们不是收信人？因此，弄清楚这十二位收信人在《新青年》编辑部里扮演什么角色，究竟是哪些人在领导《新青年》，是解决这个问题的关键。

---

① 刘半农在1919年初就脱离了《新青年》。据《钱玄同日记》1919年1月24日记载："午后三时，半农来，说已与《新青年》脱离关系，其故因适之与他有点意见，他又不久将往欧洲去，因此不复在《新青年》上撰稿。半农初来时，专从事于新学。自从去年八月以来，颇变往昔态度，专好在故纸堆中讨生活。"(第343页)刘半农于1920年春赴法国留学。

② 据高大同编著《高一涵先生年谱》记载，高一涵于1919年12月27日离开北京去日本，1920年6月18日乘船离开日本回国。(上海文化出版社2011年)

于是，我们还是要回到《新青年》发展史上的第一次重要改革（1918 年 1 月），即由陈独秀主撰向轮流执编的同人刊物转变开始说起。

《新青年》三卷六号出版以后，曾经停刊数月，其间酝酿了一项极其重要的改革方案：从 1918 年 1 月 15 日起，《新青年》四卷一号以全新面目推出，标志就是建立《新青年》编辑部，集体执编。《新青年》四卷三号正式刊出“本志编辑部启事”，是这样写的：

> 本志自第四卷一号起，投稿章程业已取消，所有撰译悉由编辑部同仁共同担任，不另购稿。其前此寄稿尚未录载者，可否惠赠本志，尚希投稿诸君，赐函声明，恕不一一奉询。此后有以大作见赐者，概不酬赀。录载与否，原稿恕不奉还。谨布。

这是写给投稿者和读者看的通告，其背后隐含了一场深刻的革命。这里关键的信息有三点：拒绝外稿，编辑部同仁担任撰稿，取消稿费。拒绝外稿，不仅拒绝了一批社会上的盲目投稿者，《新青年》第一阶段即陈独秀主撰时期的同乡关系户投稿者基本上也被拒绝在外。编辑部同仁担任撰稿，体现了《新青年》作为一个集体阵营已经布局完成，《新青年》代表了一种新的理想的传播平台和传播方式。取消稿费，同人撰稿没有稿费，体现了“同人刊物”的原则：为了一份理想而写稿。这样做，对于所有的撰稿者而言，他与刊物的关系就发生变化了：不再是刊物与作者的关系，写稿也不再以换取稿费为目的。撰稿者与刊物之间产生一种新型关系：同人与平台的关系。也就是胡适在家信中说的：“这是我们自己办的报。”[①]这种新型的办刊形式,后来成为“五四”新文化运动中涌现出来的大量同人刊物的模型。

既然是同人刊物,谁主编并不重要,同人刊物采取的是集体议稿制度,仅仅是委托某人负责集稿,轮流执编。一般情况下,撰稿者仅限于自己的团体人员,不接受外稿;反过来说,程序上是先允许某人成为同人团体成员,才登载其稿件。那么,《新青年》编辑部同人到底有多少人,又是怎么形成的?我读了许多相关研究文章,觉得研究者都无意中把《新青年》编辑部同人与轮流执编的编辑混为一谈,其实细究起来,两者是不一样的。按照这份“启事”的意思来看,广义地说,《新青年》编辑部同人是刊物的主要撰稿者,并且承担了刊物发展的某种责任,而轮流分期主编则是更为亲密地团结在陈独秀周围的工作班子。用现在的人事关系而言,有点像刊物的编委会与编辑部的关系。

参与轮流执编《新青年》编辑,回忆者各有说法,研究者也多有猜测,通过白纸黑字留下来的文献,有如下几种:胡适在《五十年来中国之文学》中说:“民国七年一月,《新青年》重新出版,归北京大学教授陈独秀、钱玄同、沈尹默、李大钊[②]、刘半农、胡适六人

① 胡适《致母亲》(1918年3月17日),《胡适书信集》(上),北京大学出版社1996年,第140页。

② 据朱文通主编《李大钊年谱长编》,李大钊于1918年1月就任北京大学图书馆主任。(北京:中国社会科学出版社2009年,第241页。)又:《李大钊年谱长编》依据《国立北京大学廿周年纪念册》中1918年2月编制的《职员一览》的“前任职员录”(甲类)记载,前图书馆主任章士钊于“民国七年一月”离职,李大钊接任图书馆主任。《现任职员录》已经有李大钊的名字。又,1918年1月20日《北京大学日刊》载“进德会通告”,其中甲种会员名单里也有李大钊的名字。可以确定,李大钊到北大图书馆任职时间的应是1918年1月20日之前。

轮流编辑。”[①]胡适是当事人，说这个话的时候，离开 1918 年不过四年，应该记忆不会出错。但他说的六人，是指 1918 年上半年的《新青年》第四卷的轮流编辑人员，中间也不排除有其他人一起帮忙。周作人回忆说，陶孟和也编过他的稿子。[②] 那是指《新青年》第五卷六号，说明刊物第五卷的执编人员有变动。而第六卷编辑人员，据《新青年》六卷一号刊登“本杂志第六卷分期编辑表”，轮流执编的六人依次是陈独秀、钱玄同、高一涵、胡适、李大钊和沈尹默。所有加起来，参与轮流执编的同人，大约不会超过八个人。

另外有一条信息，1918 年 10 月 21 日，据周作人日记记载：“玄同说明年起分编新青年凡陈胡陶李高钱二沈刘周陈（百）傅十二人云。”[③]这条记载一般研究者不甚注意，或以为后来没有实施。其实这里保留了一个重要信息，即在 1918 年下半年《新青年》编辑部同人已经从上述八人扩大到十二人，但不是陈独秀“公信”所列的十二位收信人，而是从原来的八人增加了周作人、沈兼士[④]、

---

① 见《胡适文集》第 3 册，第 255 页。但张耀杰提出质疑，认为《新青年》四、五卷轮流执编的六位编辑应该是陈独秀、钱玄同、刘半农、陶孟和、沈尹默和胡适。（参见张耀杰《北大教授与〈新青年〉》，北京：新星出版社 2014 年，第 2—8 页。）张耀杰的说法可以从罗家伦 1931 年的口述回忆里得到印证。口述材料被罗久芳编入《我的父亲罗家伦》，商务印书馆 2013 年出版。

② 周作人《知堂回想录》记载：“在这以前，大约是五、六卷吧，曾决议由几个人轮流担任编辑，记得有陈独秀、适之、守常、半农、玄同和陶孟和这六个人，此外有没有沈尹默，那就记不得了，我特别记得是陶孟和主编的这一回。”（香港：三育图书文具公司 1980 年，第 357 页）

③ 《周作人日记》（上），郑州：大象出版社 1996 年，第 779—780 页。

④ 据《五四新文化的源流》，沈兼士于 1913 年到北大任教。《职员一览》记载，任文预科教授。周作人在《知堂回想录》里讲到沈兼士患有一种奇怪的肺病，身体状况不好。

陈大齐和傅斯年。因为事涉周作人本人,所以他特别在日记里记载下来。而此事又是钱玄同转告的,说明周作人原先确实没参与编辑部工作。傅斯年身份还是学生,因为屡屡在《新青年》写稿,又兼主编《新潮》,也被考虑吸收了。这个决议并非没有实施,因为十二人轮流编辑需要一年两卷,事实上《新青年》第六卷只公布了前六卷的执编人,到了第六卷编完,第七卷情况发生变化,才没有轮到另外六人。但作为编辑部同人,上述十二位名单都应该算在内的。也就是说,到 1918 年 10 月,这个编辑部同人的名单里还没有朱希祖、顾孟余、张慰慈、王星拱和张申府——前面三位的名字都要在第六卷和第七卷撰稿者队伍里才出现,而王星拱、张申府两人的身份只是讲师和助教,不是教授。

我们接下来讨论"启事"所说的《新青年》"编辑部同仁"的概念包含哪些内容。既然"启事"声称"所有撰译悉由编辑部同仁共同担任",那么,我们就从《新青年》四卷一号的撰稿名单来看——论文著译:陈独秀、高一涵、周作人、胡适、陶孟和、钱玄同、刘半农。诗歌创作:胡适、沈尹默、刘半农。读者论坛:傅斯年、罗家伦。通信:胡适、钱玄同、刘延陵。这是一份经典的同人刊物名单,我们大致可以从中了解《新青年》编辑部"同仁"的基本人员:傅斯年与罗家伦的身份是学生,所以在"读者论坛"栏目上出现;刘延陵的"通信"是外来稿①,都可以不计在内。那么,成为同人刊物的《新青年》最初同人,就是陈独秀、高一涵、胡适、钱玄同、刘半

---

① 据《钱玄同日记》1918 年 1 月 2 日记载:"午后至独秀处检得《新青年》存稿。因四卷二期归我编辑……略检青年诸稿,有刘延陵论文学二篇,笔杂已甚。"(第 326 页)

农、沈尹默、陶孟和、周作人八个教员。傅斯年、罗家伦两个学生以后还继续在《新青年》上发表重要文章，但不一定参与编辑部工作。教员中唯周作人没有参与编辑，只是积极承担撰稿的工作，但当以同人视之。另外《钱玄同日记》记载，他编第二期时有李大钊的稿件①；李大钊自然在同人之列。但他的身份是图书馆主任，高一涵的身份是编辑，均不在北大教授之列。②

《新青年》第四卷二号到六号的半年里，撰稿者（“读者论坛”和“通信”栏目除外）的队伍逐渐增加，粗略统计如下：

第二号增加刘叔雅、林语堂、吴稚晖。

第三号增加吴祥凤、张祖荫。

第四号增加林损、王星拱。

第五号增加陈大齐、鲁迅、俞平伯、陵霜、叶渊、蔡元培。

第六号增加吴弱男、袁振英。

我们不妨分析这些名单：吴稚晖是中国无政府主义的先驱，陈独秀的老朋友，也是《新青年》的老作者；林语堂当时是清华大学英文教员，他发表的是有关汉字检索的文章；吴祥凤是北京医

① 《钱玄同日记》1918年1月12日记载：“独秀交来《新青年》用稿一篇，题为《人生真义》，约千八百字左右，做得很精，又李守常《论俄国革命与文学》一稿，可留为第三号用。”（第328页）李大钊的稿子后来未发表。

② 据《李大钊年谱长编》1920年7月8日记载：“北京大学评议会议决将图书馆主任改为教授。”（第304页）

据《五四新文化的源流》，高一涵是1918年到北大，先在北大丛书编辑委员会工作，1921年任教授。（第54页）但是高一涵不见名于《职员一览》，说明1918年春季，高一涵还没有进北大。据1918年9月编制的《国立北京大学职员履历表》记载，高梦弼任编译处编译员兼编辑，月薪一百八十银元。高梦弼是高一涵的庠名。所以，高一涵应该是1918年秋天进入北京大学担任编辑。

学专门学校教员，发表的是关于瘟疫的医学文章，显然都是外来稿。张祖荫发表的是社会调查报告，属于陶孟和主持的研究课题的参与者；叶渊也属这种情况，这两人可能都是陶孟和的学生。袁振英(震瀛)、俞平伯、陵霜都是北大的学生。此外，撰稿者中还有蔡元培、鲁迅和吴弱男，蔡元培身为校长，鲁迅在教育部任职，两人都不适合参与这类活动；吴弱男是章士钊的夫人，陈独秀、胡适的朋友，应该也是外稿。以上这些人都不是《新青年》同人，只是一般撰稿者。剩下刘叔雅、王星拱、陈大齐、林损都是北大教员；而林损[①]是北大国文系著名旧派人物，与新文化运动观点相左，不可能是同人。

我们再往下看，《新青年》第五、六两卷中新增加的撰稿者(“读者论坛”和“通信”栏目除外)名单大致有：杨昌济、沈兼士、陈衡哲、沈性仁、顾兆熊(孟余)、张申府、朱希祖、任鸿隽、邓萃英等，其中在北大担任教员的有杨昌济、沈兼士、朱希祖、顾兆熊、张申府。

这样，我们似乎可以揭开“《新青年》编辑部同仁”的神秘面纱了：《新青年》编辑部启事中所说的“编辑部同仁”，应该是指一批有志于推动新文化运动，并自觉为《新青年》撰稿的北大教职员(主要是教授)。符合三个条件：一是志同道合，二是自觉写稿，三是北大教员。(如胡适所说的：“《新青年》重新出版，归北京大学教授……轮流编辑。”突出了铿锵有力的“归北京大学教授”七字。)以这三个条件为标准，可以解释一系列的问题：1. 鲁迅不是

① 据《职员一览》记载，林损任法预科教授。

北大教授，他虽然在《新青年》上发表了重要的作品，但他不直接参与其活动，不能算是编辑部同人，只是一个重要的作者。但从广义上来说，鲁迅是属于《新青年》阵营中的成员。2. 北大学生活跃地支持了《新青年》的工作，但也不参与编辑部的工作，也不算是同人。他们有《新潮》杂志作为自己的阵地。（唯傅斯年例外，他可能部分参与过编辑部同人的工作。其他学生如张申府、袁振英等，都是在毕业以后才参与刊物的编辑活动。）3. 凡不是北大教员，虽然是刊物的老作者，或者主编者的私人关系，他们给刊物写稿，但不算是编辑部同人。前者如吴稚晖、易白沙、吴虞等；后者如胡适的朋友任鸿隽、陈衡哲，陶孟和的太太沈性仁，章士钊的夫人吴弱男等。4. 开放性和流动性的特点。《新青年》的北大同人是在不断变化的，离开了北大（如出国）就不再过问编辑部事务（如刘半农、高一涵）。而较迟参与撰稿的，只要志同道合，也立马成为编辑部同人，拥有对编辑部的发言权（如张慰慈）。就这样，《新青年》编辑部同人由 1918 年 1 月的六人执编，到 1919 年 10 月 5 日的会议，已经发展到了十二人以上了。

现在我们再排列一下《新青年》编辑部同人的名单：

1918 年 1 月（《新青年》第四卷轮流执编）起，陈独秀、李大钊、胡适之、钱玄同、刘半农、沈尹默、陶孟和、高一涵；

1918 年 10 月 21 日（会议决定扩大到十二人担任编辑），上述名单再加周作人、沈兼士、陈大齐、傅斯年；

1919 年 10 月 5 日起（会议决定刊物第七卷归陈独秀一人主编），上述名单再加朱希祖、王星拱、顾孟余、张慰慈、张申府，去掉刘半农、高一涵、傅斯年（三人均出国）。

与刊物保持密切关系，可能也在同人之列：刘叔雅（疏离）[①]、杨昌济（去世）[②]和程寅生（陈独秀的同乡）[③]。

还有一个问题是，《新青年》四卷三号的“启事”中，明确了“志同道合”和“同仁撰稿”两个条件，而第三个所谓“北大教员”是笔者根据上述分析推断出来的，从未被当事人明确表述过，也不见诸任何当事人的回忆材料。唯一有相应关系的公开文本，是刊载于《新青年》第六卷二号的编辑部“启事”：

> 近来外面的人往往把《新青年》和北京大学混为一谈，因此发生种种无谓的谣言。现在我们特别声明：《新青年》编辑和做文章的人虽然有几个在大学做教员，但是这个杂志完全是私人的组织，我们的议论完全归我们自己负责。和北京大学毫不相干。此布。

从外界谣言来看，当时人们印象中把《新青年》编辑部同人与北大教员身份是联系起来混为一谈的。而这则启事也承认了

---

① 刘叔雅从各方面看似乎都应该是同人，他不仅是早期《新青年》的重要撰稿人，而且参与了同人刊物时期的《新青年》撰稿，据说担任过《新青年》的英文编辑，还参与批判灵学的斗争。但在六卷二号发表翻译赫克尔的《灵异论》以后，再无作品发表于《新青年》。什么原因我们不得而知。关于刘叔雅脱离《新青年》的问题，章玉政《狂人刘文典》一书里有所涉及，但语焉不详。（桂林：广西师范大学出版社 2008 年，第 95—100 页。）

② 据《五四新文化的源流》，杨昌济 1917 年进北大任教。《职员一览》记载，任文本科教授。1920 年去世。

③ 程寅生，安徽籍人士。《职员一览》记载，任文预科讲师。《国立北京大学职员履历表》记载，任文预科教授。

《新青年》是一个“私人的组织”，并且其中有几个大学的教员。所以，笔者把第三个条件理解为当事人并不自觉，但自然而然形成的事实。当时刊物是跟着陈独秀走的。陈独秀在上海时有一批朋友帮忙撰稿和编稿，到了北大以后，原来的朋友就逐渐淡出，他在北大单枪匹马寻找新的盟友。于是就有了轮流执编的“编辑部同仁”，形成了以陈独秀为核心的新的圈子。1917 年 10 月，胡适刚刚到北大任教才一个月，在蔡元培的推动下，陈独秀、胡适等人提出一系列关于北京大学行政的改革方案，并得到了实施。其中最重要的一条，就是仿欧美大学实行教授治校，建立教授评议会作为学校最高立法机构和权力机构。北京大学治校理念和方法都改变了。这一极为深刻的改革，不会不触动《新青年》主编陈独秀，促使他对《新青年》的编辑理念和形式做出相应的改革。《新青年》编辑部的建立以及轮流编辑、民主决策等一系列方式的产生，与蔡元培、陈独秀、胡适等人推动北大治校理念和形式改革是相一致，同步进行的。这才会产生北大教员志同道合地团结在一起，无偿为《新青年》撰稿，推动新文化运动，同时又拥有对刊物的发言权，用民主表决的方法来处理刊物的“同仁”。毫无问题，这个民主评议决策的理念是胡适从美国带来的，但在具体的实行过程中，陈独秀是主要的推手，如果陈独秀对这个改革的意义缺乏足够认识，《新青年》不可能以雷霆万钧之力实现了同人刊物的理想。换句话说，所谓“一刊一校”的强强结盟，是从 1918 年《新青年》第四卷建立北大编辑部开始的。

不过，《新青年》的改革，除了在形式上确立了编辑部制度和同人撰稿方式外,真正的民主决议可能是逐渐形成的。从《新青年》第四、五两卷的内容上看,陈独秀始终还是占有主导位置,四、五两卷中各有四期都发表他的重要文章,其他主编的风格并不突出。编辑之间的稿子也是互相通用的。从这些迹象看,最初的轮流执编可能只是一种分工,每期有人主要负责,其他人帮忙组稿议稿①,没有那么严格的分工。1918年陈独秀在北京大学参与顶层设计力挺改革,是最忙碌的时候,编辑部有了这帮同人帮忙,他可以轻松许多。以陈独秀惯常的家长独断式的工作方法而论,他能够在主编《新青年》这样的大事上放弃独断,用人不疑,显现了他性格中的重视友情、大度待人的一面。但是具体工作也未必就完全按照民主决策方法来处理。周作人在回忆中说:"《新青年》同人相当不少,除二三人时常见面之外,别的都不容易找,校长蔡孑民很忙,文科学长陈独秀也有他的公事,不好去麻烦他们……平常《新青年》的编辑向由陈独秀一人主持(有一年曾经六个人,各人分编一期),不开什么编辑会议……"②这里说的二三人,应该是指与周作人关系比较好的沈尹默、刘半农和钱玄同。周作人是在1918年才开始为《新青年》写稿,他回忆的情况应该是那一年

---

① 鲁迅在《忆刘半农君》里曾经说:"《新青年》每出一期,就开一次编辑会,商定下一期的稿件。"(见《鲁迅全集》第6卷,北京:人民文学出版社2005年,第73—74页。)现在看来,没有证据可以证明鲁迅参加过这类编辑会,也可能并不存在如鲁迅描写的定期编辑会议。但是不能排除同人们在组稿过程中互相沟通讨论商量稿件,包括为批判王敬轩、批判张厚载、讨论宋春舫文章等所引起的争论,除了书信交流形式以外,同人们集体聚会讨论稿件以及刊物方针,应该是存在的。

② 《知堂回想录》,第470页。

以后的状况，陈独秀仍然发挥着核心的作用。[①] 但是，由于胡适的参与，《新青年》编辑部出现了另一种新的因素。那就是胡适从美国带来的民主决议的现代观念。《新青年》编辑部同人中间，钱玄同和胡适代表了两种完全不同的编辑组稿方式：钱玄同的组稿方式经常是呼朋引伴，啸聚同类，与刘半农、沈尹默、周作人（背后还有鲁迅）一起在刊物上呼风唤雨，战斗性十足；而胡适的方法经常是主持饭局，邀人讨论，商量办法，明辨是非，理性占上风。陈独秀本人倾向钱玄同一伙的做派，但渐渐受到胡适的影响。经过差不多一年的实践，才有了1918年10月21日会议，决定扩大北大同人轮流分编范围，并在第六卷第一号[②]公开实施。第六卷的每一期内容都体现出主编者鲜明的主导风格：第一号的《本志罪案之答辩书》（陈独秀）、第二号的全力推出周氏兄弟（钱玄同）、第三号的《斯宾塞的政治哲学》（高一涵）、第四号的《实验主义》（胡适）、第五号的《我的马克思主义观》（李大钊）等等，都体现了主编们各有特色的风格。1919年以后，周作人日记里屡屡出现“适之招饮”的记载，说明胡适这种用饭局把工作放在桌面上商量讨论

---

① 傅斯年在《陈独秀案》中回顾说：“《新青年》可以分做三个时期看，一是自民国四年九月创刊时到民国六年夏，这时候他独立编著的。二是自民国六年夏至九年初，这是他与当时主张改革中国一切的几个同志特别是在北京大学的几个同志共办的，不过他在这个刊物中的贡献比其他人都多，且他除甚短时期以外，永是这个刊物的编辑。”（载《独立评论》第24号，1932年10月30日）文章里说的“除甚短时期”应该是指1919年6月11日陈独秀被捕入狱的一段时期，即陈独秀在同人刊物期间依然把握着刊物的主要方向。

② 《新青年》第六卷第一号正式刊登《本杂志第六卷分期编辑表》，公布了每卷主编的名单。

的方式逐渐占了上风。同时,在陆陆续续增加的撰稿者队伍中,倾向于胡适的欧美海归者居多,这才导致了 1919 年 10 月 5 日在胡适家里召集编辑部同人会议,虽然决定《新青年》第七卷仍归陈独秀一人主编[①],但这个“归”不是无条件的,编辑部同人的决议对陈独秀有所制约,包括:刊物的同人性质不变,仍由同人担任主要撰稿,以及对于陈独秀收回主编权的时限(只限于一年时间)。这就是陈独秀 1920 年 4 月 26 日给这十二位同人写那封公信的主要原因。

在读解陈独秀致《新青年》在京同人的公信之前,笔者一直以为“《新青年》同人”是一个含糊的概念,撰稿者就是同人,或者说,撰稿频繁者就是同人。但从这封信的十二位收信人名单来看,“同人”是一个实有的概念,是有具体的人员,也有不是“同人”的界限。事实上,确有一些虽列名于同人的北大教授对编辑事项并不热心,他们除了写稿以外,并不愿多参与《新青年》事务,就如周作人自称的“客师”[②]身份,周作人自然是一个,另外像刘叔雅、沈兼士、顾孟余(可能还有杨昌济、程寅生等人)也都属于此类。在

① 关于这次会议,《周作人日记》有记载:1919 年 10 月 5 日,“下午两时之适之寓议新青年事自七卷始由仲甫一人编辑六时散适之赠实验主义一册”。(《周作人日记》[中],影印本,郑州:大象出版社 1996 年,第 52—53 页。)会议开了整整四个小时。同日,钱玄同的日记也记下了这件事:“下午三时至胡适之处,因仲甫函约《新青年》同人今日在适之家中商量七卷以后之办法,结果仍归仲甫一人编辑。在适之家中吃晚饭。”(第 351 页)可以看出,这个主张其实是陈独秀提出来的,由胡适出面召集编辑部同人会议。会议中胡适俨然以会议主人的身份,又是招待又是赠书。

② 周作人致曹聚仁信。转引自《周作人年谱》,张菊香、张铁荣编,天津人民出版社 2000 年,第 862 页。

当时，这样一个自然形成的、比较松散的编辑委员会，对于非北大或者非编辑部同人的其他撰稿者来说也没有构成多大的压力。尤其是那些认同《新青年》立场的撰稿者，他们把为《新青年》撰稿看作是自己理想和立场的表述，把《新青年》视为同道，引为知己，是很正常的。鲁迅就是一个例子。[①] 吴虞也是一个例子。[②] 他们都是把《新青年》作为他们理想和立场表述的一个平台，站在与《新青年》同一立场上发表文章，参与破旧立新的文化革命。所以他们对《新青年》的贡献和影响，可能要大于有些列名于编辑部同人的北大教授。对此，我们可以用另外一个更为确切的概念来称呼：《新青年》阵营。这是一个更为广泛的，而且更加倾向于志同道合、共同反对旧文化势力的阵营。至于对《新青年》阵营的成员，鲁迅有一个更为确切的称呼：战士。[③]

---

① 鲁迅在《〈呐喊〉自序》里说到自己在《新青年》上发表小说时，这样说："但既然是呐喊，则当然须听将令的了，所以我往往不恤用了曲笔，在《药》的瑜儿的坟上平空添上一个花环，在《明天》里也不叙单四嫂子竟没有做到看见儿子的梦，因为那时的主将是不主张消极的。"（《鲁迅全集》第1卷，北京：人民文学出版社2005年，第441页。）自觉把《新青年》编辑视为"主将"而自己听从"将令"，不惜修改了小说的细节。由此可以感受到鲁迅对《新青年》阵营的认同。

② 据《吴虞日记》1919年8月21日："君毅来信，附来高一涵一函，予《道家法家均反对旧道德说》已编入《新青年》第五号内，恰好这一期是纲常名教号，所以欢迎得很。《星期日》已收到，读了喜欢了不得，我们的同志越发多了，不怕孤掌难鸣了。"（《吴虞日记》上册，中国革命博物馆整理，荣孟源审校，成都：四川人民出版社1984年，第481页。）这里看得出吴虞的心态，完全唯《新青年》马首是瞻，把《星期日》视为同志。

③ 鲁迅在《忆刘半农君》称刘半农："他到北京，恐怕是在《新青年》投稿之后，由蔡孑民先生或陈独秀先生去请来的。到了之后，当然更是《新青年》里的一个战士。"（《鲁迅全集》第6卷，第73页）

二、群益书社与陈独秀的关系

陈独秀在4月26日的公信中，主要是征求北京同人意见的三点内容。其实第一、第三点都不成问题，也无讨论之必要，而真正要做出决定的是第二点："倘续出，对发行部初次所定合同已满期，有无应予交涉的事?"看上去这仅仅是一个履行公事的问题，即与群益书社继续合同。但这里我们似乎读出一点暗示：《新青年》与群益书社的关系即将发生变化。

信中所说"对发行部初次所定合同"，是指《〈新青年〉编辑部与上海发行部重订条件》[①]，其合同文本内容如下：

> 一、自七卷一号起，印刷发行嘱上海发行部办理。二、中国北部约每期可销一千五百份，由发行部尽先寄与编辑部分派，以后如销数增加，发行部应随时供给。三、以后发行部当担任每期至少添印二百五十份。四、编辑部担任如期交稿。五、发行部担任如期出版。六、发行部每期赠送编辑

---

① 这个合同文本，各家引用著述里都说是初刊于《新青年》第七卷第一号，但笔者在人民出版社1954年影印版与1988年上海书店的影印本里没有找到该文件。据周楠本在《鲁迅研究月刊》2011年第12期发表《一篇新发现的鲁迅手稿》透露，该文本编印在中国历史博物馆编的《中国近代史参考图片集》(1958年出版)，后被有心人翻拍下来，认作鲁迅手迹。北京大学历史学系博士生王波在《近代史研究》2013年第5期发表《关于〈新青年〉的两个问题》对这个文件的初刊提出质疑，他声称遍查北京、上海、成都等地所存的原版《新青年》，从第六卷第一号到第七卷第三号，均未见刊印有此合同。该文件最初发现于北京历史博物馆编的《中国近代史参考图片集》(下册)，原注为"北京历史博物馆藏片"。(上海教育出版社1958年，第161页。)笔者非常赞赏王波博士严谨的治学态度，现在唯一需要查核的是，1935年亚东重印版是否添加了该合同? 待查。按常理，出版社不会把一份出版合同印在杂志上。

部一百份外，并担任编辑费一百五十元。但编辑员于所著稿仍保留版权。凡《新青年》刊载之小说、戏剧，如发行部欲另刊单行本，其相互条件由著作人与发行部商定之。著作人亦可在别处另刊单行本，但承认发行部有优先权。七、此上各条以第七卷为试行期。第八卷以后应否修改，由编辑部与发行部商酌定文。

这个文本的第七条明确指出："此上各条以第七卷为试行期。"也就是说，这些条款是针对《新青年》第七卷合作条款的调整，含有试行性质。第七卷结束，陈独秀必须面临要续订合同的问题。这里暗示了一个学界疏忽的前提：在前六卷的编辑发行中，《新青年》编辑部（具体地说是陈独秀）与群益书社的关系如何？学界对此似没有做过深究。以往的研究文献中，研究者把两者关系都理解成一种亲密无间的合作，群益书社是投入了巨大的资金运作，保证了刊物的顺利运行。在刊物转亏为盈以后，双方都获得了利益。而在这时候，陈独秀单边毁约，决议独立办刊，造成了分裂。现在给人的印象，似乎就是这样一种结论。但是笔者在阅读相关资料时隐隐约约地觉得，陈独秀与群益书社之间的不愉快，可能是冰冻三尺非一日之寒，只是还没有找到相关的可靠资料。所以，我们的讨论还要从《新青年》第七卷以前的两者关系开始。

关于群益书社的资料，现存极少。虎闱根据群益创办者后人采访而写成的《出版〈新青年〉的群益书社》是目前最翔实的材料。据此，我们大致了解群益书社的历史：

群益书社是晚清时期创立的书店。1899年,湖南长沙人陈子沛、陈子寿兄弟和堂兄陈子美结伴去日本留学,接受新思想。1901年,陈子美在东京神田区南神保町七番地出资创办群益书社,主要出售教材和小说,哲学书籍。1902年,陈子沛、陈子寿兄弟把一批日本畅销书带回家乡,在长沙府正中街创办集益书社,1907年又在上海福州路惠福里开设群益分社,形成鼎足三分的格局,后来调整为上海总社,东京和长沙分社。陈子美不久退出,书店主要是陈子沛、陈子寿兄弟经营。陈氏兄弟本人都有较高文化,策划和编辑出版过不少教材和工具书,我们从《新青年》的广告上可以略见一斑。他们是湖南人,又有留学日本的经历,与章士钊等同乡革命者保持了良好的关系,政治上倾向于反清和革命。[①] 群益书社有一定的经济实力,主持人也有眼光,有胆识,看重江湖道义。它因为出版《新青年》而留名史册。这一点我们要充分肯定的。

研究群益书社一定会涉及亚东图书馆。这在当时是出版界的一对双子星座。亚东图书馆是安徽人汪孟邹创办的。汪孟邹受大哥汪希颜的影响,接受新思想,1903年在芜湖开办了一家书店科学图书社,以卖新书报为主。因为销售《安徽俗话报》而结识陈独秀。1913年汪孟邹移居上海,在陈子沛、陈子寿兄弟的支持下,开始经营亚东图书馆,以绘制、印刷新式地图为主要特色。因病早逝的汪希颜与章士钊等是好朋友,汪孟邹延续了他

---

① 本段参考虎闱《出版〈新青年〉的群益书社》,初刊于《世纪之窗》2000年第1期。收入俞子林主编的《百年书业》,上海书店2008年出版。

们的友情[①]，章士钊主编的《甲寅》由亚东承担出版发行。因为这层关系，章士钊、陈独秀、汪孟邹、《甲寅》和即将诞生的《新青年》，都联系在一起了。汪孟邹办亚东之前就在上海设了一个点，叫申庄，依附于群益书社。[②] 亚东图书馆在创办过程中也得到了陈子沛、陈子寿兄弟的帮助，这样就把一家以湖南籍人士为核心、一家以安徽籍人士为核心的两家书店紧紧结合在一起了。

接下来可以讨论陈独秀与群益的关系。汪原放在《回忆亚东图书馆》里引用汪孟邹的回忆："民国二年(1913 年)，仲甫亡命到上海来，'他没有事，常要到我们店里来。他想出一本杂志，说只要十年、八年的功夫，一定会发生很大的影响，叫我认真想法。我实在没有力量做，后来才介绍他给群益书社陈子沛、子寿兄弟。他们竟同意接受，议定每月的编辑费和稿费二百元，月出一本。就是《新青年》(先叫作《青年杂志》，后来才改做《新青年》)。'"[③]为什么陈子沛、陈子寿兄弟会贸然答应陈独秀编刊物的计划，并以每月二百元的编辑费和稿费作为酬劳呢(应该说，这在当时属比较慷慨的举措)？我觉得汪原放在转述其叔的回忆时，混淆了两个时间点。陈独秀亡命到上海的时间是 1913 年，也就是亚东图书馆刚刚创办的时候。那时陈独秀非常贫穷，经常靠汪孟邹的接

---

① 在汪原放《回忆亚东图书馆》的修订版《亚东图书馆与陈独秀》(学林出版社 2006 年)中，第 7 页编者添加了一个注："郑超麟说：'(陈独秀、章士钊、汪)三人感情极好，惜汪早死，否则也是中国文化界一个有贡献的人。陈、章二人都对汪希颜的弟弟汪孟邹有生死之交情，就是由此来的。'"

② 本段参考《汪孟邹：行走在文化风云人物之间》，收入俞晓红主编《20 世纪徽州文化名家评传》，芜湖：安徽师范大学出版社 2013 出版。

③ 汪原放《回忆亚东图书馆》，上海：学林出版社 1983 年，第 31—32 页。

济。他提出办刊物设想正是这个时期。但当时汪孟邹的亚东在草创阶段,经济上没有条件实现陈独秀的理想。所以说“实在没有力量做”。至于“后来才介绍他给群益书社”,已经是1915年了。那个时候陈独秀在日本帮章士钊编《甲寅》杂志,妻子高君曼在上海贫病交困,咳血住院,汪孟邹写信催促陈独秀回上海。陈独秀于1915年6月回到上海。近一年编《甲寅》的经历促使陈独秀携带了一个宏大计划回来——办《新青年》仅仅是其中一部分。我们不妨看一下汪孟邹的日记:

6月19日。到志孟处谈。

6月20日。晚间为志孟、白沙洗尘。

6月22日。下午赴叔潜等通俗图书局开会之约,回家已六钟有零。

6月23日。上午十一点钟至子寿宅,会议三家合办之事。终以分别筹款为主,回家已五钟。

7月4日。在子寿处晚饭后,往志孟宅上谈事,将十二钟方返。

7月5日。子寿来告以《青年》事已定夺云。①

① 转引自沈寂《陈独秀传论》,合肥:安徽大学出版社2007年,第195、347页。并有注:“《梦舟日记》即汪孟邹日记,稿本,共三本。一、民四(1915年)3月20日至7月30日;二、民五(1916年)正月至7月;三、民五(1916年)8—12月。封面由旨素题词,旨素即陈子寿。日记的稿本今佚。这里是由汪原放《六十多年来:回忆亚东图书馆》的手稿本中辑出。”(第347页)据《回忆亚东图书馆》的“编后记”介绍,汪原放的回忆录原稿有一百多万字,未能定稿。现出版的篇幅不足二十万,肯定还有很多珍贵材料被遗漏。沈寂先生从手稿本辑录的材料便是一例。

陈独秀(志孟)是1915年6月19日与易白沙一起由日本回到上海。当天晚上,他不是在医院里陪伴病重的妻子,而是与汪孟邹连夜谈话。第二天汪又为陈独秀洗尘宴请,继续谈话。谈什么呢?《青年杂志》自然是其中一个话题,但还不仅限于此。从汪孟邹日记看,紧接着连续几天,汪孟邹就积极行动起来,找了汪叔潜(通俗图书局老板,安徽籍人士)、陈子寿分别"开会",讨论三家合办之议。汪原放回忆录里说:"1915、1916年间,酝酿过一个'大书店'计划。起初曾有群益书社、亚东图书馆、通俗图书局三家合办之议,未果。后又打算群益、亚东合并改公司,并由此而有仲甫、孟邹北上之行。"[①]这个大书店计划显然不是汪孟邹、陈子沛和陈子寿兄弟他们设想的,但确是他们所希望的;而这样一个宏大计划,只有雄才大略的陈独秀能够提出来。这个计划的背景是:随着商务印书馆、中华书局等庞然大物的崛起,当时一般中小书店都感到了威胁。汪原放回忆录里引当事人的议论:"群益过去好,近来听说也不很好了。他们的《英汉词典》、《英汉双解辞典》,不如以前了。从前,连商务印书馆也要向他们配不少《辞典》,据说月月结账,要用笆斗解不少洋钱给他们。后来商务出了《英华辞典》等等,价钱比群益便宜,内容也很好。群益也急哩。""中国图书公司都搞不过商务,群益怎么搞得过。而且,中华书局也在出英汉小字典等等了。群益实在很危险,搞不过资本大得多的商务、中华的。""恐怕子沛翁、子寿翁有眼光,和亚东一并,靠湖南、

① 汪原放《回忆亚东图书馆》,第34页。

安徽的资本来大干,也来一个大公司,也说不定。”等等[1]。汪孟邹在1916年5月19日致胡适信中也抱怨:“时局如斯,百业停滞,吾业尤甚,日夕旁皇,真不知所以善其后,奈何奈何!”[2]事实上是,民国以来文化事业迅速发展,出版商业机构竞争日益激烈,陈独秀看准了这样一个时机,建议几家小书店合并改组为大公司,招集徽商、湘商两帮财力资金,树立起《青年杂志》的大旗,再把胡适从美国请回来当主编,准备轰轰烈烈地大干一场。这已经远不是办一个刊物,做十年、八年才发生影响的小打小闹了。我觉得正是陈独秀这个鼓舞人心的计划激动了书店老板,才使得《青年杂志》的计划得以顺利通过落实。

这个三家书店合并的计划因为通俗图书局的退出或者资金问题而搁浅,一年以后,汪孟邹日记里又一次提到了群益、亚东两家合并的计划:

> 9月18日。……二时回社,予遂办公,未几仲甫、己振同来,根本赞成竭力相助亚东与群益合并另行改组之事。云俟子寿回申,拟出“计划书”。渠等二人北上一行,以便搜集资本。此事如就,关系甚大,非仅予一人之所愿也。
>
> 10月19日。(在芜湖)黄昏接仲甫讯,云秋桐已回申,嘱首途回沪。
>
> 10月24日。……今晚电子佩、子寿“速来”。

---

① 汪原放《回忆亚东图书馆》,第36页。

② 《胡适来往书信选》(上册),第2页。

11 月 1 日。午刻子寿自湘回申,即来畅谈。

11 月 2 日。上午九时即到陈宅,与子佩子寿议论各事件。复至己振宅,未几,而仲甫到。互论亚东与群益合并扩充之事。首即资本问题,次即人才问题。然后方及内部如何组织之法。初次会议,结果尚佳。但子寿似乏猛进之气。……

11 月 3 日。晚间,仲甫、己振、子佩、子寿同来此间开二次会议,并拟“意见书”及“招股章程”,各稿议归子寿起草。谈至十二时方归。

11 月 5 日。……晚间略具粗肴,仲甫、己振、子佩、子寿同来此小饭后,即开三次会议,决定各稿,亦近十二时方散。

11 月 7 日。晚间秋桐来小饮,予及仲甫、己振、子佩、子寿与他商量书店事甚详。

11 月 10 日。晚间为书店事,请烈公(柏烈武先生)、秋桐晚餐。予与子佩、子寿均到。此是仲甫主人,即在仲甫宅上设席。菜至丰美异常。谈到十点放散。结果甚佳。

11 月 11 日。午后仲甫来此,谈及黄钟人君愿为吾辈努力,可认一万云云。晚间与子寿谈应预备事务。

11 月 23 日。上午往访仲甫,又同访己振,决定二十六号首途北上。①

---

① 这段日记在汪原放的《回忆亚东图书馆》与沈寂的《陈独秀传论》里都有摘录,但内容文字略有差异。本文引用根据《陈独秀传论》,第 348—349 页。特此说明。

我们细读目前能够读到的汪孟邹日记,从 1915 年 6 月陈独秀由日本回到上海,到 1917 年 1 月去北大任职,这期间陈独秀几乎一直在与汪孟邹策划合并重组书局的计划。大致分三个阶段。第一个阶段是陈独秀刚回来的 1915 年 6 月,是陈独秀策划,汪孟邹奔走,汪叔潜和陈子寿加入讨论,计划是三家合并。第二个阶段是 1916 年的 9 月到 11 月,策划人和怂恿者依然是陈独秀,积极响应的还是汪孟邹,被说服的是陈子寿,议论的话题是群益亚东两家合并。民国政治人物章士钊、柏文蔚以及国民党背景的张己振[①]等都参与其间。章士钊是湖南籍人士,柏文蔚是安徽籍人士,两人也可以看作是两家书店的政治背景。可见这次合并计划的讨论非常慎重和具体。第三个阶段就是陈独秀和汪孟邹北上筹款。时间是 1916 年 11 月 26 日启程北行,1917 年 1 月 17 日,汪孟邹回上海,而陈独秀则留在北京到北大担任文科学长了。

陈独秀在 1917 年初致信远在美国的胡适:"弟与孟邹兄为书局招股事,于去年十一月底来北京勾留月余,约可得十万余元,南

---

① 据沈寂主编《陈独秀研究》(第 1 辑)记载:张己振为安徽桐城人,清宰相张瑛的后裔,早年留学日本。中华人民共和国成立,曾任上海市高级人民法院院长。(北京:东方出版社 1999 年,第 381 页。)据滕一龙主编《上海审判志》记载:张鸿鼎(1881—1957),曾用名张己振,安徽桐城人。宣统元年(1909 年)毕业于东京明治大学。回国后,担任安徽江淮大学法科教员,讲授法理学及刑法课程。1912 年加入国民党,并任国民党安徽省党部政治部部长,长期追随孙中山。次年兼任安徽高等审判厅厅长,后在讨袁运动中离职赴广州。1918 年至 1921 年,任广州护法国会参议院议员。1928 年,退出国民党。同年,任芜湖安徽公立职业学校董事长。1949 年 9 月,被邀为第一届中国人民政治协商会议特邀代表。1950 年 1 月在北京参加中国民主同盟。5 月,任最高法院华东分院副院长。1954 年,任上海市人民代表大会代表。1955 年,任政协上海市委员会特邀委员。5 月,任上海市高级人民法院副院长。(上海社会科学院出版社 2003 年,第 481 页。)

方约可得数万余，有现金二十万元，合之亚东、群益旧有财产约三十余万元，亦可暂时勉强成立，大扩充尚须忍待二三年也。书局成立后，编译之事尚待足下为柱石，月费至少可有二百元。”[①]由此可以看到，陈独秀对筹建大书局不是停留在嘴上空谈，而是深深投入其中，具体着手招股事项。如果不是横道插进蔡元培三顾茅庐把他请进北京大学当文科学长，这个计划没准就可以实现了。所以陈独秀起先并不愿意去北大就任文科学长，只答应是做三个月而已。

钱玄同1917年日记所记，1月4日：“今日蔡孑民校长莅大学视事。……得大学信，悉六日午前十时，孑民先生将与文科教员开谈话会。”1月6日：“十时至大学。……陈独秀已任文科学长，足庆得人，第陈君不久将往上海，专办《新青年》杂志，及经营群益书社事业，至多不过担任三月。颇闻陈君去后，蔡君拟将自兼文科学长，此亦可慰之事。”[②]这条日记内容重要，可以肯定，日记所记的，是那天谈话会中获得的信息：就在蔡元培、陈独秀第一次与北大文科教员见面时，陈独秀就申明只任三个月，急着要回上海“专办《新青年》杂志，及经营群益书社事业”。这与陈独秀致胡适的信所说的内容可以互相照应。[③] 蔡元培是12月26日去陈独秀下榻的旅馆邀请陈独秀出任文科学长，起先陈独秀没有答应，“蔡

---

① 《胡适来往书信选》(上册)，第6页。

② 《钱玄同日记》，第297、298页。

③ 陈独秀于1917年1月致胡适的信中说：“蔡孑民先生已接北京总长之任，力约弟为文科学长，弟荐足下以代，此时无人，弟暂充乏。”(《胡适来往书信选》[上册]，第6页)可见当时陈独秀并无长久在北大当文科学长的计划。

先生差不多天天要来看仲甫”。[1] 这样，陈独秀答应文科学长之约，大约也要到12月底，然后1月6日就到北大上任。而汪孟邹是1月17日才返回上海。也就是说，陈独秀答应蔡元培“暂充乏”以后还在与汪孟邹积极筹款。令人奇怪的是，为什么钱玄同日记里没有提到亚东，而是“经营群益书社事业”呢？由此可见当时汪孟邹和陈独秀都是把眼睛盯住了群益，因为群益书社经济实力比亚东雄厚，如果改组为股份制，群益不仅占着重要的比例，而且是以群益书社为主来进行资本重组。日记里所说的群益书社，显然不是陈子沛、陈子寿兄弟经营的群益书社，而是陈独秀计划中的以群益为基础的“大书局”。所以陈独秀当时在进北大当文科学长还是回上海办书局之间摇摆不定。

然而，最后群益亚东合并重组的计划没有成功，具体原因不清楚，汪原放在回忆录里只是含糊地借别人之口说了“同行必妬，合作很不容易”。[2] 但亚东还是获得了一些利益，陈独秀推荐亚东在上海代理经售北京大学出版部的书籍。为此，汪孟邹在经济上有了底气，把亚东图书馆从弄堂里搬到了五马路(广东路)棋盘街。而陈独秀也搬到了北京大学当文科学长，每月薪水三百元。但是，合作没有成功，群益书社与陈独秀的关系如何呢？这个问题我们一直似乎没有讨论。

首先，陈独秀办《新青年》前两卷非常有声有色，也产生了一定的影响。否则不会有上海基督教青年会来打官司，诉讼刊物的

---

① 汪原放《回忆亚东图书馆》，第36页。
② 汪原放《回忆亚东图书馆》，第36页。

名称侵权；[1]也不会有汤尔和等在蔡元培面前推荐陈独秀时，特别举了《新青年》的成绩。[2] 但是，在精英圈里叫好的刊物，未必在市场上卖得也好。《新青年》前三卷的销路是否好呢？很难说。尤其是当 1917 年初陈独秀把《新青年》搬到了北京大学，引来了一批志同道合者的积极响应，前两卷以社会文化批判为主、以世界大战的信息传播为辅的编辑方针被打破，内容逐渐变成了讨论文学教学、语言改革等学院派话语，尤其是海归留学生的加入，刊物变成了知识精英的高端论坛，这不能不损贬了刊物的市场效应。钱玄同、刘半农演双簧骂倒王敬轩，无非是因为响应者甚少，编辑者感到了寂寞的缘故。事实上，《新青年》第一卷和第三卷结束时，都遇到了停刊的危机。第一卷结束后停刊数月，陈独秀在 1916 年 8 月 13 日致胡适的信中解释为“以战事延刊多日，兹已拟仍续刊”。[3] 这是可以理解的，但没有想到陈独秀把刊物北迁，《新

---

① 关于《青年杂志》改名的最初记载，来自汪原放的《回忆亚东图书馆》，以后学术界基本延续旧说。石钟扬《酒旗风暖少年狂——陈独秀与近代学人》（济南：山东画报出版社 2014 年）第 228 页引用叶再生的《中国近代现代出版通史》第 2 卷第 243 页的材料如下：“这里的《上海青年》的名称可能有误。若其名为《上海青年》则与《青年》杂志不存在雷同。《上海青年》则可能是中华基督教青年会 1897 年创办的《青年》杂志之误。这份基督教杂志，由上海昆山花园 4 号青年协会书报部发行。到 1917 年 3 月与创刊于 1911 年 11 月的另一个基督教杂志《进步》杂志合并为《青年进步》杂志。这样，才会有‘名字雷同’之嫌，并由上海基督教青年协会向群益书社发难。”

② 蔡元培在《我在北京大学的经历》中说：“我到京后，先访医专校长汤尔和君，问北大情形。……汤君又说：‘文科学长如未定，可请陈仲甫君。陈君现改名独秀，主编《新青年》杂志，确可为青年的指导者。’因取《新青年》十余本示我。”（《五四运动回忆录》上，北京：中国社会科学出版社 1979 年，第 174 页）

③ 《胡适来往书信选》（上册），第 3 页。

青年》在被一群北大教授搞得轰轰烈烈的第三卷结束时,又面临了一次停刊。

鲁迅在1918年1月4日致许寿裳信中说:"《新青年》以不能广行,书肆拟中止;独秀辈与之交涉,以允续刊,定于本月十五日出版云。"①这封信注意者不多,但似乎透出了《新青年》改组为同人刊物的背后原因,并非全是为了理想,而是面临了停刊的危机。胡适称《新青年》改组为同人刊物为"复活"②,既有复活,之前必有过"死亡",也就是胡适在《五十年来中国之文学》中所说的:"民国七年一月,《新青年》重新出版,归北京大学教授……轮流编辑。"③胡适用了"重新出版"这个词,也暗示了《新青年》第三卷以后曾经停刊的事实。鲁迅信中所说的"独秀辈与之交涉",可见不仅是陈独秀一人交涉,而是"辈"——他们一群,至少应该包括了胡适。这次与群益书社交涉的结果,应该就是群益不再支付每期二百元的编辑费。《新青年》同人在北京大学另设编辑部,对外宣布不再支付稿费(当然也无法接受外稿),改由同人撰稿来维持刊物的运行。除此以外,书社在排版印刷发行方面,对刊物也有所制约。汪孟邹1918年10月5日致胡适信中说:"《新青年》过期太久,炼亦深不以为然。但上海印业,商务、中华不愿代印,其余民友各家尚属幼稚,对于《新青年》以好花头太多,略较费事,均表示不愿。目前是托华丰,尚不如前之民友。炼今日代群益向民友相商,子

① 《鲁迅全集》第11卷,北京:人民文学出版社2005年,第357页。

② 胡适在《中国新文学运动小史》中说:"民国七年一月《新青年》复活之后,我们决心做两件事……"(《胡适文集》第1册,第135页)

③ 《胡适文集》第3册,第255页。

寿之意如可如期，绝不惜费，奈民友竟一意拒绝，使人闷闷，拟明日更至别印所接洽。”①从信中也可以看到《新青年》对群益印刷发行延期多有抱怨。另钱玄同 1918 年 11 月 26 日致陈独秀等人的信中也说道：“上月独秀兄提出《新青年》从六卷起改用横行的话，我极端赞成。今见群益来信，说，‘这么一改，印刷工资的加多几及一倍’。照此看来，大约改用横行的办法，一时或未必实行。”②看来陈子寿在打造《新青年》品牌方面也不是“绝不惜费”的。

出版社印刊物要考虑成本，通过降低成本来确保商家利益，这本无可厚非。但是这些细节上的摩擦，对性格暴烈的陈独秀而言，是有刺激的。这就是陈独秀与群益决裂以后，在给胡适的信中所说的“我对于群益不满意不是一天了。最近是因为六号报定价，他主张至少非六角不可，经我争持，才定了五角；同时因为怕风潮又要撤销广告，我自然大发穷气。冲突后他便表示不能接办的态度，我如何能去将就他，那是万万做不到的。群益欺负我们的事，十张纸也写不尽”③的来历。

所以，我们在穷究群益与《新青年》的合作关系的历程时，不能简单地认为两者在第七卷结束前一直保持亲密互利的关系。我们如果把两者合作历程各个阶段都假定用合同形式来表达的话，他们至少应该有三个“合同”。第一个合同是 1915 年 7 月，陈

① 汪孟邹原信刊于耿云志主编的《胡适遗稿及秘藏书信》第 27 册，合肥：黄山书社 1994 年，第 276 页。

② 《钱玄同文集》第 6 卷，北京：中国人民大学出版社 2000 年，第 127 页。

③ 《陈独秀致胡适》(1920 年 5 月 19 日)，见《中国人民大学博物馆藏“陈独秀等致胡适信札”原文整理注释》，载《中国人民大学学报》2012 年第 1 期，第 27 页。

独秀提出组建大书店计划时定的,内容是群益决定发行《青年杂志》,聘陈独秀为主编,每期支付二百银元编辑费与稿费;陈独秀的身份不但是刊物主编,而且将是未来大书店的参与者。第二个合同是 1917 年秋天,大书店计划泡汤,陈独秀北上当北大文科学长以后,群益取消了每期二百银元编辑费和稿费,同意另建北京大学编辑部,无偿为群益工作。群益负责印刷发行和广告运作。第三个合同才是 1919 年 10 月以后订的、恢复支付每期编辑费一百五十银元,并且重新规定北方编辑部和南方发行部的任务与责任。因为陈独秀被捕以后失去了北大的教职,仍需要靠编辑刊物来维持生活。群益老板还是向陈独秀伸出了友情之手。当然还有一个理由是《新青年》从 1919 年开始深受社会欢迎,印数猛涨。汪原放回忆录里说:"《新青年》愈出愈好,销数也大了,最多一个月可以印一万五六千本了(最初每期只印一千本)。"[①]《新青年》是什么时候开始印数暴涨的?现在没有准确的资料,直到 1918 年 5 月 29 日,鲁迅在给许寿裳的信中仍然抱怨刊物销路不佳,青年学生对新文化运动反应冷淡,此时正是鲁迅开始投稿发表《狂人日记》的时候。[②] 我认为《新青年》扭亏为盈,销路好转是在 1918 年的下半年,随着刊物改由北大明星教授轮流执编,又加重了新文

---

① 引自《回忆亚东图书馆》,第 32 页。

② 鲁迅 1918 年 5 月 29 日致许寿裳信中说:"《新青年》第五期大约不久可出,内有拙作少许。该杂志销路闻大不佳,而今之青年皆比我辈更为顽固,真是无法。"(引自《鲁迅全集》第 11 卷,第 362 页。)鲁迅不是《新青年》圈内人,有关销路佳否的信息,可能来自钱玄同等人的转述。但《新青年》销路不佳只是指不畅销而言,它在圈内仍然是深受欢迎的。《吴虞日记》1917 年 4 月 17 日记载:"晚陈岳菴来谈,云《新青年》三十份、《甲寅》二十份均售罄,现又往续带。"(第 301 页)

艺创作的分量，刊物逐渐获得了首先是北京各大学学生们的欢迎和支持。尤其是《每周评论》和《新潮》两个卫星刊物的推出，与《新青年》形成鼎足三分的掎角之势。加之1918年世界大战的结束，公理战胜强权的社会心理被普及，激起了全社会对世界局势和中国命运的关注。1919年初新旧冲突加剧，庙堂压迫，媒体起哄，主编陈独秀的嫖妓风波及被捕入狱，以及“五四”学潮的兴起等等，这一连串的政治风波、社会风波、媒体风波以及私事国事天下事纠合在一起，导致了《新青年》销路猛涨。从1919年的合同内容来看，光北方订户就有一千五百多，势头还在看涨。刊物为群益书社挣得巨大的利益，使得老板也心甘情愿对编辑部有所迁就。在1919年4月中上旬之间，汪孟邹有一封致胡适的信件，经常被人引用：“仲甫去职，已得他来讯。务望兄等继续进行奋身苦战，不胜盼念之至。《新青年》四号起决就北京印行。与子沛函亦已阅悉，子沛今日已函复矣。”[①]有学人依据这封信推论《新青年》自六卷四号起改在北京印刷。这可能过于草率。“北京印行”说明了《新青年》在北方印数上升，为方便发行而议。但即使群益同意在北方印刷，连同排版印刷发行等事务综合起来绝不是小事，等于群益要在北京另办一个发行部，谈何容易。北大的一批知识精英大约无法承担这些工作。所以，第七卷合同第二条规定“中国北部约每期可销一千五百份，由发行部尽先寄与编辑部分派，以后如销数增加，发行部应随时供给”的条款，应为双方最后协商

① 《汪孟邹致胡适》，见耿云志主编《胡适遗稿及秘藏书信》，第27册，第285页。

的结果。但不妨猜想，陈独秀在1919年4月之前，仗着刊物在北方地区印数大，确实对群益提出北京另设发行部来印行刊物。群益为了迁就编辑部也可能做过让步，但因为双方是通过亚东的汪孟邹在中间周旋，具体经过未必像他所说的那么简单。

把所有的因素都考虑进去后，我们对第七卷重订合同的条款背景大致可以了解了。其一，合同重点是为了陈独秀去职后，重新以执编《新青年》为主要经济来源，群益也相应地重新支付一百五十银元的编辑费。其二是编辑部在北京自行发行刊物的问题，通过第二条款来协商解决。其三是强调了编辑部和发行部双方的责任：编辑部担任如期交稿，发行部担任如期出版。然而其四，也是最重要的一个条款，《新青年》编辑部拥有刊物所发稿件第二次发表的权益。因为第一次发表没有稿费，第二次结集出版，必须照顾到撰稿者的权益。这一切都可以看作是编辑部向出版社争自己的利益。这些条款是双方谈判的结果，似乎也不是最满意的结果。于是条款的第七条说明，这一切都只是“试行”，到第八卷的时候再议。[①]

完稿于2015年5月7日

初刊《上海文化》2015年第6期

---

① 本文写作过程中，许俊雅教授提供了丰富的网络数据库资料，郭新超在复旦大学图书馆寻找了大量旧版图书，没有他们的帮助笔者无法完成这篇论文。谨此鸣谢。

“五四”前夕思鲁迅：全球化时代如何造就伟大的个体

今年是 2016 年。一百年前，中国文化新旧蜕变处于最激烈也是最精彩的时刻。从 1915 年到 1919 年，中国思想文化领域发生了很多事情。1915 年陈独秀主编的《青年杂志》即以后大名鼎鼎的《新青年》创刊，高举了“民主”与“科学”两面旗帜；1916 年经历了袁世凯称帝复辟的逆流，新文学运动开始酝酿；再往后 1917 年是胡适之发表《文学改良刍议》，发起白话文运动，《新青年》阵营已经布局成功；1918 年，鲁迅发表白话小说《狂人日记》，李大钊开始介绍十月革命和马克思主义；1919 年，“五四”学生爱国运动兴起。这短短的五年中经历了三个“五四”：思想启蒙的“五四”（1915 年），新文学的“五四”（1917 年），以及学生爱国运动的“五四”（1919 年）。中国的命运由此改变。

现在我要问的是，在这个伟大的历史转折过程中，究竟是哪些人起了最重要作用？我特意查了一下，鲁迅是 1881 年出生，李大钊是 1889 年出生，也就是我们今天在座的“80 后”一代的青年人；胡适是1891年生，与我们现在在读的博士们差不多年龄；陈独秀算是大一点，他是1879年生人，也就是我们所谓的"70后"的"尾巴"，但他已经担当了新文化运动的主将。那时候真正的长者应该是北大校长蔡元培，他是1868年1月出生，也是属兔的（丁卯年）。他们比我们今天主持会议的学者还要年轻。我想了一下，"五四"时期新文化运动的参与者里面几乎没有"50后"出生的一代。康有为才是1858年出生的，严复是1854年生的，但他们在新文化运动兴起时，已经被看作是过时的人物。而正是陈独秀、鲁迅、胡适这样一批"70后"、"80后"和"90后"的青年知识分子，他们开创了现代中国的新纪元。他们所开创的时代，真正是年轻人的时代。

中国怎么会遇到这样一个风云际会的时代？那个时候，出生于1860年代末的蔡元培先生已经担任教育总长、北大校长，掌一代文化之祭酒。但是我们今天呢？这个念头在我脑里萦绕，久久挥之不去。中国的知识分子现状和百年前的中国相比，似乎停滞了一轮（十二年）。我们这一批出生于1950年代的学者，像在座的张福贵、孙郁，还有我，我们当中现在可能有的人当了大学校长，有的人成了知名学者，有了一定的话语权，现在似乎是可以做当年蔡元培先生做的事，肯定没有蔡先生做得出色，但至少在做。而1960年代出生的一代学人，以及"70后"、"80后"的学者，现在能不能发挥像当年陈独秀、鲁迅、胡适他们的作用，引领文化革命的风气呢？这我可不敢说。我们高校里的"70后"、"80后"的老师们，可能还在为评职称、发表论文、争取科研项目，还有买房还贷等等的繁琐事情而烦恼。也许这样的环境决定了我们今天很难产生陈独秀、鲁迅这样天马行空的人。更不要说现在“90后”的青年人了，整个儿还没有登上社会的舞台。所以，说整个中国的知识分子现状比一百年前的中国要滞后一轮十二年，还是留有余地的。或许我们可以指责“文化大革命”耽误了十年的人才培养，我们也可以找许多其他理由来推诿，但我们以现在这样的姿态来纪念“五四”一百周年，我觉得是惭愧的，因为在“立人”的意义上我们似乎没有太大进步。

但是，我接下来还要问的是：当时的中国是不是只有陈独秀、鲁迅、胡适？这也是一个偏见。那个时代确实也有很多年长的学者在从事积极的学术工作。但我们现在编撰现代文学史和现代历史，开端就是“五四”，中国历史进入现代是从“五四”开始的。“五四”是照亮历史的灯塔。但是灯塔是有局限的，凡是灯的光照不到的地方，就是一片黑暗。“五四”以前或者“五四”以外的生活历史，比如当年一批五六十年代出生的“遗老”的工作，就不可能进入我们的视野之中。这样一种情况属于正常吗？从理论上来说，并非不正常，因为之所以会造成这样的历史，不是说当时的“50后”、“60后”不存在，其实都是存在的，但是一旦遇到那个突变的十年，世界大势（世界大战、十月革命等等）与中国形势（民主共和）发生激烈碰撞，碰撞的结果就是诞生了革命性、创造性的“80后”、“90后”群体，这是历史赋予的一个千载难逢的契机，缔造出了史无前例的新人群体。

我把这样一个现象，解释为中国文化发展中的“先锋”因素。“五四”新文化运动本身具有先锋性而非常态的，像我们现在的环境是常态性的、按部就班的自然发展。常态的社会也许千百年来都是在慢慢地进化，而“五四”新文化运动之所以值得纪念，就在于它突然之间产生了“先锋”作用。时代范式一下子变了，历史话语权一下子被移交到“80后”、“90后”的青年的手中，由他们大踏步地向前迈进。这样一来，中国的命运就发生了改变，20世纪的中国不再是延续了两千多年的皇权专制笼罩下的国度。

关于“五四”的先锋精神，我想稍微多说几句。因为这是中国现代转型过程中产生的一个相当特殊的文化现象，中国历史上是没有发生过的。为什么会有这样千载难逢的机会，给这批年轻人创造了去改变中国命运的客观条件？这个条件不是权力机构给的，而是在中国思想土壤里刚刚崛起的民主意识突然爆发出强大力量。皇权专制体制突然崩溃，千年的封建大厦哗啦啦地塌下，土崩瓦解，传统断裂了，每个人的个人命运都有机会与国家、社会的命运联系在一起。这种巨大的创造能力就是来自于中国青年当家做主的意识。整个的“五四”新文化运动就是一个浩浩荡荡的青春运动，就是青年运动。我们现在为什么定“五四”是青年节？因为这是青春的，是青年的运动。在这个青年运动中，陈独秀和鲁迅没认为他们自己是青年，他们都是当时被认为是年长的一辈人，但是他们创造了一个青年的、青春的运动。我把这个运动界定为一种“先锋运动”。“先锋运动”是发生在“一战”前后的世界性文学文化思潮，意大利、俄国、法国、德国都有发生，而在中国就产生了“五四”新文化运动。西方先锋运动对中国自然会发生影响，当时《新青年》、《东方杂志》等著名刊物上就有很多介绍西方“先锋运动”的文章。以前我写过这方面的论文，现在就不多说了。我不做烦琐考证，主要谈谈“五四”作为一种“先锋运动”的特征是什么？为什么说它是先锋的？

首先，先锋运动对于社会秩序的猛烈冲击。它不是为艺术而艺术的自律运动，而是企图重新激活艺术与社会进步之间的关系，来打破陈旧、缓慢的社会进化轨迹，用激进的方法来批判社会，推动社会的快速进步。这样我们就理解为什么"五四"精英们对于中国传统文化以及现状做如此激烈的批判，甚至全盘否定。其次，这种批判的彻底性还表现在对于批判者自身也作了同样否定性的反省，批判者不是在批判社会大众时高高在上，把自己装扮成一个"神"，而是把自己也看作是旧社会的一员，在自我否定中强调自己必须蜕旧变新，成为新的人。鲁迅在《狂人日记》里最典型地描写了这种极端的心态。狂人发现了他周围的人都在"吃人"以后，渐渐地发觉一个可怕的事实：原来自己以前也是吃过人的。这样就把人类身上遗传而来的兽性普遍化了，任何人都没有特殊性。唯一的道路就是要每个人自己去反省、去觉悟、去克服自身的吃人本性，这样才能做新的人。需要强调的是：鲁迅描绘的这样一种通过自身反省的方法来完成自己的蜕变，正是一种个体的觉悟，让觉悟了的伟大个体从无所不在的庞大的社会传统中决裂出来，并且反过来与之对立与之斗争。这就是作为先锋性质的"五四"给我们带来的伟大的"个人的发现"（郁达夫语）。鲁迅这种抉心自食式的批判精神和个人主义，在郭沫若的新诗、郁达夫的小说里也是可以处处体察的。不是某个先知先觉的天才意识到这些问题，而是整个时代的先锋性思潮决定了激进知识分子的意识形态。

鲁迅、郭沫若这一代人都有着一种大无畏的天马行空精神。

他们不仅否定旧的历史社会，还否定了从这种历史社会中产生出来的自己，但这种自我否定不是消极的，而是把自己身上的坏的因素（历史遗留下来的旧因素）否定以后，就能产生新的生命因素。这个新的生命因素就是青春活力，就是最宝贵、最活跃，也是最单纯的、最充满力量的精神。而这正是我认为我们今天最缺乏的精神。我们今天的社会应该是“80后”、“90后”的舞台，应该由“80后”、“90后”们来讲“五四”，来讲鲁迅，来讨论应该从“五四”继承什么、否定什么。青年人应该是我们这一代的先锋。青年人要有自信来感应时代对青年的召唤。但这需要青年人自己争取，如果你自己不争取，时代不会提供给你。“五四”时期也一样，也是靠陈独秀、鲁迅他们自己去争取改变自己的命运。青年人自己要充满活力，这样才能把我们国家带到一个新的未来。

然而，“先锋”也有自身的问题。先锋精神不会属于大多数，总是少数有先锋精神的人带动了大多数。“五四”先锋精神最后融汇到激进的政治斗争中去，与革命实践结合起来改变国家命运，那就是陈独秀、李大钊在共产国际支持下的建党活动，张国焘、张申府、毛泽东、周恩来等一批精英都加入进去了。“先锋”是一种具有革命性、反叛性的精神，它本身的存在形态都很短暂。一方面，先锋的文化运动最终会转移到实际的政治运动中去，欧洲的先锋运动也是这样。另一方面，当社会主流力量足够强大的时候，“先锋”也会慢慢被主流文化所接纳，“反主流”最终会成为主流文化的一道风景。反叛者一旦成了社会名流、著名学者、媒体明星，那就不再是“先锋”，而变成“常态”的一部分。像胡适、傅斯年一代人都是这样。

我们在这样一种对“五四”的认知下，再来讨论思考鲁迅所代表的先锋精神，有什么意义？鲁迅的哪一部分是当下的我们最值得学习的？现在所处的大时代、大环境，其实是不利于学习鲁迅的，因为今天是常态的时代而非先锋的时代。凡是在动荡年代、有先锋思潮涌现的时代，鲁迅的形象一定是非常活跃的，大家都会把他当作精神旗帜。而在常态的时代又如何理解鲁迅？如果我们把鲁迅归入“常态”的文化系列中去，比如研究“鲁迅如何继承中国传统文化”、“鲁迅思想里的儒佛道”、“鲁迅怎样成为一个国学大师”诸如此类的题目，是这样来研究鲁迅，还是把鲁迅作为中国20世纪文化突变时代产生出来的一个伟大个体？这是我所思考的。

谈到这次论坛的主题——“拿来主义与文化主体性：从鲁迅传统看中国与世界”，我不是很理解。今天是全球化时代，我们登录互联网，我们进入任何一种媒体，我们走到街头巷尾日常生活，我们遇见的，还有没有纯粹的“中国文化”？可以说是没有的，我们遭遇的是全球化。哪怕一个最缺乏文化素养的人走进麦当劳，他也和全球文化进行了面对面接触。在这样一个时代，我们首先需要思考的当然不是“拿来”不“拿来”的问题，因为根本不需要你考虑这个问题，全球化时代的“常态”就已经是被全球文化覆盖了一切。我们要考虑的是，如何在全球化的常态中保持具有先锋性的个体？鲁迅这样的个体就是在痛苦的选择当中慢慢形成的。

我认为鲁迅的精神就是先锋精神，鲁迅的传统就是一种先锋文化的传统。鲁迅常常喜欢说，不管三七二十一，就这么做了。他比较偏激，喜欢持一种较极端的态度。这当然是我的一己之见，也许是外行话。作为一个对社会有超前认识的先锋，他肯定处于孤独之中。我认为鲁迅对自己深陷其中的孤独状态是不喜欢的，他是希望有集体、有团队、有新生力量来与他合作的。鲁迅不是故意沉溺孤独的超人，他早年参加光复会，后来参加《新青年》阵营，参加广东国民政府的北伐革命，最后参加共产党领导的左翼作家联盟，他的人生的每一个阶段都在寻找中国社会最尖锐的有代表性的政治力量、最具有革命性反叛性的群体。他一直站在最前沿的位置不停地进行选择，可每次选择和结盟以后，他又感到失望，到后来都散了，他是在满怀期待过后又陷入失望，最终出走。这也是典型的先锋者的态度，永远激进，永不满足，不停地向前探索。

鲁迅晚年和周扬领导的左联发生冲突以后，他就不再向外寻找先锋力量了。他不愿再去接触比左联更加激进的社会组织（譬如托派），那时的鲁迅完成了独立的个体的战斗性格。晚年的鲁迅有意识地把萧红、萧军、胡风等都拉到左联的外面，有意识地培养黎烈文、巴金、黄源、赵家璧、吴朗西、孟十还等年轻人，却不再和别的政治力量进行组合。他聚合了这批年轻人，我们要注意到，这批年轻人的背后是当时的新媒体：文化生活出版社、良友图书公司、《申报·自由谈》、《中流》、《译文》、《作家》、《海燕》等等十来家出版社、杂志和报纸副刊，还原当时的影响，就像我们今天的互联网。当时的新文学作家不太关注都市的大众媒体，而市民文学（通俗文学）的作家们则关注较多。新文学作家那个时候还属于学院派，或者左翼战斗团体，比较追求"高大上"。但是鲁迅却一直都主动参与媒体，将那个时代的新媒体人团结在一起，在上海形成了属于自己的非常独立的力量。鲁迅在他的时代，就已经很注意媒体传播与先锋精神的互动关系。很可惜鲁迅 55 岁就去世了，他的生命之火燃尽了，很多新的尝试也就无以为继了。

从鲁迅本身的战斗行为来说，他面对的从来不是“中外”问题，也不是“拿来不拿来”或者“寻找文化主体性”的问题，鲁迅是在不断抗拒成为主流，尤其是貌似代表全社会其实只是体现统治者主体的文化。于是他一直站在被压迫的社会底层的社群立场上，站在主流文化体系之外进行战斗，促使其自身的裂变，培养其成熟的战斗的个体，或者说是伟大的叛逆的个体。所以鲁迅是永远的先锋。抗拒奴化，强调立人，他一辈子都在自觉做叛逆者。今天我们面对所谓的全球化，几乎对它无法抗衡，在这样的文化氛围中，鲁迅作为伟大的“先锋”、独立的个体，他在中国给我们后代究竟揭示了什么？我们从什么意义上去理解、感悟鲁迅的传统？这应是我们今天的“80 后”、“90 后”思考的问题。

（根据录音整理）

作者按：本文系 2016 年 4 月 2 日在复旦大学中文系举办的“拿来主义与文化主体性：从鲁迅传统看中国与世界——纪念鲁迅诞辰 135 周年暨逝世 80 周年”高峰论坛主题演讲。经过多次修改补充，最后定稿刊于《探索与争鸣》2016 年第 6 期。

现代文学史的语言问题

现代文学史的语言问题是个非常有吸引力的题目，会越来越被学界所关注。文学与语言本来是不分家的，但是随着现代学科的发展，语言归语言，文学归文学，各自都有很多研究成果。现在把这两者重新放在一起来讨论，是一个很有意思的现象。

八十年以前，老校长陈望道先生就在复旦大学开设了中国修辞学的课，后来形成了他最重要的著作《修辞学发凡》。修辞在西方是有悠久传统的，从古希腊高尔吉亚（Gorgias，前 483 年—前 375 年）和伊索克拉底（Isocratēs，前 436 年—前 338 年）时代就开始，但在中国，我想在高校里开设修辞学，讨论语言问题，大约是与新文学运动有关。陈望道先生就是新文学运动的一个骨干，他在开设修辞课程的时候，就把语言和文学两个学科结合起来了。我们现在的语言文学一级学科虽然是把语言和文学放在一起，其实这是两个有各自特点的学科，把语言、文学放在一起来研究讨论，在复旦大学是一个很好的传统。复旦大学有很多老师是从人文的立场上关心语言学，包括后来的张世禄教授、申小龙教授，现在到郜元宝教授，他们都关心文学和语言之间的关系，也就是从人文的立场，从文学的立场来考察语言的规律，我认为这是一个很好的传统。在复旦有这么一个传统，点点滴滴地积累语言研究中的人文立场和人文精神，我认为是非常可贵的。

我自己对这个问题研究不多，但我是这样想的：明年是 2017 年，一百年前，胡适之发表《文学改良刍议》，开始发起新文学运动。新文学运动最初就是白话文运动，主要是推广白话文，然后才形成了新文学运动。"五四"时期这两个名词是可以互相取代的，这说明什么问题？就是说，"五四"这么大的一场思想革命和文学革命，起源是在语言，是从语言开始发生的革命，然后逐渐推动这样一个影响了整个国民，影响了中国未来走向的大思潮。语言运动借助了文学，反过来又深刻地影响了文学，就是这样一种关系。那么，这样一种关系就不仅仅是修辞问题了，这和胡适在哥伦比亚大学学习哲学是有关系的，他是在哲学背景下推动语言的改革。这样一种从语言到文学的社会改革运动，过去没有过，未来应该也不大可能出现。就在"五四"时期，在一百年以前中国出现了一个语言和文学高度结合，又推动了中国思想文化转型和发展的运动，所以，我们今天研究新文学运动，如果不从语言开始，就失去了它最精彩，或者说最核心的问题。我主编的《中国现代文学史教程》正在杀青，郜元宝教授担任了其中最重要的几章，其中就有关于新文学运动的语言问题，当时我们一起设计了有关章节，从章太炎的古文，到章士钊的逻辑文，再到吴稚晖的那种纯粹的西化白话，多种尝试，发展演变到最后就形成了新的白话文运动。

所以说，讨论新文学，先讨论语言革命。语言隐含一种思维形态,反映了民族的思维形态,不是个人的,而是民族的思维形态。所以,胡适、陈独秀们斩钉截铁地要从语言改革着手来发起新文学运动,就是因为他们所从事的这样一个运动——启蒙运动也好,现代化进程也好——不是个别的问题,也不是单纯的语言问题,也不是单纯的审美问题,而是一个国民改造问题,他们是要推动整个国民性的批判和改造,就是民族再造这样一个重大使命。而要达到这样一个目标,只有一样东西能把全民都联系起来,那就是语言。语言是一个能够把整个民族拢起来的东西,要推动一个民族的改变,语言的改变是最重要的。所以,我觉得今天怎么高评这一百年来的白话文都是不过分的。没有白话文就没有后来那么丰富的现代汉语,白话文越彻底,就越能掌握中华民族的话语权。这是我的第一个想法。

第二个想法是关于文学运动与语言的关系。"五四"新文化运动是从语言革命开始发起的,获得了成功。从思维形态的发展来说,白话文代表了两种不同的思维倾向:一种就是胡适之提倡的"话怎么说就怎么写",也是黄遵宪所谓的"我手写我口",就是把这个"言"和"文"完全一致化。胡适在这一点上是有所坚持的,他做得非常彻底,一直到他死了。我见过台湾胡适公园的胡适墓碑。其碑文是胡适的学生毛子水用胡适提倡的白话文撰写的,开头就是:"这是胡适先生的墓……"一般都是写某某之墓,毛子水好像没有用"之墓",而是用"的墓",是非常彻底的贯彻言文一致。这样彻底的具有现代意识的白话文形态,我认为是一种文化普及,是旨在消灭社会等级的文化普及运动。语言是没有阶级的,但是使用语言的人是有阶级的,当知识分子使用高雅的文言文表达自己意愿的时候,他与所谓的下等人(劳动大众)区别开来。那么胡适宁可放弃这些高雅的语言形态,采用了所谓"引车卖浆者流"都能听懂的语言来推广他的思想,这样的话,我们后来的文化(包括文学)的发展,我觉得整个思路是在朝平民化发展,后来左翼文艺讨论大众语,一直到延安整风时,毛泽东说文艺要为工农兵服务等等,这一路下来,是20世纪中国文学的一个基本走向。这条路线对于文化的普及,是很有价值、很有作用的,但是对文学自身的发展未必就好。文言文是积累了几千年实践传统的中国人情感美学的载体,在这个载体完全被破坏和抛弃以后,必须代之以另外一种现代汉语的、现代语言的美感的形态,以此来满足现代人更加复杂的感情表达。这是"五四"新文学必须解决的问题,虽然没有解决好,但是新文学作家们是在努力解决,这就是我们长期缺乏认识的语言欧化的问题。当"五四"新文学真正兴起,它的标志性的作品,不是晚清小说,不是晚清白话,也不是传教士翻译《圣经》的白话,而是鲁迅的小说。现在我们学术界很多人都在研究晚清传教士的翻译,也有人研究晚清小说的白话,似乎得出一个结论,白话文不是从"五四"开始的,而是在晚清或者更早的时候就产生了,所以"五四"新文学运动提倡白话文没有什么了不起。我在很多年以前指导过一位博士生写论文,她研究了1921年以前的《小说月报》,她的论文提出了一个问题,就是新文学白话文其实不用搞,不搞,民国初年的小说也是用白话文写的,而且那么通畅,那么纯粹。新文学运动恰恰使文学创作受了大量西方文化影响,写出来的白话文都拗里拗口,反而不通俗了,因为原来《小说月报》上的语言都是非常通俗的。那位博士生与我讨论了很久，这个问题给我带来了很大的挑战，我必须要解决这个问题。

后来我就慢慢意识到，恰恰不是晚清以来的白话文，恰恰不是从《红楼梦》开始的，更不是从《水浒传》开始的那种说书人文学改变了中国人的命运，而是来自欧洲的翻译语言，就是我们一直诟病的欧化的语言，这种语言进来，才成为我们新文学的主流语言，才是一种具有美感的，更准确描述现代人审美心理的语言。鲁迅说得很清楚。人家都批评他，说他硬译、直译都不好，读起来不顺，鲁迅就说，我根本就是不要你们舒服么，不是要你们读得很顺么，为什么？为的是能够用欧化语言来改变我们民族的思维习惯。中国人原来的文言文是一种模糊结构，意义比较笼统，比较朦胧，不利于中国人接受西方先进思想，中国人缺少的是更加严密、精确表达自己思想的语言结构，也就是思维形态。所以鲁迅用西方人的语言结构来翻译小说，就是要你知道西方人是怎么理解一句话，怎么表述内心世界的，这样一种语言结构可以让一个人对内心世界的理解更加清晰、更加深刻，更有利于把现代人的丰富感受表达出来。古代人是没法表达的，古代人写文章常常带有一种抒情性，但是现代白话是可以表达的。我一直引用鲁迅《狂人日记》里的语言描写：

> 不能想了。
>
> 四千年来时时吃人的地方，今天才明白，我也在其中混了多年；大哥正管着家务，妹子恰恰死了，他未必不和在饭菜里，暗暗给我们吃。
>
> 我未必无意之中，不吃了我妹子的几片肉，现在也轮到

我自己……

有了四千年吃人履历的我，当初虽然不知道，现在明白，难见真的人！

这个段落里有两句话是非常经典的欧化语言："他未必不和在饭菜里，暗暗给我们吃。""我未必无意之中，不吃了我妹子的几片肉"。这种重叠的双重否定，在中国古代是不可能出现的，这样的语言没法表达；不过这两句话不用这种双重否定来表达，当然也是可以的，就这么写："大哥就把妹子的肉和在饭菜里给我们吃，我就无意中吃了妹子的几片肉。"这么写完全可以，但是鲁迅作为文学家，他要表达一种更加深邃的心理活动，他就用这样一种双重否定的方法，表达一个狂人根本不想承认自己吃过人，他根本不想承认，他是在拒绝，不断在用否定来拒绝，但到最后还是没有拒绝，因为他用了几个否定导致了最后的意思还是吃了人。这样一种痛苦的、不得不承认的内心世界，如果用一个很通俗的话来表达是表达不出来的，他只有用一种很拗口的、很复杂的欧化语言结构才能表达出来。所以我觉得当鲁迅吸收了西方语言的时候，他不是就学了一个西方的语法结构，他是把整个西方人的思维给接受过来了。

这种欧化思维形态，在"五四"时期发表的茅盾小说、巴金小说，甚至叶圣陶的小说里面都有，但我们今天看不到，我们今天看到的都是新中国成立以后作家出版文集时修改过的文本。作家们都认为自己当初的欧化语言是不纯粹的，不通顺的，都把自己的文字改过来，改成我们今天最通俗、给工农兵看的，所以，我们今天读巴金的小说，读叶圣陶的小说都觉得他们的语言好，是语言大师；但是在最初那个时代，他们的语言都是不规范的，都是用那种拗里拗口的，我们今天说有很多语法毛病的语言来表现的。但恰恰是这种不规范的可能有很多毛病的，也可能是生搬硬套的语言，打乱了中国人一直以为唯美的、纯粹的、传统的审美习惯，欧化白话把一种让我们感到不习惯的、陌生的、惊讶的，甚至感到要拒绝的语言结构，或者说思维形态，慢慢地引进中国，让新文学作家成为具有现代思维能力的人，成为一个现代的作家。鲁迅是掌握了这种新的思维表达能力的作家，他在小说里嘲笑了说着"多乎哉不多也"的孔乙己的语言，他也怜悯像中年闰土那样，连一句完整的话都说不清楚。所以，在这个意义上说，我们今天对欧化语言缺乏历史的、公正的评价，因为我们后来要强调为大众服务，为工农兵服务，似乎是越通俗越好，这样才觉得是大众化了，所以文学语言不断改变，欧化的因素都慢慢改变掉了，慢慢就改成我们现在都能说的口语。但是我还是认为，"五四"时期欧化语言的引进，是白话文取得实质性胜利的根本性原因。可惜这个影响在今天只有在部分理论研究中还有所坚持，从鲁迅到胡风，从胡风到阿垅、路翎，再到上世纪 80 年代刘再复提倡方法论以后，大量的西方文论传入中国，直接影响了许多理论工作者的文风。虽然这种文风常常被人诟病，但我还是想说句公平话，文章写得拗里拗口、不通顺当然不足取，但如果作者自己确实是那么感受和思考问题的，也未必就是坏事。我不认为写得非常流畅的文章就是达意了，非常流畅的文章也可能是作者的思想本来就很浅，一杯白开水，一览无余，自然是很简单，或者就是有了深刻思想却表达不出来，辞不达意。我觉得一个理论家如果思想很复杂，思维形态很丰富，他思考到某种精微处、复杂处，他自己也表达不清楚的时候，一定会产生混乱的，这个混乱在语言表达上可能是败笔，但是在思想上，可能是他更加深刻了。这个对我们通过现代汉语来探索美学高度，探讨现代汉语精深博大的美学形态，是非常重要的环节。

本文系2016年4月28日在复旦大学中文系举办的“中国现当代文学语言问题”国际学术研讨会上的主题演讲。根据录音整理，初刊于《学术月刊》2016年第7期。

辑二　当代文学评论

面对现实农村巨变的痛苦思考

——论关仁山的创作兼论一种新现实主义文学的诞生

一、在现实主义文学体系中认识关仁山的创作

新世纪以来，作家关仁山连续创作了长篇小说《天高地厚》、《麦河》和《日头》，被统称作“中国农民命运三部曲”。三部作品在内容上没有什么连贯的人物、地点和故事，但题材是一致的，都紧紧抓住了当前农村最紧要的现实问题：三农、土地流转、农民工进城、农村基层领导权、乡镇企业、招商引资和自然资源的破坏、强行拆迁和城镇化、传统乡土文化式微等等，中国农村三十多年来发生的所有阵痛与巨变——从家庭联产承包责任制，到新一轮的土地流转、社会主义新农村，以及前途未卜的农村衰败和城镇化建设——过去、当下、未来的三维空间都进入了作家的文学画卷。我们可以说，关仁山是一位有强烈社会责任感的作家，他对当下农村现实的晦暗描写，始终伴随着他本人忧心如焚的思考与探索，尽管这种思索本身也是暧昧不清，夹杂着许多混乱的信息符号，但作家严肃的创作态度与当下农民血肉相连的情感和立场，值得我们尊敬。

关仁山的“中国农民命运三部曲”的创作虽然耗费了十五年或者更多的时间，虽然它的内容不断纳入农村新出现的问题和现象，但是这部作品之所以引人注目，还不仅仅是表现生活内容的覆盖面之广，更重要的是表现形式的不断抽象，进而推动思考层面的不断升华。从手法上说，是渐渐从主流的现实主义创作传统中剥离出来，结合作家自身的创作风格和独特视角，在多元和丰富的当下文学创作的格局中，逐渐形成了他的独立的艺术贡献。

我把作家的创作贡献称为艺术贡献，是着眼于艺术形式的独创性。关仁山的艺术创造的成就，是在当下长篇小说创作的现实主义多元体系中体现出来的。新世纪以来我国最重要的文学现象之一，就是现实主义创作又重新回到了主流文学当中，它起于文学创作与当下生活血肉相连的关系之中，发挥出新的良知的批判力量。这种批判力量使人们仿佛回到了欧洲工业革命以后出现的批判现实主义文学鼎盛时期的繁荣景象，并随着一批作家的个人风格的成熟，呈现出多元发展的势态。我曾经在前几年试着分析过当时流行于文学创作领域的两种现实主义的倾向。一种是“法自然”的现实主义，其特征是把社会发展现象还原为自然状态进行描写，通过大量非典型化的、纷繁复杂的生活细节和日常生活场景来构筑长篇小说的艺术世界，从中揭示出社会变化的大趋势和人物无法避免的命运。这种创作方法避开了戏剧性的矛盾冲突和人物突出性格的描写，对作家的语言表达能力提出了极高的要求。目前能达到较高艺术成就的，是贾平凹的创作。另一种，我称之为怪诞现实主义，它更多地吸取了民间文化传统中的狂欢因素，用戏谑、讽刺的手法来刻画现实生活场景，使现实生活中的丑陋现象被夸张地予以揭露，从负面来逼近现实真实。由于艺术上的狂欢和怪诞传统都与民间粗鄙文化有密切联系，在审美取向上，这种创作倾向是有争议的，如评论界对余华《兄弟》的争论就是一例。这两种现实主义的创作倾向，虽然都是以极端形式出现于现实主义文学创作的体系之中，但他们各自以鲜明的艺术特点，与传统的现实主义创作方法划清了界线：其一，它们以自己的方式揭示社会生活的某些真实，引导人们对生活真实做深入的思考，而不是以抽象的理想来掩饰生活，更不是用政治理念来歪曲生活真相，导向为某些政治目的服务；其二，它们都没有刻意回避当下社会矛盾的尖锐性，但是在表现矛盾冲突的艺术手法上，没有编造强烈的戏剧冲突来诉诸煽情，而是或采用不动声色的客观描述，或采用戏谑、讽刺的手法，使作品的倾向性通过具体细节表现出来；其三，这两种现实主义都有意回避知识分子的启蒙叙事立场，用民间叙事立场来倾诉社会底层的复杂情绪，显现出藏污纳垢的民间审美理想。只有在这两种现实主义创作倾向的坐标当中，我们才能比较具体地讨论：关仁山的"三部曲"的现实主义创作特点在哪里？在当下的文学创作中又具有什么意义？

关仁山的文学创作被冠为"现实主义"，是指传统的现实主义创作方法。前面所举的两种现实主义创作刻意规避的，甚至是潜在对立的诸因素，在关仁山的作品里恰恰被突显出来，"三部曲"的大量篇幅，都贯穿了作家关于农村未来发展前景的思考（鲍真、曹双羊等农村新人的实践）、乡村政治多元势力之间的戏剧性冲突（荣汉俊、权桑麻等权力者与新人之间的冲突），以及农村知识分子的启蒙立场与实践（金沐灶的形象），这些都是"三部曲"的重头好戏，也是关仁山的艺术画卷中最亮眼的部分。关仁山的文学创作资源里保留了鲜明的社会主义文艺传统，尤其是燕赵齐鲁地区文学前辈的传统，我们在《日头》中金世鑫校长用生命保护大钟的壮烈故事里，可以看到朱老巩大闹柳树林的影响；在荣汉俊、权桑麻等人的乡村政治权术斗争中，可以看到他们的前辈郭振山、马之悦的形象；甚至我们在金沐灶的沉重思索中，也可以重温《古船》里隋抱朴的身影。中国的现实主义理论脱胎于苏联社会主义现实主义的理论体系，强调的不仅是“从现实的革命发展中真实地、历史具体地去描写现实”，而且是要求作家用社会主义的理想“从思想上改造和教育劳动人民”。在这个理论前提下，社会主义文学被要求站在比生活现实更高、更具有前瞻性的立场，用社会主义未来的理想目标推动现实的进步，选择符合这一目标趋势的生活细节作为艺术表现对象。在相当长的一段时期内，中国的现实主义文学就是遵循这样的理论从事创作的，因而，一个历史时期内的国家农业政策，就成为农村题材创作的“理想”的样本。从《创业史》到《平凡的世界》，农村题材的长篇小说创作基本上是依循了这样的原则。后起者关仁山的创作里，隐藏了这一笔丰厚的遗产。

但是，新世纪关注农村现状的作家毕竟遇到了新的问题。在我国三十多年的改革开放的政策下，农村经历了多次改革，都是在摸着石头过河的进行时态中探索实践的，实践途径交叉多歧，整个过程还没有完成，目标是让中国占人口比例最多的农民阶级从贫困状态慢慢富裕起来，进而使整个国家真正地达到富裕。但这个过程无疑是极其缓慢、极其艰巨的，天上不会掉下一个先验的灵丹良方改变农民的命运，曾被强制实践过并且被证明失败了的“金光大道”也不可能继续一条道走下去，中国共产党转而借助曾经的革命对象——资本、私有制以及市场经济来调节经济建设，大量招商引资，土地批租，依托经济全球化大势，在幅员广大的农村田野上进行一场大规模的转型试验。这是经济的实验，也是政治的考验，前瞻性的理想目标被置换成生死线上的经济发展，宁可忍受肌体器官被腐蚀、被毒化，也要在根本上获得生命的涅槃。这场农村大实验必然带来极其复杂和惨烈的后果，观念上新与旧冲突，经济上得与失交替，伦理上的颠覆与蜕变，既是发展也是衰退，一切都在进一步退两步或者进两步退一步之间徘徊和挣扎。每一项政策都可能是双刃之剑，而造成的伤害、阵痛和丧失，感受最痛的，也就是极大多数生存在底层的农民阶级。所以，农民的绝对贫困率的降低与幸福意识的丧失，几乎是同步产生的。这一切，都给以遵循传统现实主义创作原则的作家们一个严峻的挑战，来自现实的力量逼着他们睁开眼睛看到现实是怎么一回事，不会再有传统的理想目标指示作家如何通过艺术形象来引导大家走“金光大道”，也不会再有梁生宝、萧长春、高大泉这类理想人物来充当农村改革的当代英雄。这就是我说的关仁山的创作的意义，他的创作见证了现实主义的力量。在现实的苦难面前，他的良知迫使他陷入深层次的思索，创作“中国农民命运三部曲”是他紧张思索的过程，也是他为农民的未来过什么样的日子，自觉付出的研究和实践的过程。

关仁山的创作是一种直面现实、严肃思索的文学，有点接近当年张炜在《古船》里所作的沉思与反省。但是张炜一开始就预见到即将萌生的新一轮私有化可能带来的后果，他极度厌恶私有制观念与生俱来的贪婪、占有和破坏，以及不可避免带来的两极分化，因此在张炜的小说里充斥着绝望的激愤情绪。而关仁山在探索中则携带了更多的社会正能量，他一步步地放下幻想、逼近现实、思索着农民摆脱困境的路径。在“三部曲”的第一部《天高地厚》中，关仁山塑造了一个近乎完美的新人形象鲍真，她从城里赚了钱回乡投入农业建设，在地方政府的支持下，经历了办企业、搞副业、承包土地、创办农民经纪人协会、科学种田等等不间断的实践活动。小说中作家有两处写到鲍真指挥农民劳动的场景，都用了“很像是城里的贵妇人”来形容。应该说，这不是一个恰切的比喻。但这个比喻隐藏了作家暗暗期待农村社会的新事物——资本，能够在善良意志的支配下把步履艰难的农民带上一条光明道路。但是这种期待在第二部《麦河》里发生了动摇。作家浓墨重彩地塑造了一个农村资本家曹双羊的新形象，既毫不含糊地描写他在资本积累过程中藐视法律、败坏道德的堕落过程，也写出了这个人的灵魂的自我搏斗和最终觉醒。但，即使描写曹双羊利用土地流转推动农村转型的正面活动，作家还是抱着深深的忧虑，他通过小说中地主后代枣杠子的嘴巴指出：“双羊走的不也是我爷的路儿吗？”这其实也是作家的忧虑：利用民间资本促使土地流转，办大农场，可能会搞好农业经济，但是否能够避免农村进一步贫富分化呢？能否避免农民因为重新丧失土地从而进一步丧失生活的最后保障呢？事实上，这样的质疑并不是作家杞人忧天，它反映了社会上对于土地流转政策可能导致的后果的普遍忧虑。在第三部《日头》里，作家更加深入了一步，对于资本进入农村以后造成的自然资源破坏和贫困农民受到的伤害，都一一写了出来。但他并非拒绝资本，而是希望通过乡土文化传承和道德重建来遏制资本的贪婪本性，使其受到制约与规训，朝着有利于农村转型、农民受益的方向推进。小说塑造的外资代表是袁三定，作家笔下的日头村民们，不再把他当作救世主和新英雄，而是通过金沐灶等乡村知识分子与袁三定代表的资本人格的不断冲突和斗争，来争取他和教育他，使他渐渐地与金沐灶等人走到了一起。综观农村三部曲，鲍真的形象是简单的，曹双羊则要复杂得多，而袁三定的形象是不完整的，必须与另一个人物形象金沐灶互补结合，才构成象征未来农村前景的理想形象。这一系列相关人物的内涵变化，折射出作家本人的思想也在不断深化。这也表明：一位严肃对待生活的作家，只要他敢于直面现实、深入思考，他就能够突破传统现实主义方法的局限，走到真正的现实生活中，去发现隐蔽在生活底层的矛盾所在。关仁山的创作，正是在这一关键点上显现了传统的现实主义的活力。

二、权力、资本与农民：艺术画卷中的几类典型人物

只有把关仁山的创作放在传统的现实主义文学体系里定位，才能比较清楚地看到“三部曲”是如何展示当下中国农村的生活真实，而不至于被作家采用的种种魔幻的叙事手法所遮蔽。我在下一节会分析到，小说里的魔幻的艺术手法，并没有改变作家对现实生活真实的呈现，魔幻只是叙事形式，是关仁山描绘的现实主义世界的一个组成部分。

关仁山不是一个悲观主义者，面对问题多多的农村现实，他从来没有放弃追问农民在现实中受的苦难究竟是怎么产生的，他也没有

放弃对于未来农民命运的追寻和实践。正是对这两个最主要的问题的严肃探寻，使他的创作充满了独立思考和主体性的力量，作家用文学与良知为武器，与现实生活中的种种邪恶、丑陋现象进行短兵相接的肉搏；也正是在这两个最主要的问题的叙述中，作家使用的依然是传统现实主义文学中最重要的艺术方法：对人物典型形象的塑造，而不是其他现代主义文学中常见的神秘魔幻的表达。

对于时下变革中的乡村新文明，关仁山是持怀疑态度的，在一篇创作谈里他讲到农村推行城镇化的问题，不乏尖锐地告诉我们："从体制上看，我们目前的城镇化带有很大的盲目性和野蛮性。错误的政绩观与恶意资本的联手，借发展之名进行的野蛮拆迁，……资本与权力对人性的扭曲和变异是触目惊心的。这时候我成为乡村新文明的审视者。"①这段谈话虽然是对作品中描写的城镇化过程中野蛮拆迁的解说，也可以看作是作家对新世纪以来农村变迁历史的一个总的批判性认识。"三部曲"所展示的艺术画卷里，最活跃的人物形象有三类②：一类是乡村政治的代表，如

---

① 关仁山、张艳梅《以文学之光照亮乡土中国——关仁山访谈录》，载《百家评论》2014年第6期，第34—44页，此处引文见第41页。

② 有学者将关仁山小说中的人物类型分为四个阶层："一类是精英阶层，或曰特殊阶层，比如担任村干部的可谓乡土政治精英；文化层次相对较高，能够读书看报写大字的，或者在地方学校里教书的，是文化精英；办厂的，开店的，经营作坊的，所谓先富起来的一批人，是经济精英。一类是裙带阶层，是通过血缘、姻亲、利益交换等方式与上述精英阶层关系紧密的那一部分人。剩下的是普通阶层，他们没有权势，没有经济优势，没有出人头地的亲戚，他们是开大会听会的那部分，是常常被教育的那部分，可谓是沉默的大多数。除此三种，往往还有另一不容忽视的灰色群体——恶势力。"参见谢有顺、刘秀丽《土地对人心的养育——读关仁山的〈麦河〉》，载《南方文坛》2011年第4期，第107—111页，此处见第109页。本文的划分标准不一样，分析意图也不一样。特此说明。

荣汉俊、陈元庆、权桑麻之流，他们是农村改革的最大获利者，也是农村改革的主要推动者；另一类就是进入农村的资本代表，如鲍真、曹双羊和袁三定等等，他们是推动乡村现代化建设的民间资本的力量，同时也含有资本的本质。与他们对立的是第三类人物——乡土政治权力周围的裙带圈人物，如冯经理、荣汉林、陈锁柱、权大树权国金兄弟等等，他们利用权力的裙带关系，唯利是图，坑害农民，毒化社会。这三类人构成了一个农村社会的怪圈：乡村政治的代表人物掌握了农村改革主动权，他们不仅获得最大利益，还带动了裙带圈非法谋取利益；但是作为基层干部，他们又必须推动农村的改革事业，通过引资，与第二类资本代表人物结合起来。资本代表人物从正面意义上说，是希望帮助农村改革，对农民父老有浓厚感情[①]，从中也获取利益。他们与乡村政治代表人物之间既有矛盾冲突又必须互相利用，有时候也会做出伤害农民利益的事情。他们的竞争者是裙带圈的邪恶势力。而裙带圈本来就是乡村腐败势力派生出来的毒瘤，危害性极大，因为权力的关系，他们与资本代表竞争，有时也会获胜，造成更大的危害性。这三类人中间的前两类，是乡村的精英，都具有两面性，当双方正能量结合时，能够推动农村改革的正常进行，也可以成为农村改革的主要力量；但更多时候，权力滋生腐败，资本滋生贪婪，两者与生俱来的坏因素一旦纠缠，成为蝮蛇

---

① 关仁山在“中国农民命运三部曲”里描写的投资者，都不是与乡村无关的外来资本家，而是与乡土父老有骨肉至亲关系的民间资本家，鲍真、曹双羊都是本乡农民，袁三定不仅知青出身，并且与农民有肌肤之亲、血缘之后，这暗暗表明了作家对于拯救乡土经济的力量，寄托在乡土自身所产生的健康力量。

之结，那就构成了农民最可怕的威胁。“三部曲”正是通过一系列典型人物的塑造和刻画，揭露了农村转型过程中产生的这一类负面能量。

在“三部曲”里，作家对权力与资本两种力量的认识也是在逐步深化的。从小说的结构与主题上说，《天高地厚》最完整，小说主题通过荣汉俊与鲍真父女之间的复杂关系逐渐展开，从荣汉俊娶亲遭抢，被饥饿折磨得奄奄一息，又在洞房之夜闹出悲剧等一系列传奇故事开始，到婚外恋上鲍月芝，私自开荒被捕下狱，鲍月芝生下一对私生儿女为止，荣汉俊演绎了一个充满人性的故事。接着从农村改革开放，荣汉俊办企业发财致富，进一步又获得村长的宝座，权力和财富逐渐腐蚀了人性，他性格里猥琐、阴毒、工于心计等负面因素占了上风。为死去的儿子认父亲一幕，可谓是匠心独运，但他虽然用权谋保护了自己，却伤害了鲍月芝金子一样的爱情。命运的报复使他最终得不到唯一的女儿鲍真的原谅，萧瑟秋风中他怀着忏悔之心把月芝已经下葬的遗体搬进了荣家家族的坟地。如果这部小说不是那么密集地描写许多农村改革的进程，而是集中写好荣汉俊被权力异化、丧失人性的悲剧故事，可能会取得更好的艺术效果。但是作家没有把这条贯穿全书的线索当作主要内容渲染，反倒把它作为故事背景，由此展开鲍真从城里回乡，投资进行多种经济改革，带领乡亲走共同富裕之路。传统的现实主义的理想色彩在这部小说里还是相当浓重，作家着力塑造鲍真这一农村新人的形象，赞美了她在农村进行的改革。而荣汉俊作为村里的大权独揽者，他对鲍真的大力支持背后，汹涌着一个父亲难以言说的爱。尽管他性格中有许多负面因素，但总算在权力与资本的合作中，展现了正能量的一面。但是在《麦河》里，这样的血缘关系不复存在。陈元庆与曹双羊本来可以成为亲戚，陈元庆与双羊的姐姐曹凤莲恋爱又将其抛弃，毁了凤莲一生，也改变了双羊的命运，他们之间演出了一幕又一幕的快意恩仇。作为县长的陈元庆需要政绩，不得不拉拢企业家曹双羊在乡里搞土地流转，但是他的裙带圈陈锁柱、陈玉文之流为了争夺经济利益，破坏曹双羊的事业，陈元庆又是站在自己兄弟的一边。他与曹双羊之间互相利用，又互相争斗，尔虞我诈，惊心动魄，最终陈元庆被曹双羊检举而身败名裂。作家是站在民间资本的一边，虽然也写了曹双羊的两面性，最终还是支持了民间资本战胜腐败权力的斗争。《麦河》里，作家采用了复调艺术手法，让作品里的人物不断展开辩论、对话，甚至大段大段的独白，表现曹双羊的灵魂自我搏斗。从艺术上看，曹双羊的形象显然比鲍真进了一大步，更加饱满、更加丰富，也更加真实，他不是完美的人物，但作家急切期盼民间资本成为农村土地流转的希望所在的心情，在艺术创造中都充分地表达出来了。

接下来我要着重分析权桑麻这个形象。在第三部《日头》里，权力与资本没有构成直接的交锋，矛盾冲突的重点转移到了权桑麻与乡村知识分子金沐灶的冲突。作家非常成功地塑造了一个乡村政治人物的典型，虽然中国当代文学人物长廊里并不缺乏这类形象，但权桑麻之强悍阴毒、玩弄权术的丑陋形象，在新世纪文学中堪称独步的艺术典型。作家塑造这个人物，用了大量生动的细节，烘托典型性格。如下一例，权桑麻出场不久的正面亮相，写老轸头去他家求情：

权桑麻无比健壮，虎气生生。他正在搓脚丫，将趾缝儿里的泥抠出来，放在鼻尖上闻了闻，很享受的样子。村里人都知道，每当这个时候，去找权桑麻事就好办。[①]

寥寥几笔，把一个丑恶形象活生生地描述了出来。搓脚丫，只是一种人们很普遍的生活陋习，不能说是恶人的特点，但是这短短的描述中，一个令人恶心的习惯动作公然放在干部接见群众的时候发生，可见其人跋扈专横，完全不把他人放在眼里，而且村民也习以为常，知道这时候是权桑麻最舒心、最容易办事的时候。一个嗜痂成癖的恶棍式的人物、土围子里鱼肉百姓的土皇帝嘴脸霎时就凸现出来。

还有他收买人心的事例也非常典型。会计金茂才洪水泛滥中失去了独生儿子，悲痛欲绝的时候，权桑麻把自己儿子权大树送来了：

权桑麻对金茂才说："你看我家大树咋样?"金茂才说："支书，你就别捅我心窝了。大树好啊，多好的孩子！比黑丫白净。"权桑麻说："你稀罕就好。我今儿来就是送儿子给你的，从今往后，大树就是你的亲儿子!"金茂才和老婆一听都愣住了。权桑麻说："茂才，你有儿子啦!"金茂才好像没听清，吃惊地问："我，我有儿子?"权桑麻说："大树过继给你了，他就是你的儿子啊!"金茂才泪流满面："支书，这是多大的恩

① 关仁山《日头》，北京：人民文学出版社 2014 年，第 50 页。

德呀！茂才可承受不起呀！”权桑麻说：“别把话扯远了。人哪，就是你救我一命，我拉你一程，得活出点儿人味儿来。你说是不是？”金茂才抹着眼泪点头。权桑麻断喝一声：“大树，给你爹你娘跪下，叫爹叫娘。”权大树咕咚一声跪倒在金茂才夫妇面前：“爹！娘！”金茂才和他老婆应着，两人把大树扶起来，紧紧和大树抱在一起。权桑麻的眼眶也湿润了……权桑麻把儿子送给了金茂才，义举轰动了全县。[①]

这一段落的每句话都非常饱满。小说里权桑麻与乡村知识分子金世鑫、金沐灶父子水火不容，理由是按照五行的运行规律“金”会克“木”，似乎是迷信造成的姓氏间矛盾，但是权桑麻对同样姓金的会计却如此肝胆相照，可见所谓“金克木”完全是借口，真正原因是乡村政治权力的独裁者对于知识文化的恐惧，而会计则是掌握经济黑幕的人，必须竭尽拉拢之能事。只有深谙传统文化的人才会意识到子嗣延续对中国农民的无比重要性，这一招不仅收买了人心，而且换来了金茂才一辈子愚忠，最后以一死回报权桑麻的知己之情。作家在小说开始埋伏这个细节时不动声色，直到全书快结尾时，金茂才下毒杀人，自尽报恩，才让人感觉到作家完成了一个大手笔。权桑麻的枭雄形象也就树立了起来。

权桑麻这个典型形象值得多说几句，作家在这个人物的身上寄托了严肃的思考：中国当下农村改革仍在艰难前行，农民生活仍不富裕，这当中是有许多问题可以深入追究，在关仁山创作的

① 关仁山《日头》，第32—33页。

艺术画卷里，他通过长时期的探索，终于认识到，权桑麻之类的权力者是农村改革的主要阻力。权桑麻是权力腐败滋生出来的恶魔性人物，也是集中国传统文化中最阴毒负面的封建专制糟粕之大成。一切所谓的谋略、奸诈、权威、迷信、家天下等等，都从封建专制这个根本之源派生出来。小说甚至写到权桑麻死后，留给儿子一根遗骨，懦弱的权国金只要关键时刻咬一下死人遗骨，立刻会凶悍百倍，仿佛是权桑麻的阴魂附体。这一笔是小说里使用得最好的魔幻手法，揭示出权桑麻的阴魂不会因为肉体腐烂而消失，它仍然会游荡在中国土地上，时时发出臭气来毒化我们今天的生活。

好了，分析了权桑麻以及上述三类系列人物以后，我们还是要转回到这幅艺术画卷的正面，看看这三类系列人物的对立面，或者说，这三类人必须面对的，是一群什么样的人？他们就是普通农民的群像，属于“沉默的大多数”，在农村改革大潮中随波逐流。他们也是第一类和第二类精英人物的追随者和社会基础。在“中国农民命运三部曲”中，我看不到作家如何表现农村改革与大多数农民迫切愿望之间的联系，似乎大多数农民都是被动地应付着折腾不完的改革政策，他们在上世纪 80 年代初刚刚尝到家庭联产承包责任制的甜头，在拥有土地的劳动喜悦中挺直了腰杆抬起了头，获得了“售粮大户”、“劳动能手”的荣誉和尊严，但瞬间又成了一锅未熟的黄粱，全球经济框架下的现代化进程把简单农业劳动迅速抛到历史车轮的后面，乡镇企业、外资企业、进城打工等新的劳动方式渐渐取代了沉重、贫穷而低效率的一家一户农业劳动，农民的劳动价值又一次被轻视，甚而蒙受耻辱。《天高地厚》写出了这种大趋势。劳动能手鲍三爷垂暮之年流落到城里医院太平间看守尸体，招引暗娼演出一场春梦，事后担惊受怕，还乡后郁郁而死。太平间风流性事，具有怪诞因素，但作家没有开掘下去，仍然回到现实层面，太平间、卖春女、老年人性爱，都成了生命状态的某种象征，揭示出传统农民离开土地后的暗淡命运。在《麦河》和《日头》里，贫苦农民已经意识到改革大潮不可阻挡，他们被裹挟在里面，无力为自己做主，只能期盼强者（乡村政治代表或外来资本代表）能够体恤农民的疾苦，维护乡土文化秩序，也希望自身在新的改革中摆脱贫困状态。大多数贫苦农民是农村改革的社会基础，乡村精英们翻云覆雨，都是打着改变农民命运的幌子，依仗了农民无可奈何的牺牲与苦难，但改革也确实把农民从土地依赖中分离出来，迫使他们转变为新型的劳动者。大多数农民没有远大目标和坚定原则，在《日头》里金沐灶为维护自然资源和农民工利益，迫使资本家开采矿山停工，结果农民失去收入，反过来怨恨金沐灶，视之为人民公敌。这样的故事在百年前的欧洲就演出过，现在轮到在中国土地上继续上演了。作家对大多数农民的认识也是一步步在深化，从简单的同情、为之请命到清醒地认识到其复杂性，仍然抱着启蒙的立场，心情极其复杂。

作家在《麦河》和《日头》两部长篇小说里，都设定了两个叙事者，其中一个是普通农民：白立国是个贫苦农民，瞎子说书者；老轸头是敲钟者，胆小怕事的贫苦农民，他们都是乡村精英的追随者，也是社会基础。白立国是民间企业家曹双羊的发小，老轸头是权桑麻与金沐灶的亲家，他们是小说叙事者，又是大多数农民的代表，他们有感情、有想法，也有朴素的是非观。作家在白立国身上还寄予了较正面的农民理想，让他经常在曹双羊身边发出逆耳忠告，使劲把曹双羊拉回到农民的立场上来；然而到了《日头》，老轸头的形象就变得模糊了（也可以看作是作家在现实中对曹双羊这样的民间资本的失望），老轸头有是非，但没有原则，他在权桑麻与金沐灶之间来回周旋，调和双方互相对立的作为，他在感情上倾向金沐灶，但是实际生活中又与权家父子沆瀣一气，充当了他们的同谋。让普通农民来充当小说的叙事者，当然是有局限性的，对作家来说，虽然是一种客观叙事的策略，但无法满足作家的主观介入态度。于是作家不得不又启动了另外一个叙事者，一个更为超脱抽象的视角：在《麦河》里塑造了一只具有象征含义的雄鹰；而《日头》就更为抽象，另一个叙事者竟然是一个半人半鸟的神话角色。这应该是关仁山小说创作的亮点。

三、农民命运的追问：象征、文化以及知识分子的理性思考

关仁山的创作特点，是对中国农民命运的不懈追问和探索，而不是像以往社会主义农村题材小说那样，轻易祭出一帖“理想”的良方作为走向未来的根本道路，这表明他的创作方法已经从传统现实主义的局限中走了出来，走向真实的生活现实。这是一个严肃的现实主义者的必经之途，无须掩饰什么和遮蔽什么。但是难度也是在这里，既然没有现成的良方可以遵循，那么，茕茕独立于旷野之人，必然是极其痛苦的。探索者每向前迈出一步，都可能会付出生命的代价，也包括犯错误的代价。我们不妨对比同时期作家的作品，如贾平凹创立的“法自然”的现实主义的创作，他会如数家珍地告诉读者，在农村大地上发生了什么真实的故事，

但他不会告诉读者，大地上将会发生什么事。这个答案是要读者自己通过作家对现状的真实描写去想象的。还有张炜，他会愤怒地告诉读者，农村大地已经被权力与资本“开发”得遍体鳞伤，濒于毁灭了，但他也不会告诉读者，下一步农民应该怎么办。两千年前徐福乘桴于海的幻象一直召唤着，他无可奈何才发出一首首悲歌。在这一点上可以看到关仁山与同代作家之间的差别：关仁山是走在未来的探索上，不断地设计方案，付诸实践，虽然是写在纸上的故事，却希望与广大父老乡亲一起在现实世界里走出一条能够通向未来的道路，即使失败也在所不辞。这就使他的作品带有一种悲怆的情调。

然而，正是这一部分带有实践意义的创作，最集中地体现了作家的主体性，也即作家对长篇小说叙事形式的独特的艺术追求。《天高地厚》基本上是一部循规蹈矩的传统现实主义的作品，理想主要体现于鲍真这个新人的形象。小说出版后，关仁山听到的批评是说这部小说写得太“瓷实”了。“瓷实”的意思是：“太实了。没有把握好作品虚与实的关系。有生活积累，能写出农村的生活气息，但缺少艺术的蒸腾，没有给现实插上翅膀飞扬起来。”[①]其实在我看来，“三部曲”的后两部小说在叙事形式上的创新，反映了作家睁开眼睛直面现实的思考结果，他没有在现实生活中找到鲍真这样的农村新人能够走上成功之路，或者说，即使有成功者，也不是作家原先想象的新人的道路，所以他不得不另起炉灶，

① 关仁山《文学应该给残酷的现实注入浪漫和温暖》，载《中国文学批评》2016 年第 2 期，第 30—33 页，此处引文见第 31 页。

忍住心头疑惑，把希望的目标放到了民间资本家曹双羊的身上。但是关仁山对于资本在农村运作的道德依据是不信任的，对曹双羊的资本人格也不予信任，虽然有叙事人白立国不断在曹双羊身边苦口婆心地规劝批评，但是作家也知道，作为一个普通农民要对资本全面了解几乎是不可能的，更谈不上给以制约。所以在叙事人白立国以外，设计了另一个叙事视角来帮助白立国完成更加全面的叙事。那就是雄鹰。无论是《麦河》里的雄鹰还是《日头》里的毛嘎子，他们的共同特点是飞翔，可以鸟瞰全局。这样就弥补了第一叙事人视角的局限。——我的意思是，用两个叙事视角讲同一个空间故事，本来会使小说的叙述容量不仅扩大，而且呈现出立体视角的怪诞和变形，犹如毕加索立体画的艺术效应。如果第一叙事人的视角是平面有局限的，第二叙事人的视角是俯视且全方位的，两者结合在一起叙述，小说呈现的画卷会出现何等奇异的世界！这还不仅仅表现在叙事空间的扩大，在时间上也相应贯通了过去、现在和未来的三维穿越。《日头》里的毛嘎子作为一个怪异孩子突然飞升，身体附了死去的金校长之灵魂，能够解读星宿发出的信号，这都是预示着对未来空间的预测和展示，所谓“天机”的守护者和泄露者。如果关仁山洞察到艺术形式可能会给小说的思想含量带来根本性的改变，并且很好地加以利用，那么他的艺术创作就有可能创造出更为瑰丽奇伟的魔幻的现代艺术。但是关仁山没有走到这一步，他创造了双重叙事视角的立体叙述的形式，却没有很好地利用和开掘。

但是作为一种象征，鹰的形象是有意义的。白立国是瞎子，为了使叙事的真实性成为可能，他必须拥有一些特异功能，如他能够在坟地与鬼魂对话，能够感应鹰身上的信息。我觉得这些特异功能也只能说明瞎子本人的幻觉和故弄玄虚，因为凡是他人不可能感受到的经验世界，就无法被证伪，只能存疑。这样一来，瞎子从鹰身上获得的信息也可能就是瞎子本人下意识的预感，鹰作为第二叙事视角独立存在的意义就消失了，仅仅成为瞎子第一叙事视角的补充和延长。但是鹰的形象本身具有象征性，鹰的生命中经历了两次生死涅槃，那种置之死地而后生的绝路逢生，可能是作家心灵深处对当下农村改革和农民命运的真切期盼。与鹰的形象相比，《日头》的毛嘎子比较接近未来的视角，但是在处理两个叙事视角关系上，仍然没达到应有的艺术效果。毛嘎子与老轸头的叙事视角是不一致的，老轸头站在庸众立场上陈述现实生活中发生的故事，他不是一个清晰的叙事者，所以他的叙事中夹杂了不少倒错的时间和场景，这种混乱叙事可能给读者阅读带来困惑，但也使小说故事线索变得诡异不定，有点像民间讲史、老人说古，真实性转向了传奇性和民间性。[①]毛嘎子的形象本来具有传奇性也有象征性，他飞翔在天空云顶，俯视着大地变化，有许多角度都跨越时空，这是老轸头无法知道更无法说出来的，尤其是毛嘎子关于未来的预言，最后关于魔鬼

---

① 《日头》里时间错乱的叙事不胜枚举。如小说开始讲日头村的民居分布时，提到祖先杜康，似乎是一个远古传说中的人物，但在后来才知道，杜康是道士杜伯儒的父亲。显然这是老轸头讲古时随口编造的，并没有一个远古祖先叫杜康。又如，权桑麻把儿子大树过继给金茂才的时间，叙事中时间似乎是“文革”期间，但故事里大树还是一个小孩，显然也是不可能的。过继儿子的时间应该是上世纪60年代，等等。所有这些错乱叙事，作家是否注意到？还是有意为之？我很难判断。但从文本来分析，只能推论出老轸头是一个年迈糊涂的叙事人。

再临世界的说教，都含有一种深刻的忧患。但是我觉得，与《麦河》中的鹰的形象一样，毛嘎子的形象似乎更富有象征性。如果说鹰的生死涅槃象征了作家对农村改革的期望，那么在毛嘎子身上，寄托了作家对于未来农民命运的深深恐惧。我们不妨看一下这个形象：

> 有一次，我从林子里菩提树上试探着落地的一刹那，我的双脚像被点击似的弹了回来。我再次失败。看来我没有回到人间的可能了。我只能过飘着的生活了，很遗憾我想不出其他的结局。
>
> 我听见了悠扬的钟声。好像云顶上的钟声敲响，远远的上面彩色的云彩波动起来。那团隆起的云彩像一座寺庙，远处看上去寺庙很像一座辉煌飘逸的古老建筑，可是走近它却摸不着，后来我才辨别清楚那是海市蜃楼，连声音也是老轸头敲钟的回音。
>
> 云顶消失在我的上面，起风的云朵像我梦中的树林一样起伏。①

这个段落是毛嘎子的自诉。云顶是传说中的理想居住点。菩提树是他唯一可以与土地沟通的途径，飘忽多变的云朵可以视为他的生活环境。我们从这个段落的自我倾诉中不难看到一个双脚不能落地、身体始终漂泊的幽灵的痛苦，我不知道作家在写

---

① 关仁山《日头》，第57页。

这一段文字的时候，心里是否出现了他对于失去了土地四处漂流的农民未来命运的恐惧和悲哀。从神鹰涅槃到孤魂漂泊，可以体尝出作家心底的翻腾和悲怆，也可以感受到他对农民命运的一种悲剧式的探寻和追问。

除了叙事视角创新与象征意义外，关仁山对农民命运的追问里，还夹杂了大量的传统文化的因素。这也是他所寄托的理想所在。把农民的命运系于文化之上，是关仁山寻找农村改革出路的方案之一，尤其在第三部《日头》里，作家塑造了一个新型的人物——乡村知识分子金沐灶，这个人物与乡村政权的代表权桑麻权国金父子的矛盾冲突，已经跳出了要否利用外来资本改造农村的原则，小说一开始就围绕着护钟和毁钟的戏剧性冲突，揭示权、金两家的宿仇。为了使两者冲突具有文化的性质，作家编造了一个五行生克的背景：

> 日头村主要有四大姓，被称作四大家族。金家、权家、汪家和杜家。起初立村，杜家祖先主持布局。传说杜康这位老人白发如雪，脸呈桃容。老人手扶白须，嘴巴念叨："一二三四五，金木水火土。"按杜康的指点，四个家族，所居住地按五行分布：金、木、水、火、土。金家住西头；权家住东头；汪家住北头；杜家有木，青色，也住东头。而南头属火，是血燕和栗树的天地，围成一个圆圆的气场，拢着状元槐和古钟。在日头村有很多事说不清来龙去脉，人们只知道状元槐、古钟和魁星阁。日头村人造房子就像血燕垒窝，一嘴草，一口泥。房子一住，杜家先人就预言说："金生水，水生木，木生火，火

生土，土生金，金家生着汪家，汪家生着权家，权家生着血燕，血燕生着杜家。”①

这一段话也是出自老轸头之口，自相矛盾之处比比皆是，杜康其人纯属虚构且不去说他，关于五行之说，自有五个方向，金木水火土，土居中央，属黄色。可是杜家先人偏要放弃最重要的地理位置，寄生于权家的东头，与木相伴，五行中木土相克，何况寄人篱下，杜家自然不旺，小说里杜家几乎没有故事，唯有杜伯儒和毛嘎子，一个出世道士，一个半人半鸟，都脱离了现实世界。再说五行中南方主火，说是血燕。血燕是什么？小说里无片字交代，唯这段话保留一个线索：“日头村人造房子就像血燕垒窝”。也就是说，全日头村人都仿血燕垒窝造房，血燕遍于全村，日头村就是血燕。小说里毛嘎子讲了一个类似夸父逐日的故事，日头就是太阳，红嘴乌鸦即金乌，日头村就是人类寻找太阳和光明的象征。所以，如果要以五行来布局全村，南头是以血燕来代表整个日头村。

好了，这样我们就清楚了：西头金姓隐喻知识文明，北头汪姓隐喻大多数农民，东头权姓隐喻乡村权力，南头血燕隐喻日头村，而中央本来属于杜家，但被杜家先人要了一个花招隐没到东头，杜伯儒、毛嘎子都是出世之人，超越了五行的相生相克。中央就空着，五行运行不通，换言之，金家代表的知识文明可以帮助大多数农民（小说里写了金沐灶帮助汪树的故事），而大多数农民则是

① 关仁山《日头》，第5页。

权家乡村势力的社会基础，权家代表的村霸势力主宰了日头村的前途，由于杜家缺位，五行相生无法贯通，金家处于孤掌难鸣的位置，与权家的冲突始终处于劣势。整部《日头》的故事线索，全都隐藏在这幅不完整的五行运行的版图里。

这样我们就理解了作家为什么把金沐灶的命运写得如此艰难。在日头村地理位置上，因为杜家缺位，空着的中央属土之地被状元槐、古钟和魁星阁取代，这三件文化器物冥冥中代替杜家，履行着土生金的使命。小说始终围绕着维护还是毁灭这三件文物展开生死斗争，金沐灶一生就为了护槐、护钟和重建魁星阁，历尽艰辛，放弃了个人的幸福，“真是悠悠万事唯此为大”。作家在金沐灶身上寄予了文化理想，希望通过魁星阁的重建来重新保护传统文化的根脉，纯正风俗，维护农民一家一户的利益，安居乐业。为此，金沐灶最后修炼成一个学习者的形象，儒家学说，《道德经》、《金刚经》、《圣经》，中西经典都过了一遍，但是最终还是让作家失望了，魁星阁虽然重建，但随着城镇化的建设，古老乡村的生活方式不复存在，赖以维系的文化精神也漂流散去，金沐灶最后独自一人走在荒芜路上，与天上漂泊无定的毛嘎子如形影相吊，构成一对天高地远的文化象征。

关仁山苦心孤诣创作了“中国农民命运三部曲”，他紧贴着农村大地所发生的一切深刻巨变，关注着农民离开土地、离开传统的劳动方式、离开习惯的生活方式，以及由此带来的深刻的心理变化和伦理变化，发出了独特的追问。他的追问不是抽象空洞的，而是伴随着一系列实践的可能性，我们可以从“三部曲”里看到农村新人的实践、民间资本的参与、外来资本的投入、知识分子的思考等等，从某种角度来看，这些实践过程的描述，也是作家本人的探索性思考。尤其是在金沐灶的探索中，我们看到作家一步一步地上升到理论高度。譬如金沐灶提出了农民主体性的设想，这同样是一个有待实践的问题。农村改革如果没有广大农民实实在在的主体性的介入和参与，那么这些政策指令都可能带有盲目性，错误的政绩观与恶意资本就有机会联手伤害农民。所以，大多数农民的缺席就意味着农村改革的失败，只有农民的主体性被集体激发起来，通过农村特有的传统文化根脉，主动参与乡村治理和建设，才有可能给社会主义新农村带来真正的光明前途。

但是，如何才能真正实现"农民主体观"，作家并没有给以详细描述，只是通过金沐灶之口，介绍了一个大概意思："三农问题，由来已久，十分复杂，三言两语说不清楚。这些年来，金钱和权力合谋，农民失去了话语权。所以，我提出依善而行的农民主体观。我写了一部书，叫《我的农民主体观》，书中的核心思想是发挥农民自主性、能动性、独立性和创造性。……让天下农民兄弟过上好日子是咱们共同的祈祷与梦想，您说是吗？"①但是小说里没有进一步讨论这部书的思想内容，也没有讲述这本书出版以后的命运。从最后一句话来看，大约也是一种乌托邦的理想。

那么，我们讨论作家对农民命运的追问，还是要回到农村的现状和资本的意义。《日头》里袁三定的形象始终是模糊不清的，看得出作家对于资本的态度非常暧昧，曹双羊这样的农民企业家的罪恶发家史，作家看得很清楚，对于这类人究竟能否真心诚意

---

① 关仁山《日头》，第303页。

回乡来造福家乡走共同富裕之路，他是缺乏信心的。曹双羊的行为受到农民暴发户的局限制约，光凭着江湖义气和善良愿望无法把农民引导到真正的光明前景。因此，袁三定的形象充斥了作家对于资本的矛盾心态。袁三定年轻时当过知青，“文革”中家破人亡，他流落乡村与金沐灶的姐姐同居生育一个孩子，对于日头村村民有强烈的亲近感和报恩感。他在海外接受家族遗产成为富商，出身还算清白，他的投资是一笔很好的资源，可以帮助日头村的经济改革。可是袁三定作为资本的人格化，又有着攫取利润的高度敏感与贪婪本能，他的资金一旦投入日头村，就迅速与权桑麻、权国金父子地方势力结合在一起，开采矿产，造成对自然资源的大规模破坏和对农民的残酷压榨。在资本家和某些当权者看来，发展是顺天而行的大善，有了财富就有了一切，负面效应都可以在所不计；但是在金沐灶和大多数农民看来，这种做法是逆天而行的，过度开发让资本家和权力者获得了最大利益，但破坏了自然资源也违背了人类道德，大多数农民非但没有获得好处，反而成为直接的受害者。

从上世纪 90 年代开始，文学创作描写现实经济过度开发造成的严重后果，主题都是围绕土地被征用、自然环境遭破坏，农民们的相对贫困化以及农民工在现代化过程中遭遇到更为缺乏保障的生存状态等话题展开。当作家们在描写这一切现实社会中发生的不公正现象时，常常不由自主地充满了情绪化的道德优越感，作家承担了社会良知和道德审判官的职责。这是 18 世纪欧洲批判现实主义文学的传统，在今天对中国文学仍然有着相当深刻的影响。中国作家更加情绪化，这是中国现实主义文学传统能够雄风不衰的根本原因，也是关仁山在《日头》里塑造袁三定这个新的艺术形象时游移不定的原因所在。他本来希望袁三定的外来资本为日头村经济发展带来双赢，但越写下去问题越多，袁三定几乎成为破坏自然资源的罪魁祸首。但是，作家又不愿意把袁三定推向权桑麻的反派一边，还是希望通过这个人物形象来探讨资本有利于经济改革的可能性。所以我在前面已经说过，这个形象是不完整的，只有与金沐灶等知识分子结合在一起，才能达到作家理想中的完整性。

这里我还想讨论一个问题：对中国农村发生的巨变，长期在书斋里生活的我确实不够深入了解，也无法做出准确的判断。但是宏观地看，在中国三十多年发展进程中，上世纪80年代的改革开放启程，90年代引入市场经济机制进一步深化经济改革，新世纪初加入WTO引进全球化经济体制，等等，几乎每一步关键举措都引起过理论的激烈争论和道德的严重非难，但是我们不能回避的是，中国确实在三十多年中完成了一个世纪以来迫切向往的现代化经济腾飞，大国雄起于世界已经是不争事实。尽管我们今天仍然处于危机和威胁之中，尽管自身肌体仍然有大量被腐蚀被毒化的病象存在，但是，我们在承认中国经济飞跃发展是由于中国各阶层的劳动者，尤其是大多数农民承担了巨大牺牲的同时，我们也应该承认，这三十多年市场经济、商品经济确实起到了巨大的作用。资本的两面性也包括了它对于社会进步的巨大推动力。恩格斯在说到黑格尔的一个思想时指出："在黑格尔那里，恶是历史发展的动力的表现形式。这里有双重意思，一方面，每一种新的进步都必然表现为对某一神圣事物的亵渎，表现为对陈旧的、日渐衰亡的、但为习惯所崇奉的秩序的叛逆；另一方面，自从阶级对立产生以来，正是人的恶劣的情欲——贪欲和权势欲成了历史发展的杠杆。关于这方面，例如封建制度的和资产阶级的历史就是一个独一无二的持续不断的证明。”[①]恩格斯进而批评费尔巴哈回避了历史上道德的恶所起的作用：“历史对他（指费尔巴哈——引者）来说是一个不愉快的可怕的领域。他有句名言：‘当人最初从自然界产生的时候，他也只是一个纯粹的自然物，而不是人。人是人、文化、历史的产物。’”我们把恩格斯的前一段话放到今天的社会环境下考察，大约谁也不会感到费解，一方面是资本带来的观念瓦解了我们以前奉为神圣的事物和习惯崇奉的信条，另一方面，恶劣的情欲——贪婪和权势欲，也就是关仁山所强调的错误政绩观与恶意资本，竟然成了历史发展的杠杆。但是在文学创作上，我们的作家们似乎与费尔巴哈有同样的洁癖，他们在愤怒揭露资本的邪恶的同时，却往往忘记了资本作为一种历史发展的杠杆的作用。这样描写的结果，读者也许会提出问题：既然资本进入中国带来了这么大的危害，那么我们为什么还要招商引资呢？为什么还要推行市场经济呢？结合到具体的艺术形象的创作，我以为就是袁三定这个人物形象在《日头》里始终没有得到辩证而深刻的阐释，因而也缺乏立体的形象塑造。

于是，金沐灶的形象就变得格外的重要。当然中国作家有理由认为：资本在推动现代化经济建设的过程中，本来是可以避免

---

① 恩格斯《路德维希·费尔巴哈和德国古典哲学的终结》，收《马克思恩格斯选集》第 4 卷，北京：人民出版社 2012 年，第 244 页。下一段引文同。

它所带来的恶的负面效应的。因为中国是一个社会主义的国家，曾经对于资本在西方推动经济发展的全部历史都有过透彻的了解和警惕，至少在理论上是这样的。我们不应该再去重犯西方两百多年以前的错误。引进资本和市场之前就应该对它的负面作用有充分的认识。但是我们并没有这样做。那么我们今天还有什么办法来补救？我读关仁山的“中国农民命运三部曲”的过程中，一直感觉到关仁山忧心如焚地面对现实农村的衰败和农民的命运，他想的就是这样一个问题。所以在第三部《日头》里，他全力塑造了一个乡村知识分子金沐灶的形象，用他的文化思考和文化实践，一次一次地与袁三定展开正面思想交锋，把资本与文化思想作为两种力量交错在一起，既有尖锐的冲突，又有亲密的合作，显然，在作家的心目中，只有经过文化提升的资本和拥有资本的文化，才有可能为未来农民命运的探寻提供正确的答案。

对于金沐灶苦苦探寻的那些文化经典，我并不完全赞同，金沐灶面对的是非常实际的社会问题，要解决这样的问题，还是应该回到正确的马克思主义的立场，总结两百多年来资本主义和社会主义历史发展的经验教训，实事求是地深入到社会实践中去提出问题和解决问题。但是金沐灶的探索精神无疑是一种象征，他的尝试和失败都会给以后的读者留下讨论的话题，激励人们继续像夸父逐日那样去寻求真理，寻求我们未来的命运。

2015 年 11 月 20 日于鱼焦了斋

初刊《中国文学批评》2016 年第 2 期

被误读的人性之歌

——读严歌苓的新作《芳华》

从《少女小渔》起，严歌苓的艺术敏感就牢牢地盯住了一类女性形象的创造：包容各种凌辱，承受万般苦难，命运就像不间断的噩梦笼罩，人在梦中沉默着，发不出丝毫的喊叫与哭泣，但又无比坚韧，顽强地挣扎。她就像黑土地那样藏污纳垢，吞噬了无穷尽的垃圾、尸体、落叶以及动物的排泄物，消化了无穷尽的肮脏，却能够地脉畅通，孕育出无穷无尽的生命力量。正如一位当代作家面对土地由衷发出的赞叹：为什么黑色的土地里能够生长出万紫千红的芳华！有的评论家对严歌苓创造的女性形象，用了一个词来形容：地母。严歌苓笔底下创造出来一系列女性：小渔、扶桑、王葡萄、万红……在当代文学的人物艺术长廊里，留下了独特而鲜明的地母形象。

如果我们追溯文学史的渊源，严歌苓创造的形象有着鲜明的传承性，“五四”新文学史上的许地山和萧红作品里，都可以看到这类女性形象的先驱，但是严歌苓把这类形象的创造推到了艺术典型的高度，同时，这类形象在严歌苓的笔下又不断地变化着和发展着，慢慢地形成了不同形态的女性系列。从王葡萄到护士万红，与以前的地母形象拉开了一点距离，不再是一个被侮辱与被损害的弱者形象，而是展示了人性中最美丽的因素：甘于奉献。她们仍然是弱者，但是在她们虽然微不足道却为之奉献了一辈子的行为中，体现了人性的高贵和美德。新作《芳华》里的刘峰，也可以说，是男版的万红，但要比万红更加深刻地展现人性的本质力量。万红是从严歌苓创造的地母系列中派生出来的形象，看上去仅仅走出了一小步，有了一点距离，而刘峰的形象则是独立的、完整的艺术形象，颠覆了原来藏污纳垢的地母形象。刘峰的两只脚仍然是站在地母所依托的土地上，但是他的精神是向上生长的，贯通了天地之间的呼吸与交流，所以刘峰是自觉的，是精神的，是从人性的本真出发的。严歌苓通过这个形象谱写了一曲人性之歌，但她又是通过误读的叙事形式来表现这个形象隐含的人性高贵内核。这也是严歌苓小说的一个惯用的叙事手段。所以我们要真正理解刘峰所含有的人性的正能量，必须通过穿透那些误读的叙事外衣，还原人性的初原形态。

为什么这么说？首先我们要看刘峰的典型性格里包含了哪些内容。小说叙事人萧穗子是刘峰的战友，同一个文工团的成员，她开门见山介绍说：刘峰有个外号叫"雷又锋"——又是一个雷锋。那么这个活雷锋做了些什么？他出身贫苦，从梆子戏里翻筋斗的角色成长为部队文工团演员，但他不是业务上的尖子，而是一个在日常生活中习惯于包揽各种杂务，心灵手巧，乐于助人的人，成为集体团队里不可缺少的黏合剂，因为他的存在，消解了日常生活中各种人为的、由人性小缺点而产生的矛盾。因此，在某种政治观念下，他就是一个学雷锋的先进典型。但是紧接着两个事件发生了：一个事件是当文工团其他男演员不愿意托举体味较重的女演员何小曼时，刘峰挺身而出，挽回了小曼当众受辱的面子；另一件事就是他疯狂爱着漂亮的女演员林丁丁，有一次失态触摸了女子身体，前功尽弃，被撵出文工团，从此改变了人生的命运。这两件事在叙事人穗子的讲叙语气里，没有丝毫嘲讽的意思。前一件事表明了人性的正义本能：同情，仗义，对集体侮辱女性行为的抗议。刘峰的行为体现了他对于人性尊严的维护。而后一个所谓的"触摸事件"，其实是一种单向示爱的表达，即使在女兵中也没有人认为有什么过分，人人都有表示爱的权利和方式，活雷锋也不例外。反过来也说明了刘峰的先进性不是外贴上去的政治符号，恰恰是从本真的生命生发出来的，只有真正懂得爱、会爱的人，才能够高贵地为他人奉献出自己。

我在读刘峰故事时，不止一次联想到当年我研究巴金早期思想时，巴金最打动我的一个伦理概念：生命的开花。这是法国哲学家居友(Jean-Marie Guyan，1854—1888)所说的。人的生命的意义就像花一样，花的芬芳出于生命本能会自然地散发。巴金早期服膺于俄罗斯理论家克鲁泡特金的伦理学，克氏从生物学的角度来研究人类起源，指出了人性的形成，来自于生物种族长期的进化。他从大量的生物种族变迁中获得了人性构成的基因：首先就是群居生活带来了种族的集体型和互助型的本能，人类只有互助才能生存，"爱"是互助的最高境界；其次是互助带来了人类社会的进化，逐渐形成了同情、帮助、牺牲等伦理概念，关键是原始正义的原则；再次，自我牺牲精神是人性诸类基因中最重要的元素，具体地说，生命意义需要分享，“开花”就是一次分享，人的思想、感觉、爱等等都是分享的元素，自我牺牲是分享的极端形式。这样，从互助产生了爱的本能，从同情等产生出原始正义行为，再从生命的分享产生自我牺牲精神，构成克鲁泡特金人性论的三部曲，充分展示了人性的正能量。在克氏的伦理学体系里，人性的正能量构成了人类进步的能动性，也就是精神的力量。克氏人性论的意义远远超越了所谓性善性恶的原始辩论，也远远超越了宗教所宣扬的神谕和戒律，它力图在科学的基础上揭示人性的正能量，让人自觉到人性正能量是自己与生俱在的生命本能，因而也是自己完全可以自觉掌握与实践的，不需要外界的灌输和提升。克氏的伦理学打破了私有制度建构起来的利己主义伦理学，在国际社会主义运动中产生过广泛的影响，由此建构起人类英雄的想象模式。19 世纪俄罗斯民粹主义文学中产生的革命者形象，如拉赫美托夫等，都是沿着这种伦理模式创造出来的。巴金笔下的许多理想主义者的形象，也是在这种伦理模式基础上创造出来的。生命的开花，成为一面英雄主义的旗帜。但是当严歌苓把这样一种伦理模式设置于 1970 年代以及往后三十年的中国环境下加以表现的时候，就出现了刘峰这样一个反英雄主义的小人物的悲剧形象。

正因为这种人性正能量体现了人类向善的普遍特征，所以它才可能被世世代代传承的哲学、宗教、伦理、文艺……从不同的角度进行演绎与传播。但是不管从什么角度，用什么形式，演绎和传播都是第二性的，与生命本能状态并不是一回事。更何况文字语言构成的演绎和传播总是会受到各个时代话语的影响，对于人性特征的表述注入不同的现实内涵，换句话说，人性的向善力量在不同时代都会有不同的诠释。《芳华》的故事是从1970年代开始讲起的，那个年代，主流意识形态出于提升全国老百姓思想觉悟的政治需要，在道德修养上创造了一个难以企及的高度：白求恩、张思德、老愚公、雷锋，古今中外四大道德楷模，成为共产主义理想人格放之四海而皆准的样板。毫无问题，这些楷模（除了虚构的愚公外）都是最具有人性力量的人，在他们的生命本能里向善的伦理元素非常强大，助人为乐、甘于奉献、原始正义、自我牺牲等人性力量都发挥良好，用政治话语来说，就是高尚的人，纯粹的人，脱离了低级趣味的人。但是任何人性正能量都是与人所具有的完整人性紧密联系在一起的，不能脱离人性的感性力量而单独抽象出来，成为一些政治符号。一旦把人性的向善力量演绎成政治道德样板，那就会产生误读，使人性的本质向人性的演绎异化。刘峰不幸生活在这样一个被异化的环境，这才会导致林丁丁对刘峰的示爱行为感到惊吓："他怎么敢爱我？"请注意：这句话不能改为"他怎么敢摸我？"。"摸"可能含有动机不良的行为，"学雷锋标兵"自然有"敢不敢"的问题，而"爱"没有负面的意思。但即使这样一个美好的人性表达，在林丁丁看来也是不可思议的，在那个环境下也是被普遍认为不可思议的。这就成了人性异化的标志。因为"触摸事件"，刘峰从此脱离了"学雷锋标兵"的特殊年代的诠释，还原为普通人。从人性状态来看，刘峰作为一个高尚的人的本质没有改变，他可以结婚离婚，可以下海经商，可以盗版书籍，也可以与妓女苟合，但是向善的人性没有改变，在每一步看似堕落的人生下降阶梯上，他仍然在向上、向善地努力，时时奉献着自己的残余生命。——小说里有大量的细节描述了这一点。

严歌苓是一个讲故事的能手，每一个故事在她的作品里都有一个被讲述的特殊形式。她在《芳华》中照例安排了一个故事叙述人——萧穗子，其身份是作家；萧穗子的身边还有两个不太靠谱的人物——郝淑雯与林丁丁，她们充当了副叙述人的角色。三个女人一台戏，她们虽然性格很不一样，但人生命运差不多，共同承担了另一种时代的话语符号：《芳华》的叙事结束时间是 2015 年底，标志事件是刘峰的死及其追悼会。这样，小说叙事时间跨度长达四十多年。作家从 2016 年开始书写这个故事，她为叙述人设定的叙述语言，是当下社会的流行语言，一般地反映了当下的社会风气和世俗观念。这是在 1980 年代改革开放以来逐步形成的以市场经济为基础的话语系统，三个女人都经历了结婚离婚的风霜人生，以枯枝败叶的心态来回忆和议论芳华青春的当年，她们早已经看倦了当年的理想主义是怎么一回事。因此当叙述者描绘 1970 年代的主流话语时，已经悄悄地拉开了距离，连带着由当年意识形态树立起来的样板。倒脏水容易把婴儿一起倒掉，当资本进入市场，像八爪鱼一样无孔不入地在各个领域发挥影响的时候，人们的主流价值观念也会相应地发生变化，权力与资本的结盟构成社会的主要推动力，人性向善的正能量就会被有意无意地误读，甚至遮蔽，这三个女人都从一般世俗观念来回忆刘峰，不可能真正地理解刘峰的高贵人格，她们的叙述里对刘峰充满廉价同情，同时也充满了误读。严歌苓的叙事策略是：她采用了今天的一般人们所能够接受并理解的叙事状态，善意、轻松、不无调侃地扯出刘峰这个人；她有意为之的误读，也是当下人们所普遍接受的误读，她通过被人们能够普遍接受的误读技巧，写出了一种非常高贵，但又不是神化的人性正能量。

但是作家本人是能够理解刘峰的，赞赏刘峰的，所以她终究不能彻底遮蔽了躲在叙事人背后的真实态度。于是，小说最后出现了一个真正爱着刘峰的女人沈老师（何小曼），这一易名行为暗示了，现在的沈老师已经不是当年的何小曼，当年何小曼也与其他女兵一样，并不能真正用生命来感受并融入刘峰的生命，但现在经历了生死劫难，她是能够真正理解刘峰的人性之美了。小说结尾部分几乎用重复的段落来描述他们两人的相知相爱，这绝不能够理解为同是天涯沦落人似的关系，而是用小合唱似的形式来一起赞美人性之歌。当然这个小合唱里，也留下来了作家严歌苓自己真正的声音。

2017 年 4 月 20 日于鱼焦了斋

初刊《当代作家评论》2017 年第 5 期

民间说野史，当代《水浒》魂

——读贾平凹新著《山本》

春节期间，我没有做其他事，除去正常的会客应酬贺年，只读贾平凹新近创作的长篇小说《山本》。厚厚的四大册手稿，不分章节，不设标题，绵绵密密，一气贯通，由作者风格鲜明的文字连缀组成。作者为小说题记道："一条龙脉，横亘在那里，提携了黄河长江，统领着北方南方。这就是秦岭，中国最伟大的山。《山本》的故事，正是我的一本秦岭志。"在后记里，作者又写道："秦岭里就有了那么多的飞禽奔兽，那么多的魍魉魑魅，一尽着中国人的世事，完全着中国文化的表演。当这一切成为历史，灿烂早已萧瑟，躁动归于沉寂，回头看去，真是倪云林所说：生死穷达之境，利衰毁誉之场，自其拘者观之，盖有不胜悲者，自其达者观之，殆不值一笑也。巨大的灾难，一场荒唐，秦岭什么也没改变，依然山高水长，苍苍莽莽……"再者就是小说结尾的最后一段，涡镇毁灭于炮火之中，"女主人公陆菊人说：这是有多少炮弹啊，全都要打到涡镇，涡镇成一堆尘土了？另一个主要人物陈先生回答：一堆尘土也就是秦岭上的一堆尘土么。陆菊人看着陈先生，陈先生的身后，屋院之后，城墙之后，远处的山峰峦叠嶂，一尽着黛青。”

读着这些文字，恍惚觉得，作者化身为秦岭山脉博物风情的说书人，一个从历史烟尘中慢慢走出来的老者，他引导读者举头远眺——看得远，看得更远，直到你看懂了苍茫间一片黛青山色，若有所悟。前文所引倪云林语录，在“殆不值一笑也”后面，还是被略去了一句重要的话：“何则？此身亦非吾所有，况身外事哉！”这句话才传递出作者此时此刻的苦涩心情。人在苍茫历史面前，就如同飞入秦岭的一只小小的鸟，微不足道犹如芥子之渺，复何言哉？然而作者终究是“言”了，那就是《山本》。大山的山，本来的本。山是指秦岭，但根据前面所引题记叙说，秦岭又不仅仅是秦岭，它熔铸了一部家国痛史；本即真相，也是根本之本，本来应该是隐藏在世间万象演化之中，并没有真相，作者既然想说出他所感悟的历史真相，那也只能是依靠世间万象演化本身，在贾雨村言中透露甄士隐去的某些故事。

上篇：民间说史的传统与特点

《山本》的故事当然是中国故事。如果中国就是CHINA（瓷器），那么，作者要讲的故事也是一地破碎的瓷片，既有飞禽奔兽，也有魍魉魑魅。前者是自然，后者是人事，都依托了秦岭这个大背景，絮絮叨叨地显现本相。这个言说结构，在《老生》的叙事中已经演绎过一次。不过在那里，自然是通过典籍《山海经》来呈现，偏重的仍然是在人事。而在《山本》里，演示自然的部分被融化到了人物口中，成为故事的一部分。如麻县长在秦岭任上无所作为，只留意草木虫鸟，辛苦采集标本，编撰了两本大书，一本是秦岭的植物志，一本是秦岭的动物志。尽管这两本书到了小说最后也没有完成，写成的部分也将毁于炮火。但是不管有没有秦岭博物志，秦岭依旧巍然存在。炮火可能毁了麻县长的著作，但秦岭的黛青山色苍茫依旧。麻县长的故事也是作者胸中块垒，《山本》里大量描写秦岭博物风情的段落，可以看作作者创作这部小说的初心所在。《山本》作为秦岭志的存在，其寿命要比山本各路贤愚性命长得多，但是《山本》在秦岭的存在面前，同样也是微不足道。这就是来自秦岭的自然、人事和言说的关系。

然而《山本》是小说，秦岭博物风情只有通过人物故事传递出来方才有趣，所以，在小说言说中，人事又转化为秦岭的主人，上演了一幕幕威武雄壮、可歌可泣的悲喜剧。作者说他要写一本秦岭志，“志”也包括了秦岭的民国史，从历史故事中呈现博物与风情。但是如何来叙述历史？这要比描绘博物风情复杂得多。作者在后记里坦陈《山本》开始构思于 2015 年，“那是极其纠结的一年，面对着庞杂混乱的素材我不知道怎样处理”。纠结在于言说立场的选择。回顾文学史传统，历史题材叙事从来就分两类：一类是官史，是胜利者帝王将相文治武功的历史，那是被钦定正史作为维系统治者意识形态的教材，所谓孔子作《春秋》而乱臣贼子惧，就属此类；还有一类是失败者流传到民间乡野的口传史、歌谣史、戏文史，野调无腔，却构成正史所不载的野史。文艺创作起源于民间，在被士大夫文化改造之前，它是走在后一脉野史的源流之中。这已经被文学史无数作品所证明。中国当代文学发展到上世纪 90 年代，最为绚烂的成果，就是作家重归民间的自觉，贾平凹与莫言为佼佼者。当代民间说史滥觞于 80 年代的《红高梁》，中经90年代刘震云的故乡黄花系列，到了新世纪贾平凹的《老生》、《山本》，已经日臻成熟，俨然形成创作流派。民间说史的特点在于：它自觉疏离庙堂话语编构的正史，另筑一套民间话语体系，这一点与上世纪五六十年代的《红旗谱》、《林海雪原》等将民间因素寄寓于正史话语体系的革命历史小说有所不同；同时与“五四”新文学传统中的知识分子说史的话语体系也有所不同，它更多偏重民间小道的传播，街头巷尾的流言，青山渔樵的讲古，荒诞不经，藏污纳垢，为官家御用所扼腕，为知识良心所不齿，但是它以老百姓喜闻乐见的低端形态赢得民间草莽的倾心欢迎，故而禁毁不得，与世长流。古代文学的民间说史传统里犹有庙堂的权力话语渗透，如《三国》、《水浒》之正统思想，依然不脱旧文人腐酸窠臼，但当代民间说史，可贵的也就是摆脱了这一大阴影，形成新世纪文坛上活泼健康的审美风格。

以《山本》为例，我们不妨探讨民间说史的一些叙事特点。首先就是历史时间的含混处理。一般正史叙事里，时间是最重要的线索，也是叙述统治者走向权力顶端的重要节点。可以说没有时间就没有历史，没有准确时间的历史就是靠不住的历史；但是在民间说史的传统里，时间永远是模糊的，就是为了要避免清理历史故事的精准性（所谓甄士隐）。民间故事的开端总是“从前啊……”，或者“古人说……”。民间说史的历史往往是虚拟的，就如《红楼梦》讲述的是清朝故事，叙事时间竟追溯到女娲补天，一下子就变得含混了。但是没有谁会去认真纠正这些故事细节的真实性，在更广泛的审美领域，人们可能宁愿相信小说所提供的真实，那当然是艺术的真实。读《山本》第一个感觉就是故事的时间不确定。我粗粗查阅了陕西近代史，冯玉祥部队进驻长安围剿土匪白狼，是在1914年。小说一开始写陆菊人与杨钟结婚不久，便发生冯玉祥与白朗(白狼)的激战，应该是在那个时候。但紧接陆菊人怀孕期间，就发生了井宗丞参加红军绑票自己父亲的事件，由此牵连弟弟井宗秀坐了一年的牢，出狱后杨掌柜把三分地送井宗秀葬父，那时候正是陆菊人坐月子的时候。而陕北红军早期组建是在1927、1928年间。现实生活中相隔十多年的历史，在小说里几乎是连成一气发生了。这就是民间叙事的时间模糊性。又如，小说里曾写到时间背景："形势已经大变，冯玉祥的部队十万人在中原向共产党的红军发动进攻，红军仅两万人，分三路突围，一路就进了秦岭。秦岭特委就指示游击队一方面与冯部十二军周旋，牵制他们对进入秦岭的红军的堵截，一方面还要护送一位重病的中原部队首长尽快通过秦岭去陕北延安。"在这段描写中夹杂了多个时间节点，冯玉祥与蒋介石联合反共，应该是在1927年以后不久，但那时反共主要是清党，还不是大规模作战。1927年是陕北红军草创时期，小说写到阮天保与井宗秀分裂，从保安团倒戈为红军，可能是影射1927年10月共产党人唐东源、李象九、谢子长等利用陕北军阀井岳秀部第十一旅第三营发动清涧起义，创建陕北红军的历史事件。红军与冯玉祥的军事交锋应该是在1928年6月，冯玉祥以三个师的兵力围剿唐东源、刘子丹(刘志丹)等人创建的工农革命军，革命军失败后，有一路军队进入商洛山区，与当地零星的游击武装结合在一起，也就是小说里蔡一风、井宗丞领导的游击队。而冯玉祥在中原发动战争，主要是与奉系军阀以及河南当地军阀作战，不存在与红军的中原部队作战。至于游击队护送首长去延安的事迹更加离奇，在 20 年代末红军既不可能有中原部队，也不可能有延安根据地，护送事件只能发生在抗战以后。但是在民间传说里，因为没有准确的时间坐标，才可能把不同时间的历史事件混合在一起加以编纂传说。贾平凹巧妙运用这样一个看似明显有误的叙事时间，透露了民间说史无时间感的叙事特点。

其次，民间说史脱胎于民间说书。话本小说擅长表现市井故事，反映了古代农耕社会向都市商业社会转化过程中的人性向往。而民间说史传统形成较晚。中国是史传大国，正史向来是皇家重臣、儒家圣人的禁脔，老百姓无缘染指。民间说史起源于渔樵讲古、戏文传授以及民间歌谣的流传，以后才慢慢形成文字读本。老百姓对于历史真相并不感兴趣，替古人担忧只是一种审美功能，并无功利实效。但是它从民意的角度补充了正史之不足，《说岳》、《杨家将》、《包公案》等都是属于这类作品。在现实历史上遭遇了不公冤案的人，在演义里总是得以张扬。所以民间说史传统的道德基础是民间正义，它虽然被掺入传统道德说教的成分，但更多的还是民间的想象力和正义感，这也是读《山本》的一条路径。《山本》里写到的历史人物有两个，冯玉祥是实写，指名道姓，但只是提到而已，一笔带过；另一个是井岳秀，则是以虚拟手法，塑造了井氏兄弟井宗丞、井宗秀两个人物，似为井氏兄弟树碑立传，但是真名真事皆被隐去，留下的全是假语村言。井岳秀被称为“榆林王”，在治理榆林地区经济建设，维护汉蒙团结统一等方面，政绩显著。与冯玉祥、杨虎城是一流的枭雄。但是在国共争斗中井岳秀倾向反共，这与冯、杨后期亲共不同，所以他们在民国史的地位也明显不同。《山本》对冯玉祥的介绍凸显了其与红军作战的经历,而对以井岳秀为原型的虚构人物井宗秀则给予了很深的同情。这也可能是作者在创作这部小说初期的纠结原因。但是从民间说史的角度看,井岳秀其人对榆林地区的治理和保护,还是功不可没。《山本》不是故意做翻案文章。

陕北军阀井岳秀本人就是一部传奇。他哥哥井勿幕为陕西辛亥革命先驱,曾被孙中山誉为"西北革命巨柱",仅 31 岁被人暗杀。井岳秀为兄长报仇,曾将仇人李栋才活捉回来,用砍头、挖心、抽筋等酷刑祭兄灵前,还剥了人皮做成马鞍,整天骑于胯下解恨。有了这段历史做垫底,小说写到井宗秀派人剥了奸细三猫的皮做鼓,为兄报仇肢解邢瞎子的身体,也都落到了实处。井岳秀擅长骑马,治理榆林二十余年,每天晚上都骑马巡查,这一点在小说里刻画井宗秀时也被描写出来。井岳秀之死也充满传奇性,据说是在看家眷打牌时,自己身上的手枪坠地走火,命中要害而死。但也有传说是被共产党指使刺客暗中枪击而亡。小说取后说,暗示被阮天保行刺。从小说文本结构来分析,井宗秀作为一个民间英雄这样的死亡甚为尴尬,但是从民间野史传统中寻找,同样的例子仍然存在,《三国演义》猛将张翼德一世英雄,最后死于两个裁缝的行刺,何况阮天保在书中作为井宗秀生死宿敌,身怀绝技,也算是旗鼓相当,死得其所。这样的构思安排也可以体尝作者当初纠结之情,既从民间正义出发为井岳秀讨个公道,也在国共军事争斗的钢丝绳索上把握了平衡。

民间说史的第三个叙事特点,就是历史与传奇的结合。这也是民间说史最凸显的娱乐功能。正史不录的怪力乱神现象,在民间说史里却是不可或缺的成分。贾平凹的小说叙事里不缺应果因缘，但传奇都是在无关紧要处聊添趣味，真正涉及历史真相的地方毫不含糊。读《山本》，最重要的传奇是通过三个人物来传达。第一人是女主人公陆菊人，小说开始就说，因为她的陪嫁三分胭脂地是暗通龙脉，带到涡镇造就了“官人”井氏兄弟，但同时也给涡镇带来了毁灭。小说里以铜镜为鉴作为线索，构成了陆菊人与井宗秀的对应关系。第二个是民间医生陈先生，他是个瞎子，但能洞察世事，逢凶化吉，此人提供的神秘信息都是正能量，与另一个以邪术蛊惑人心的周一山形成对应关系。第三个人是地藏王菩萨庙里的哑巴尼姑宽展师傅，她不言不语，却以尺八音乐来普度众生。她是出世的，无声的，精神的，与小说里所呈现涡镇内外的现实的、混乱的、欲望的世界构成对应关系。以铜镜立戒指向过去，以救世行医指向当下，以宗教慈悲指向未来，三世均有指点。但是铜镜无声，瞽哑俱残，对于这个杀人如麻的无道世界，充满无奈与慈悲。

小说结尾处，涡镇已经毁灭，各路英雄都化为灰烬，唯独陆菊人、陈先生和宽展师傅还在人世间的苦难中继续生存。这又让人的思考回到小说最初要表达的秦岭意象，这些传奇人物本身就是秦岭的一部分，经历自然荣枯，阅尽人间苦难，而秦岭一脉的青山默默，成为永恒，既包容了自然、人事与言说，也包容了前世、今生与来世。

下篇：对古代小说传统的致敬

上篇分析了《山本》创作的民间说史特点，下篇将对小说文本的传统性略作窥探，以求进一步理解贾平凹小说的艺术追求及其特征。

仍然以《山本》为例。贾平凹对当代小说民族化风格的建构，有着非凡意义。中国“五四”新文学一脉传承的当代小说，基本上是在西方近代文学（尤其是俄罗斯文学）现实主义传统的余荫下发展而来。其发展中略有变异。赵树理为代表的西北乡土文学是一次向传统文学的自觉回归，在当时（抗战）的环境下，回归传统即被视为顺应社会潮流，但顺应的是抗战教育与启蒙需要，而对中国文化自身的缺陷却回避了反省与批判。赵树理对中国农民的理解及其美学表达朴素而真切，贴近生活本来面貌，从而在一定程度上所达到的艺术真实，比意识形态化的创作要高明得多。但毋庸讳言，赵树理“山药蛋”式的朴素现实主义创作未能贯彻到底，也未能达到应有的深度，在越来越严峻的极左政治干扰之下，赵树理后期创作动辄得咎，他本人也死于非命。但是他为新文学传统开创了一条有别于西方现实主义创作方法的本土化道路，对当代文学民族风格的形成起到了先驱者的作用。贾平凹是当代文学民族化叙事风格的杰出代表，是赵树理文学道路最优秀的继承者。贾平凹在新世纪以来创作的《秦腔》等一系列长篇小说的艺术风格，都是带有原创性的，本土的，具有中国民族审美精神与中国气派。他既能够继承“五四”新文学对国民性的批判精神，对传统遗留下来的消极文化因素，尤其是体现在中国农民身上的粗鄙文化心理，给以深刻的揭露与刻画；然而在文学语言的审美表现上，他又极大地展现了中国本土文化的力量所在。他所描绘的人物都仿佛是从古老中国土地上走过来的，风尘仆仆，扎扎实实，原汁原味。他不仅褒扬农民身上善良醇厚的文化因素，而且连同他们性格里与生俱来的恶魔性因素，也一股脑儿地赤裸呈现出来，真正做到了一鞭一条痕，一掴一掌血，毫不留情。他所采取的创作方法，没有新文艺腔的做派，也不同于典型环境典型性格的概念先行，他遵行的是“法自然”的现实主义。什么叫作“法自然”？春夏秋冬自行运转，人不能左右，自然变化不是通过某个标志性事件、运动来显现，而是依据自然运行规律自然而然地发生。这样的自然生态也可以用于观察人事社会的运行演变，尊重社会现象的本然发展，也就是“法自然”。一切皆来自于自然法则，天地、山川、人事都是自然而然地演绎自己的运行轨迹，极其琐碎的万象叙事中保持了完整的艺术张力。读贾平凹的作品能够强烈感受到天地运行、四季轮回，草木盛衰、人事代谢，一切的一切都是在动态当中，又是被平平淡淡地叙述出来。这就需要非常高超的写作手段和艺术能力。而贾平凹之所以能做到这一切，主要是得益于中国传统文化的营养熏陶。

《山本》来自民间说史的传统，也是“法自然”的叙事传统。人事社会的运行演变有其自然规律，也同样是自然的一部分。贾平凹善于把书写自然规律的方法用于描写人事社会。《秦腔》平平淡淡、琐琐碎碎就把农村衰败的演变轨迹写了出来，读者读到最后，才发现时代已经发生了天翻地覆的变化。《山本》也同样如此，通过大量细节的琐碎叙述，历史轨迹也在其中慢慢发生变化。《山本》的叙事很有特点，无章无节，仅以空行表现叙事节奏，人事浑然一体，时空流转有序。这种叙事形式可以看作是对历史自然形态的高级模仿，所谓山之“本”也就隐在其中了，虽然作者无意告诉我们山之“本”究竟是什么，但是从小说文本展示的无数细节中，我们不仅能感受到作者面对秦岭自然史的敬畏之心，也能体会他面对秦岭山中人兽草木自然生活形态的认知与悲悯。如小说里写到无数人兽微不足道的死亡，老树的神秘自焚，大毁灭从天而降的末世感等等，但是，人类依然有着健康的生命存在。陆菊人的儿子名叫剩剩，他就是人类劫难所剩的生命。小说结尾写到战争中万物皆毁，唯剩剩抱着一只老猫默默站立在废墟之上。这也可以理解为作者对于秦岭所象征的民族精神的自信。

我想到了《红楼梦》。这部伟大经典描写了一个大家庭无数琐碎的日常生活细节，在琐碎叙事中把现实全部粉碎，重新创造了一个作家自己的艺术世界。这个世界就是大观园，就是宁荣两府。这里面也有神话传说，也有自己的时间经纬，这个艺术的世界看上去与现实的世界一样饱满、具体而生动，一样充满了生命的躁动喧嚣。何其芳先生当年称赞曹雪芹“在作品中把生活现象作了大规模的改造，就像把群山粉碎而又重新塑造出来，而且塑造得比原来更雄浑，更和谐，却又几乎看不出人工的痕迹。这就是《红楼梦》在艺术上的一个总的特色，也就是它的最突出的艺术成就”。何其芳所讲的，就是“法自然”的现实主义。在叙事方法上，贾平凹的手法非常接近《红楼梦》，即依靠日常生活细节的自然运行来驱动叙事。《红楼梦》可以说是“法自然”的现实主义创作方法之源头，它着力表现的就是自然运动周而复始，人事社会也一样。“法自然”的叙事方法与西方小说直线型表现历史的叙事不同。西方小说写一个中产阶级家庭的衰败（如《布登勃洛克一家》），表现的是一代比一代更差，无可挽回。但《红楼梦》不是这样表现的。现在学界否定高鹗所续《红楼梦》后四十回大团圆结尾，强调曹雪芹原意应该是最后落得“白茫茫大地真干净”，这种倾向性意见是在西方现代时间观念传入中国以后才得到了普遍认同的，因为学界认为这样的结尾才能表现封建社会彻底灭亡上的历史规律。但其实，《红楼梦》按照高鹗续书以“兰桂重放”为结局也是可以理解的，中国古代的时间观是循环的，由盛到衰以后还可能会再由衰转盛。这也是中国文化普遍认同的自然运行规律，所以历来有“三十年河东，三十年河西”的说法。封建社会里“兰桂重放”的梦还是会被大多数人继续做下去，一个梦再接着一个梦，浑浑噩噩，只有少数大彻大悟者才会自觉感悟世界之虚妄而求跳出红尘。《红楼梦》写的是人事社会的自然循环。这也是我理解《山本》结尾时涡镇被摧毁而剩剩唯存的意义所在。

《山本》更是一本向古代小说伟大传统致敬的书。《山本》是一本写山的大书，写了秦岭，更写了秦岭里世代居住的百姓们如何在官、匪、军队三大压力下毫无人权保障的生活现实。一部分不愿任人宰割的底层百姓在自己的领袖发动下揭竿而起。小说里的井宗秀当然不是现代史上的军阀井岳秀的传记，而是作家以井岳秀部分故事为原型虚构的艺术形象。井宗秀领导的涡镇预备团有点像民团，既与官府军队（冯玉祥部下）有一定的联系，又与县政府保安团有冲突，是独立的武装组织，旨在维护自己家园（当然也不排除一旦力量壮大，可能成为割据一方的地方武装）。如果放在《水浒传》里，那就是祝家庄、曾头市等民间武装。再进而分析，《水浒传》所写的梁山好汉也是打着替天行道的旗号只反贪官不反皇帝，也属于这类地方武装割据，官匪不过是其身份的两面。两者有接近之处。以往当代文学所表现的农民武装，要么是农会，要么是土匪，或者就是被改造了的土匪，总是不脱国共两党军事势力的诠释。直到上世纪80年代中期出现了以《红高粱》为标志的民间说史，土匪形象（余占鳌）直接登上了文学叙事舞台，体现出更加鲜明的民间性。《山本》在民间说史的基础上有新的创意，第一次正面描写了民国时期西北地方武装在国军与红军之间周旋，既有武装冲突又有联合的可能。民国史上陕西地区红枪会等地方武装组织可能是其创作原型。《山本》用复调结构写了井氏兄弟的行状，哥哥井宗丞组织红军武装需要经费，设计绑架自己父亲，结果导致井掌柜之死，弟弟井宗秀被牵连入狱。宗秀被释放后一直周旋于官府土匪之间，终于成为民间武装领袖，名义上则是冯玉祥军队所属预备团团长。兄弟俩从此走上不同的道路，但彼此内心常有牵挂。哥哥曾建议红军与预备团两不相犯，后被党内当作右倾机会主义整肃；弟弟获知哥哥被害，为报仇不惜与红军对峙，结果导致全军覆没。预备团主体是涡镇的底层市民，也有农民和收编的土匪，含混着民团、土匪、军队三合一的地方组织。预备团在民国混乱的政治军事中从崛起到覆灭的经过，充分表现出中国旧式农民武装的复杂性、局限性及其悲剧性下场。他们在现实利益面前，有可能联共，也有可能投靠国民党军队，甚至可能勾结土匪为害一方。我读《山本》不止一次联想到肖洛霍夫描写顿河边上哥萨克骑兵在红军白军之间反复周旋的伟大史诗《静静的顿河》，但是我更愿意把《山本》与古典小说《水浒传》联系在一起讨论其意义。梁山好汉们从单纯的反抗压迫，到一个个被逼上梁山，再到千军万马抗击朝廷军队，最后又被招安转而去镇压别的农民起义，在这样的大反复大起落的过程中，我们可以领略农民革命在历史洪流中呈现的复杂性，体会到《山本》是对《水浒》作了一个千年回响，因为千百年来中国农民阶级的文化性格其实并没有脱胎换骨的变化。

《山本》对农民革命残酷性的描写，也是对《水浒传》暴力书写的一个辩护。《水浒传》的英雄人物个个嗜杀成瘾，在安良除暴的过程中不仅对坏人施以酷刑，也多次滥杀无辜，如武松血溅鸳鸯楼。最让人不忍的是，扈家庄在投降以后还遭到李逵的灭门屠杀，其残酷令人发指。即便是正义惩罚邪恶，如宋江杀黄文炳，卢俊义杀李固，也是种种酷刑无所不用其极。为此《水浒传》经常遭人诟病，尤其受到当代学者的严厉批判。其实，古代文明形成过程中，人性尚未完全摆脱进化中的兽性残余基因，而这种兽性残余基因在以往历史的政治斗争、军事斗争中被认为是英雄行为，嗜血成为英雄标记。种种酷刑首先来自官府刑律，来自统治者的无上权力，其次才会在民间被效仿而流传，成为普遍的野蛮风俗。中外风俗，莫不如此。刘再复称屠杀快感是一种国际性现象，非中华民族独有。诚哉斯言。从进化角度来考量，血腥残酷都是人类生命中的坏基因，无可回避，即使在当代中国人性的展示中也不乏血腥残酷的残余物。在文化上，从古罗马的斗兽场到现代战争暴力影视与游戏，都是血腥残酷的美学道具。既然血腥残酷来自人性坏基因，文学作品自然可以刻画描写，这也是“法自然”的一种形态。但作家将以何种态度去表现血腥暴力却是一个问题。在施耐庵所处的时代，游牧民族统治中国，仁义充塞，率兽食人，人将相食而天下亡。既然视人与畜牲同列，草菅人命不足为奇。

统治者可以食人，被食者也可以食人，而且还被蒙上一层正义复仇面纱。所以李逵抡起板斧“排头儿砍将去”，也会让人觉得出一口恶气。暴力美学由此而生。所以在《水浒传》里，杀人者，英雄也。但是在文明日益坚固的当今，这类暴力只能产生在艺术创作中替代人性中兽性残余基因，而不允许在现实生活中被激活（如扩大阶级斗争而产生的种种暴力）。弄清楚这个前提，我们才能来讨论《山本》中的残酷书写。贾平凹在《山本》里以空前胆识书写了人性残酷基因和人类暴行，而且这些暴行不是发生在侵略者或者统治者的一方，施暴者正是来自农民和下层市民参与的各种武装力量，既包括了土匪，也包括所谓的英雄井宗秀其人。上篇说到过，井宗秀为兄报仇的酷刑取材于现实生活中军阀井岳秀对仇人剖心剥皮的事例，也就是说，直到民国时期，中国大地上还大量存在着对人体施行各种酷刑的事实，正好应和了新文学初期鲁迅对中国传统文化“吃人”的控诉。“吃人”当然是一种象征性修辞，但也不能排除中国文化中确实含有摧残人的身体的“吃人”基因，如果把这类嗜血暴行仅仅说成是来自侵略者或者统治者的一方，那就大大减轻了文化反省的责任。而《山本》的严肃性和批判性就在于深刻揭露了普通人性中的残酷基因。小说在叙述这些残酷的细节时，仿佛是不经意的，没有过于渲染和耸人听闻，却是达到了令人战栗的效果。如小说写预备团袭击保安队，结果卖凉粉的唐景被打死，他的儿子唐建为报仇又杀了保安队长阮天保的父母。小说这样写道：

土屋门前有人在看守着，他（唐建）爬上后墙的小窗，跳进去。阮天保的爹娘在草铺上睡着，老汉抬起头说：你是来救我的？唐建说：先睡好，不说话。老汉就睡下。唐建说，你儿杀我爹，我就杀你！一斧头劈过去，老汉的头成了两半。老婆子拿眼睛看着，却一声没吭，唐建说：你儿没杀我娘，我也不杀你。老婆子还是一声没吭。唐建再看时，老婆子死了，是吓死的，眼还睁着像鱼。

这段描写是典型的贾平凹叙事风格，没有夸饰性的描写，没有呼天抢地的感情，而是纯然客观地描写了一个杀人事件。唐建杀人复仇自有理由，但是两个老人却是无辜的，唐建杀人时还没有完全丧失理性，只杀阮父不杀阮母，但阮母还是受惊吓而死。寥寥几笔，把三个人的惨状都写出来了。本来井宗秀成立预备团得到全镇人民的拥护，镇民们愿意靠自己的力量来抗击土匪侵袭、保卫家园，结果因为有了武装，镇上死的人更多了。小说写到杨掌柜临死前有一段沉思：井氏兄弟与阮天保都是从小一起长大的，为什么现在要闹得自相残杀，让镇上死了那么多的人？杨掌柜当然至死也想不明白这个道理，井宗秀到死也没有反思自己的行为，他的性格在厮杀中渐渐异化，朝着兽性转化，于是大毁灭就跟着来了。大祸临头时中医陈先生与陆菊人有一段对话：

陆菊人说：那你看这啥时候世道就安宁啊？陈先生说：啥时没英雄就好了。陆菊人愣了起来，说：不要英雄？先生，那井宗丞是英雄吗？陈先生说：是英雄。陆菊人说：那井宗秀呢？陈先生说：那更是英雄呀。陆菊人就急了，说：怎么能不要英雄呢？镇上总得有人来主事，县上总得有人来主事，秦岭总得有人来主事啊！是不是，英雄太多了，又都英雄得不大，如果英雄做大了，只有一个大英雄了，便太平了？陈先生说：或许吧。

陈先生一言道破天机。陆菊人却不理解，她也看不惯井宗秀嗜血成性，但是她认为这个世界还是需要有英雄来主事，她只是希望英雄不能太多，要少些，要有大英雄，而且只有一个大英雄，天下才能够太平。陆菊人代表了中国百姓最善良的愿望，也是中国文化传统里的正统意识。但大英雄救世观还是给吃人的文化内核留下了余地。与《水浒传》不一样的是，《山本》里的嗜血成性者也可能被人视为英雄，却不是人们所需要的英雄。遵循道家哲学的陈先生已经意识到这一点，但也不便明说。而陆菊人的英雄救世观念却是大多数中国人的正统观念。陆菊人是小说里为数不多的正派人物，她有恻隐之心，有救世自觉，她所持的铜镜有着龟鉴意义，但是在她对英雄的容忍态度中，作者极为尖锐地批判了中国文化传统的核心观念。

井宗秀是个极其残忍的人，但是涡镇居民都把他当作救星似的大英雄。如果对照《水浒传》，井宗秀就是宋江一流人，从文本表层上看，他是呼保义及时雨，但是在细节上却不断透露出另外一种信息。井宗秀在陆菊人的陪嫁土地里葬父，受人大恩，可是当他意外从土地里获得宝藏时，却有意瞒过了陆菊人，宝藏成为他发迹的第一桶金。陆菊人的弟弟陆林保护井家祖坟立过功，后来陆林患狂犬病发了疯，井宗秀却对他毫无体恤。还有，井宗秀与宋江一样被戴了绿帽子，他谋害妻子的手段比宋江杀惜要残忍得多也虚伪得多，不仅不露痕迹害死妻子，还设计谋害小姨子和岳父一家。他不动声色地利用土匪谋取了涡镇上吴、岳两家富户的家产，取而代之。他几乎每一次发迹都制造了血债，但是偏偏瞒过了全涡镇居民，包括善良的陆菊人。陈先生没有被瞒住，但陈先生是瞎子，宽展师傅是哑巴，一个看不见，一个说不出，于是涡镇居民就有祸了。《水浒传》里称宋江是呼保义及时雨，那是作者对宋江的性格行为都有所认同，而《山本》的作者则用非常高明的反讽手法来写一个嗜血成性的英雄人物。这种冷峻无情的批判，不动声色的反讽，确是在《水浒传》的境界上又大大提升了一个台阶。

《山本》是一部向传统经典致敬的书。所谓致敬，不是对传统经典顶礼膜拜，而是处处体现了对传统经典的会心理解，对于传统经典的缺陷，则毫无留恋地跨越过去，以时代所能达到的理解力来实现超越。读《山本》以《水浒传》为参照，可以看出《山本》在精神认识上完全超越《水浒传》，从而达到对于中国传统文化的深刻洞察与批判。然而在细节描写和笔法运用上，又处处可见传统小说的影响。贾平凹在继承古代白话小说遗产方面显示了炉火纯青的化解能力。小说里写陆菊人宽厚胸怀以及对井宗秀的感情，写井宗秀因性无能而生出阴毒之心，都是通过一系列传神的细节描写给以展示；小说塑造的人物对话精练隽永，行动干脆利索，用不同层次的笔法，刻画出不同的性格。如井氏兄弟、陆菊人、杨钟、陈来祥、周一山、夜线子、杜鲁成、阮天保、麻县长等贯穿全书的人物，都性格卓然，栩栩如生。还有一些次要人物，通过一两个故事,把人物性格鲜明突出,让人读过难忘。如井掌柜为还债奔波而死,杨掌柜毅然把三分胭脂地赠送葬人是一个故事,就把老一代秦岭人的古道热肠刻画出来。崔掌柜起先不服陆菊人掌茶行,故意拿架子,后来服了,便忠心耿耿,后被保安队抓去逼供,为维护茶行宁咬舌而死,这又是一个故事,写出了秦岭人朴实刚毅的传统美德。更有许多人物在小说里只有几个细节,甚至一个片段,如那个专治骨折的莫郎中,那个被奸死的井宗秀的小姨子,那个发疯了的井宗秀的岳父,那个为父报仇的唐建,以及被杀害的阮氏父母等等,都是寥寥几笔,也能让人留下深刻印象。这都是来自中国古典小说的叙事传统。我读小说中许多桥段,都自然会想到《水浒传》、《三国演义》。譬如,冉双全被派去请莫郎中来治病,结果因误会打死了郎中,让人想起李逵斧劈罗真人、曹操误杀吕伯奢等故事;井宗秀为邀周一山参加预备团,先将其母迎来供养,以安其心;阮天保投奔红军,先举枪射鸟炫耀枪法,这也都是传统小说里的常见手法。虽然像《水浒传》也无法把一百零八将每个人都写得很鲜明,但大致上能够分层次把各种人物性格貌容都清晰地刻画出来,让人记得住,说得出,可见贾平凹对古代小说融会贯通的功力之深。

贾平凹在《山本》后记中透露,创作期间他在书房里挂了两个条幅,左面写的是"现代性,传统性,民间性",右面写的是"胸怀鄙陋,境界逼仄",甚有趣味。前者说的是作品追求的境界,后者指的是夫子自道写作状态。通常一部优秀文艺作品,如果这三个"性"能够统一体现于文本,自然是属上上乘。文本是否达到这个境界，作者心中自有预设标准，甘苦自知，旁人无从置喙。本文所能做的，是通过文本所呈现的民间性与传统性两个特点作若干分析，以求达到对作者“一尽着中国人的世事，完全着中国文化的表演”的深层理解。

2018 年 3 月 2 日完成上篇，初刊于《收获》长篇小说专号
2018 年 3 月 13 日完成下篇

新世纪以来四代作家简论

今天我的发言内容是对中国当代作家群体做一个简单的扫描。2010 年 11 月，我应郑培凯先生邀请，在香港城市大学文化研究中心作了六个系列讲座，总题目是“新世纪十年小说研究”，当时研究才刚刚开始，回到上海以后我继续关心这个题目，直到现在还在进行中。所以，今天的发言也是我对两年以前的系列讲座的一个回应。本讲座主要分析新世纪以来当代文学的四代最活跃的作家群体，分析他们在当前文学领域的创作特征。当然这只能是指大体的情况，不能落实到具体的个别个案。

为了表述的方便，国内的批评界通常以十年为“一代”，根据作家出生的年龄段分为“50 后”、“60 后”、“70 后”、“80 后”等。这样的划分不一定科学，难免有粗疏、笼统之嫌，而且作家总是个体的，这种用“代”来归纳作家特点的方法，不可能涵盖每个作家的具体性，很容易导致对作家的个体性和独特性的抹杀。但是我们今天要在会议规定的短短 15 分钟介绍将近四代作家的创作特点，也只有用这种笼统的方法来讨论。好在，中国文学评论界也早已习惯了用代际来扫描作家的方法。最早使用这个方法的，是在上世纪90年代初，曾经有江苏的《钟山》杂志、吉林的《作家》杂志、贵州的《山花》杂志和云南的《大家》杂志等四家文学刊物联袂发起“联网四重奏”，集中推出了一批“新生代”作家（当时也叫“晚生代”作家）。在当时的理解中，“新生代”主要是针对80年代主流的文学创作，在文学生成体制与文学审美观念上出现了新的信息的萌芽。已故学者张钧先生当年曾承担了一个国家课题，对新生代作家作整体的研究，他生前完成了一部与新生代作家对话的访谈录，对象主要是60年代中期出生的一批新锐作家（韩东、朱文、毕飞宇、鲁羊、鬼子、东西、李洱、刁斗等等），但不包括60年代初出生的当红作家苏童、余华。那时，70年代出生的作家正在慢慢崛起，大多数名字还是陌生的。

我注意到张钧与韩东的对话中说了一段话，在今天读来颇有意味：“这一代作家（指新生代作家——引者）他们有某种共同点，这种共同点是同过去以往所有的写作都是不一样的，或者说他们真正找到了文学之所以为文学的一些根本性的东西，这一点我认为是中国文学走到了世纪末真正找到了它的叙述支点，也是你刚才所说的与以往的写作划开了不同的写作空间。这种不同的写作空间的出现，也许就为下一个世纪的中国文学的发展奠定了某种最基本的东西。”但是，张钧自己也觉得这么说太乐观了，他又不无忧虑地说出了他的担心：“这一代作家随着他们在文坛上逐渐地占有一席之地，也出现了某种分化的趋向，有的人守不住自己了，他们很想挤进秩序里去，在那里占据一个很重要的位置。这样一来，这一代作家经过艰苦的努力所建立起来的某种独特的精神品格和价值立场，就有可能付诸东流。”①

很显然，当时说的“新生代”概念与年龄无关，而是指一批企图在文学写作立场及其观念、运作方式等方面做出新的探索的作家群体。他们利用市场经济刚刚松动了固若金汤的传统秩序，希望打开一个新的、在未来有生长可能的文学空间。为了这样一个目标，这些作家毅然地从体制内走出来，担当起以独立写作生存于社会的责任。② 但是这一理想在不久以后的市场经济与权力建立的新的体制运作下被全然碎化，张钧的预言不幸而言中。所谓“无名”的文化状态没有按照人们预想的那样得到自由发展，相反，随着经济的迅猛发展，新的体制很快就经营起新的意识形态和文化秩序，力图重新建立“共名”的大一统局面，原来已经丧失了生命力的共名现象复生，更重要的是，新的体制有效地掌控了大众媒体，在大众狂欢式的娱乐与语言暴力的泛滥之势背后，在无数敏感词管制的背后，首先受到孤立的是知识分子的清醒的批判声音。

而经历了上世纪八九十年代的挫败、自我消解以后，原先有强大力量的知识分子传统被严重削弱，他们在市场经济背景下的大众狂欢式的新文化面前失去了批判能力和热情，摇摆在体制与民间的两维之间，挣扎着寻求一种自由表达的出路。这还必须是

① 张钧《小说的立场——新生代作家访谈录》，桂林：广西师范大学出版社 2002 年，第 22—23 页。

② 如汪政在《小说的立场》一书序言中举例说：“一个极端的例证是，朱文、韩东、吴晨骏、李冯、西飏等一开始都是‘体制’中人，吃的是计划经济的饭，可是后来都相继辞去了公职成了依靠自己的写作来生活的‘自由撰稿人’。他们声称自己才是真正的‘职业作家’。”（第 3 页）

有大智慧的能力和坚忍不拔的意志才能勉为其难地实践的。而当代最优秀的文学创作基本上都是以这样的方式实现自己的表达，他们在体制与市场之间是仰仗了体制的庇护，利用了市场的运作，而在民间这一空间里寻到了创作资源及其表达的自由限度，尽情地发挥了艺术的想象和批判的功能。这是中国作家经过了近三十年的艰难摸索后走出来的、具有中国特色的创作道路，其代表性的作家基本上都是 50 年代出生或者 60 年代初出生的、在 80 年代寻根文学以后崛起的一批作家，他们的创作已经成为新世纪以来的标志性成果。而原先在 90 年代急于与体制划清界限、追求新的文学理想的新生代作家，却在市场经济的大潮裹挟之下走上了偏锋，他们中除了少数作家（如韩东）依然坚持着自己的文学理想以外，大多数人像当年易卜生笔下的娜拉那样勇敢出走，结果像鲁迅所描绘的“出走后的娜拉”又会怎样？——要么回家，要么堕落。这是一个严酷的现实，我们必须面对。可能是与这一次失败的文学“断裂”有关，以后逐渐地，文学批评词汇中的“代”或者“新生代”，很少再指称那些敢于在体制改革和写作立场上大胆实践的作家群体，而一般地指称作家年龄上的断代。

但是作为一种分类的方式，用代际的方式来观察作家仍然是有意义的。19 世纪法国文学批评家泰纳（Hippolyte Adolphe Taine，1828—1893）提出著名的艺术生成的“三要素”，即种族、环境和时代对于艺术生成的决定性的影响。泰纳认为，艺术是记录人类心理的文献，而人类心理的形成离不开客观的外在条件，所以，文学艺术创作的审美风格及其发展趋向，是由种族、环境和时代三种力量所决定的。这个观点虽然略显陈旧，但用来分析新世纪中国作家的代际特征还是部分有效。我们不妨比较一下“50后”、“60后”、“70后”以及“80后”四代作家的生长环境，考量作家的群体创作与时代的关系，不妨着重看两个时间段：作家的出生年代和作家开始创作的年代。这两个时间段之间大约相差二十年。而在本文考量中：“时代”是指一种社会风气（包括精神领域给以时代的巨大影响）；“环境”是指一种特定的物质生活条件；“种族”在本课题暂时阙如。

“50后”作家，按照泰纳所说的“中心人物”，有贾平凹、莫言、王安忆、张承志、张炜、韩少功、史铁生、阎连科等等。他们出生于上世纪50年代，那是一个万象更新的年代，公民的主体创造性以及对未来的期待基本上是乐观主义占主导地位，经济在复苏，人的身体发出了健康的魅力，光荣妈妈生育力旺盛，生育是这个时代的欢欣鼓舞和心理健全的见证。这是先天条件的充沛。这一代作家的出生时期的“时代”和“环境”都是良好的。虽然后来遇到了匮乏与动乱，但外部环境已经不足以压抑这代人青春里充溢的生命力和精神力。他们进入学习的阶段，大约是70年代初到恢复高考阶段，他们大多数都经过“上山下乡”或社会实践，获得了某种与原来生活经验不一样的民间启示，由农村，或者社会底层的民间生活直接进入高校学习，或者进入直接的写作生活，在拨乱反正的时代氛围中感受到先进文化的召唤，总之，他们无论是从70年代还是在80年代开始写作，时代都给了他们正能量的鼓励，先天是良好的，后天也是顺达的。这一代人的创作生涯几乎没有受到太多的压抑。如果说，“伤痕文学”阶段让他们进入主流文学，从“寻根文学”开始，他们在民间寻找着自身的立足点；90

年代以后，他们逐渐摆脱了体制带给他们的负面因素，顺利转向民间立场，重新调整了创作的美学理想的追求。他们几乎都在体制内生存，但立足于民间的创作空间，用自己的方式探索如何表达时代批判精神的途径，这种有利的外部环境使他们的创作日臻精湛完美，在新世纪十年中形成了自己独特的艺术风格。

相比之下，以新生代为标记的“60 后”（主要是指 60 年代中后期出生者）作家就没有这样的先天条件和后天环境。上世纪 60 年代是一个交替着饥饿和混乱的年代，人心惶惶，物资匮乏，人们的身体因饥饿受到了极大的伤害，生育已经不再受到鼓励，先天条件是恶劣的；在一个饥饿和混乱年代里出生的人，童年记忆和集体无意识都不曾带来良好的影响。但是这一代作家在进入教育与写作时却遇到了一个极好的时代，上世纪 80 年代思想领域正本清源，扫除了多年的教条主义的阴霾，人性获得了初步的解放，全民族又一次回到了快意舒畅的时期，乐观主义又重新成为了时代的旋律。他们没有“50 后”作家相对丰富的感性的人生经验，心底单纯得多。时代风波迫使他们从高扬的主体旋律里看到了艰巨而复杂的命运交响曲，激发起反思自身与时代的动力，因此他们很容易再前进一步，从体制的束缚中摆脱出来，带着乐观主义的精神迈向市场经济，这就是新生代作家最初的创作背景和创作动力。但是他们过于年轻乐观，看轻了中国传统力量在当下社会改革中的腐败作用，同时也看轻了市场经济体制本身拥有的戕害文学艺术自由发展的坏因素，这就导致了他们在 90 年代以后又不得不返回体制的后撤与集体性的溃散。

接下来我们来分析“70 后”的作家。他们的出生环境与 60 年代相比，还谈不上过甚恶劣与危险，但是他们遇到了一个极为沉闷的年代，人们经过匮乏与动乱，意气消沉，万事阑珊，毫无意志冲动和精神动力，唯有平安是福，生存就成了民族的第一需要。健康的身体早已经被虚假的激情所耗损，生育的意志都被规范于计划政策。贫乏比贫穷更加可怕，没有任何物质与非物质的理想和激情，连文艺演出也仅有几个样板戏。从某种优生的角度来看，这一代人的出生环境恶劣甚于60年代，他们的先天不足，从结胎期就形成了。再看他们的接受教育和写作时期：90年代，在这一代青少年还没有弄清楚何谓人文精神，何谓自由思想，何谓人格独立，何谓知识分子传统，各种清规戒律和金钱万能的观念过早地侵蚀他们的精神世界。作为写作者，他们无法像前代作家那样，有序地返回民间世界寻找理想的写作空间，也没有勇气完全脱离体制，成为一个独立的自由撰稿人。但是他们不虚伪，多少沾有一点80年代的精神遗风，大是大非还是清楚的，然而自由飞翔的翅膀已经受伤了，所以，这一代作家不但不忌讳体制，还会主动适应体制，利用体制的资源。新世纪的最初十年本来应该是他们自由发展的关键，但是环境的压迫又来了：经济的压力直逼他们的现实生活，急功近利的现实主义就自然而然地成为他们的主要写作形态。纵观"70后"作家的创作，作家的眼睛基本上是紧紧盯着现实生活的细节，描述的是消磨意志的日常琐事和无所作为的人物命运，这样的故事讲述多了，就混同于现实生活中波澜不起、死水一潭的某些角落，但是，对于新世纪中国经济迅猛发展导致的潜龙腾跃、拖泥带水的混乱而壮观的局面，对于经济刺激下人性的变异、恶魔般的自我膨胀与堕毁的惊心动魄现场，对于人文精神在危机中重新涅槃的追求和想象，都没有能够切身感受和自觉地意识，因此也不可能有触及灵魂的表达。

如果要讨论“70后”作家在新世纪创作中的整体性特征，还必须追溯到上世纪的90年代中期，有一个事件也必须面对。那就是关于两个“70后”女作家——棉棉和卫慧的创作受到批评的事件。当年这两位作家是从自己的切身经验出发(尽管是那样的不同)来表达她们对于市场经济大潮下的现代都市生活方式的感受，她们从各自不同的角度都抓住了“欲望”这个资本主义经济体制与生俱来的血肉躯体，虽嫌幼稚却不失准确地表达了上一代人为攫取财富而留下的道德上的罪恶阴影，以及新一代人在接受这样的“遗产”时所生的精神痛苦和报复心理，她们企图用自我放纵与自戕行为来建立她们这一代人新的行为方式和生活态度。我们也可以说，这是新一代作家表达新的反叛意愿的方式与时代特征，她们渲染了欲望的力量，以及欲望与罪恶、与痛苦紧密联系在一起的心理感受，而这正是新世纪以来我们社会生活中最主要的主题，这两位年轻的女作家率先就揭示出这个现象。从今天来看，棉棉、卫慧当年的创作击中了市场经济发展中的要害，以她们这一代新人所能够感受到的特殊的精神痛苦，萌发出新的时代的特征。但是她们的创作在表达上超越了主流的审美规范和容忍界限，她们受到严厉的批评。这对棉棉、卫慧以后的创作乃至“70后”作家的创作发展带来了不可忽视的影响。

最后我简单描述下“80后”一代作家的某些特征。从出生环境而言，“80后”作家遇到了一个滋生希望的年代，整个民族从“文革”的灾难中走出来，再次感受到维护人性尊严的意义。在“文革”中因为各种原因（身份、迫害、经济、环境、家庭、工种、住房等各种方面）被耽误的婚姻恋爱，都集中在这一阶段完成，这是集体婚礼的年代，是家庭重组的年代，也是争先恐后忙于生聚教训的年代，这一代作家的童年记忆里可能满溢的是希望和憧憬。物质也在丰富起来，国门已经打开，西方世界的生活方式和物质不断流入中国，受到广泛的欢迎。从时代之风和物质环境而言，“80后”作家所遇到的，仿佛是回到了“50后”一代作家的境遇。他们受教育和写作的年代，就是新世纪初的几年，他们也遇到了一个比较特殊的年代：网络时代和新媒体文化正在兴起，传统的教育体制和文化体制都受到了前所未有的质疑和抨击，由于市场经济和经济全球化浪潮席卷了中国，原来的陈旧体制开始动摇。“80后”作家的形成，起源于上海一家文艺刊物《萌芽》杂志和全国一批名牌高校联袂举办“新概念”作文大奖赛。这个大奖赛的宗旨，是以培养和鼓励未来作家的想象力为旗号，旨在纠正中学教学中僵化死板的应试教育，因此它一开始就受到了中学生的普遍追捧。“80后”作家中的代表如韩寒，就是在这种普遍的青春骚动中被媒体培养成另类的“新英雄”。“80后”的代表性作家几乎都出于“新概念”之门，他们的创作带有媒体化、情绪化的反叛性；这种反叛性也包含了对主流文学的反叛，他们大多数都是体制外的作家，活跃在新媒体的各种领域，他们的创作也直接与媒体、市场、读者等新的文化运作链发生联系，与传统的培养作家的模式基本上是不一样的。某种意义上看，“80后”作家的文学创作与当前主流的中国当代文学分道扬镳，实行了某种“断裂”。但是他们更多地带有媒体文化的商业气息和现实态度，比起“60后”作家那种决绝断裂的反叛精神，又似乎差了一大截。

我这样描述文学与时代、环境以及人的气质的关系，并不科学也不全面，任何概率的扫描总是不包括少数优秀的天才，但是从这里我们不仅可以看到，时代对于文学的巨大塑造力量，首先是通过对具体的个人——作家的影响来完成的。而且也可以理解，为什么这十年来批评界和读者群体（包括网络媒体）对于“70后”作家的关注总是不及“50后”与“60后”的作家，甚至也不及比他们更为年轻新锐的“80后”。如果我把“50后”作家在新世纪的文学创作看作是主流写作的高峰，把“80后”的新锐写作看作是又一个新媒体时代的时尚写作的高峰，那么“70后”作家在两者之间就形成了一个低谷。我这里并没有从文学创作的质量取舍上划分高峰和低谷的意思，而是针对代际文学的整体生态环境以及被关注的程度而言，“70后”作家是一个低谷。它的许多创作和机会都没有被充分地关注，它是被遮蔽了的一代。

如果我们把作家的出生年代和开始创作年代的时代风气和环境作为两个参照系，来考量代际作家总体创作风格，那么“50后”作家的出生年代和开始写作年代的影响，均是比较正面的；“60后”作家的出生年代环境较差，但开始创作的年代依然是正面的影响为多；而“70后”作家的出生年代和开始写作年代的环境均较差；“80后”作家又恢复了较为正面的影响，但是时代已经变化，他们遭遇了新媒体文化市场的兴盛，他们必须适应这样一个新兴环境的需要，所以，“80后”作家虽然遇到了较好的写作环境，但是他们已经回不到“50后”作家所达到的文学高峰了，他们将推动着新兴的媒体写作，开创新的、符合这个时代之风的文学高峰。

2009年，我曾经在香港岭南大学做过一个讲演，把从“五四”到新世纪初的文学发展轨迹，称为从“少年情怀”到“中年危机”。“50后”作家在新世纪所达到的文学创作的高峰，其实是一种“中年危机”现象：一方面是达到了“中年”的成熟和辉煌；另一方面又遭遇了后继乏人，甚至“无后”的现象，年轻的“80后”作家已经开拓出新的文学道路，扬长而去了。

这就是我们所面对的新世纪的文学状况。

本文初稿写于2011年8月15日，题为《低谷的一代——关于“70后”作家的断想》，刊于《当代作家评论》2011年第6期。此稿是2013年5月8日香港城市大学举办的中国文化研究中心成立十五周年学术研讨会上的发言，内容作了重要修改。

辑三　世界华文文学研究

比较文学视野下的马华文学

——为张隆溪教授寿庆纪念集而作

小引

年初，收到香港城市大学张万民先生来信，为庆贺张隆溪教授的寿诞，他受命编集“张隆溪教授寿庆纪念文集”，嘱咐为文。隆溪教授早年追随杨周翰、钱锺书、朱光潜等前辈大家，博览群书，努力上进；中年后任教于美国加州与香港学府，桃李遍地，声誉隆天，其学术思想对国内学术产生深刻影响。纪念这样一位学人，功在学林，理当从命。但翻检自己年内新撰文字，唯独缺比较文学方面的稿子，仅有一篇为补充前几年一个学术会议上的发言，敷衍成文，见解鄙陋，羞于芹献。只是作为秀才人情，一瓣心香，忝列于宏文骥尾，就教于大家。

2009年1月12日，由许文荣教授策划，马来亚大学中文系毕业生协会（中协）和复旦大学中文系联合举办“马华文学教学与研究国际学术研讨会”，在复旦大学正式开幕。那天我因事先安排了去香港岭南大学访问，动身在即，匆匆地在开幕式上代表东道主复旦大学中文系致辞以后，就直接去了机场，把主持会议和接待客人的责任，留给了正在复旦担任教育部长江学者讲座教授的王德威教授。几年过去，我读到了许文荣教授编辑的会议论文集的整理稿，其中有一篇杨乃乔教授写的会议综述《第三文化空间，兼论中国现当代文学研究的发展命脉》。里面提到了我的发言：

> 在开幕式的致辞上，复旦大学中文系主任陈思和提出了中国当代文学、世界华人文学、马华文学与比较文学之间的互文学科关系问题。陈思和认为，中国当代文学一旦因作者操用汉语走向外域书写，其就可能扩张为世界华文文学，其中包括马华文学；但是在学科的定义上，马华文学与世界华文文学已经无法归属中国当代文学的学科本质属性了。有人主张把马华文学带入外国文学，给予其学科身份的定位，但是在中国高校的外国文学课程讲授中，马华文学又是长久地缺席，至少在国内外国文学教学与研究空间中还不可容纳外域的汉语文学书写这样一种门类。所以，陈思和认为，我们不妨把马华文学置放于比较文学的领地，在此我们可以为其获取一种恰切的学科身份归属。[①]

---

① 载《文艺争鸣》2009年第11期，第43—50页，引文见第44页。

杨教授把我当时的一个即兴发言归纳得如此清晰，激起我对这个问题进一步阐述的兴趣。我读了这部论文集所收的论文，大致上分为三个部分：一是马华文学研究的学科定位，二是马华文学的教学实践，三是马华作家作品的深度分析。前两个问题都与我想谈的问题相关，我想借此机会谈一点自己的想法，以弥补我缺席会议的愧疚。

一、学科回顾和辨析

在论述之前，我简单回顾一下这个学科的形成历史。在中国内地"文革"结束初期，台湾在政治上尚未解禁，香港、澳门尚未回归，中国内地在政治上已经出现了悄悄的解冻迹象，改革开放的政治路线成为基本国策。中国人要破坚冰走向世界，第一站就是香港。那时台湾人还不能进入大陆，只能通过迂回的方式，或者从美国绕道回来探亲，或者建议到香港作为中介，两地人士见面。文学交流、学术来往也只能通过这样的途径，所以，第一批来到大陆的是台湾作家和学者，大陆最先与台湾文学界发生接触交往的地点都是选择在香港。这样，作为学术交流的副产品，港台文学研究和海外作家（当时也是归入台湾文学）研究就萌发出来。其当时可能含有许多政治上的目的，暂且不去说它，作为一门新兴的学科就此出现了萌芽。到了 1980 年代末，台湾解禁后两岸的民间交流频繁起来，香港、澳门已经有了回归的期限，作为工作目标的台湾的重要性，显然高于香港，于是这门学科遂改名为台港文学或者台港澳文学。那时海外华人文学还是附带着，主要是指 1960、1970 年代从台湾去欧美各国的华人作家，一般都被视为台湾文学所派生的分支;到了 1989 年以后,随着内地出国潮汹涌而至,大批作家从内地赴海外谋求发展,他们基本上是用汉语写作,也很少在国外获得固定的职业。他们的身份依然是中国作家,发表作品的地方依然是中国内地的文学刊物,少数的发表在中国台湾、香港或其他地方,影响所及主要还是华人世界,但也有部分作家开始影响到非汉语的国家(如严歌苓、北岛、杨炼等是其中的代表)。当时他们的创作还未被视为外人,国内文学界都以"海外留学生题材"、"海外打工题材"等来命名这些创作。到了 20 世纪末的时候,海外作家的声势渐大,对内地文学的影响日盛,特别是严歌苓的小说和电影几乎获得了台湾所有的文学大奖,还有人获得国际性文学大奖,中国大陆学术界无法再把这部分海外文学的群体等闲视之。这时候的海外华文文学的概念内涵已经发生了变化,包含了主要是从内地出国的华人作家。然而与此同时,先由香港作家刘以鬯先生发起,后来普及到中国内地学术界,世界华文文学的概念逐步被人接受。从香港的立场出发,世界华文文学的分布主要是北美和东南亚各国,基本上是从华侨文学蔓延而来。从当年刘先生主编《香港文学》杂志的编辑构思和理念,大致可以看到这样的思路。世界华文文学的概念就此慢慢形成。从内地学界的立场看,它是综合了两个部分:一部分是从港台文学、海外文学慢慢发展于今的,中国内地文学作为其中心但并不包含其中的一个学科类别;另外一部分就是从 19 世纪末开始的中国华工,进而是华侨等移民文学延续而来的一个学科类别。这两个学科本来是可以不相混淆,也不需要放置在同一个学科内,但现在被搅和在一起,构成了目前世界华文文学学科的现状。在这样的背景下,我们也可以了解到马华文学在世界华文文学中的特殊的位置。

如果我们仅仅从政治统战的目的出发来推动世界华文文学的学科建设,那么中国内地所代表的中华文化是当然的中心,台湾和港澳文学是中国文学的一部分,海外各国的华文文学属于边缘性的分支,而以华侨文学为源头的东南亚各国华文文学则更偏向边陲。如果我们仅仅依据了独立学科的角度来讨论这个问题,情况更为复杂。首先是,中国内地的文学能不能列入其间?现在主流意见是不宜列入,理由也是明摆在那里的,如果中国内地文学这样一个巨无霸占据了研究空间,其他地区的文学就无从显示其独立的意义。但是如果中国内地文学不列入其间,那么,台港文学也失去了列入其间的正当理由。因为华文文学的“世界”不可能排除中国内地而列入台湾、香港。这是该学科长期未能解决的一个关键问题。针对理论上这一困境,王德威教授提出的“华语语系文学”(Sinophone Literature)是我深以为然的一个学科概念。[①] 根据王德威教授的解释,这个概念对应英语语境里的 Anglophone(英语语系)、Francophone(法语语系)、Hispanophone(西语语系)、Lusophone(葡语语系)等文学,其“意谓在各语言宗主国之外,世界其他地区以宗主国语言写作的文学。如此,西印度群岛的英语文学、西非和魁北克的法语文学、巴西的葡语文学

---

① 关于“华语语系文学”的概念内涵有不同的诠释。杨乃乔在《第三文化空间,兼论中国现当代文学研究的发展命脉》一文中介绍王德威教授的这一观点时,提到了一个新的概念“广义的华语语系文学”,并且把中国现当代文学也归属其中。但本文还是以王教授的论文所阐述的内容为准。

等，都是可以参考的例子”。但是“需要强调的是，这些语系文学带有强烈的殖民和后殖民辩证色彩，都反映了 19 世纪以来帝国主义和资本主义力量占据某一海外地区后，所形成的语言霸权及后果”。我们从这两段引文中大致可以了解到华语语系文学与其他语系文学之间的差异，其相“同”是比较表象的，即在世界不同地区中取其相同的语言，来重新规划一个语言的乌托邦；但其相“异”则是本质性的，即在其他语系中存在着宗主国与被殖民地区之间的本质关系，而在华语语系文学中则不存在，甚至相反，华语语系文学之间的关系，是“我们要说历经现代性的残酷考验，中华文化在海内外都面临花果飘零的困境，然而有心人凭借一瓣心香，依然创造了灵根自植的机会。这样一种对文明传承的呼应，恰是华语语系文学和其他语系文学的不同之处”。[①] 如果我们把这里所引用的唐君毅先生的话稍作修改，不把中国包括在内，那么，它的意思正是我们今天所需要理解的华语语系文学的基本属性，即中华文学在全球的“花果飘零”与“文明传承”。华语语系文学与其他语系文学根本不同之处，就在于它不是一个帝国主义向海外殖民的强势文化产物，而相反，它是在自身漂移聚散时被强势文化所压迫甚至摧毁的过程中，慢慢凝聚起来的语言文学。除了中国内地以外，台湾的华语受到过日语的摧残，香港以及东南亚英国殖民统治地区的华语都受到过英语霸权的压迫，而海外华语在在地国也同样是弱势语言，常常到了第二代以后就慢慢消

① 王德威《华语语系文学：边界想象与越界建构》(“华语文学研究的进路与可能”专题研讨)，原载《中山大学学报》2006 年第 5 期，第 1—4 页，三处引文见第 1—2 页。

亡。在花果飘零的大趋势下，它们凝聚在中华文化的周边维持其文化生命势在必行。即使在今天，许多地区弱势语言的处境已经发生变化，但其语言中已经融入了曾经有过的被侵犯的耻辱记忆，同时也辩证地显示出语言的复杂内涵和变异特征（这一点在香港文学的语言中尤其明显）。

于是，根据王德威教授所阐述的“华语语系文学”的概念内涵，似乎可以获得如下几点印象：1. 针对其他语系文学不包括宗主国语言的特点，华语语系文学则相反，因为华语语系文学本质上不是侵略性的语言殖民过程，而是在发散后不断被在地国的强势语言所压迫，它必须有一个文化返回源流的凝聚过程，使之有力量与在地国的文化环境相抗衡并争取生存；2. 华语语系文学主要的研究范围是非中国内地的文学，研究汉语文学是如何在各种不同文化背景下的地区里传播、生存和发生影响的过程，同时它与各种在地文化相吸收融合后形成的语言及其审美的特点；3. 中国内地文学（主要是现当代文学）作为世界华语语系文学的一部分，当然也是研究的对象，但一般来说，考察其本身的创作似乎不是华语语系文学研究的任务，更重要的是，考察中国内地文学与其他华语语系文学之间的关系；4. 华语语系文学是一个语言的乌托邦，其中各种华语文学之间的关系不是国与国或者地区的关系，更不是中心与藩属、宗主国与殖民地的关系，而是讨论一种同根同源的语言系统在融入了相异的在地文化风俗、语言（地方语、方言）以后出现的新的变异形态；5. 从研究任务和范围而言，华语语系文学的概念，更加接近比较文学学科，而不是中国文学。

二、马华文学在华语语系文学中的特殊性

杨乃乔教授在会议综述中分析了马华文学、中国现当代文学、比较文学三者之间的学科联系，他把马华文学的"中国性"、中国现当代文学的"国际性"以及王德威教授提出来的广义的"华语语系文学"作为三个关键词，意图深入探讨马华文学的学科定位。这个问题必然会涉及两个相关的问题：一个是马华文学与马来西亚国民文学之间的关系，另一个是马华文学与世界各地的华文文学（中国除外）之间的比较，由此再来理解马华文学在世界华语语系文学中的特殊地位。

首先，马来西亚是一个由多民族构成的国家，宗教和民族的多元并置决定了马华文学与其他民族文学之间的复杂关系。应该说，华文创作在马来西亚国民文学中是一个相当重要的组成部分。这个情况与新加坡相似，我曾经多次参加新加坡的文学活动，每次活动都具备了四种语言：汉语、泰米尔语、马来语和英语。新加坡的通行语言是英语，用英语创作文学作品当然是主流，但是其他语言的文学创作也同样享有平等的地位，各族作家们能够同时用各自的语言进行交流，或者用自己民族的语言朗读自己的作品。但是我对马来西亚的文学交流情况不太了解，我很少看到马来西亚华文文学和其他民族文学之间的交流情况。这可能是由具体的国情所致，我不想多加议论，但是，无论如何作为占马来西亚人口24.6%（2010年，依据维基百科）的华人，其文学应该是这个国家文学的一个重要组成部分。缺失了华文文学、泰米尔语文学以及其他文学，马来西亚的文学将是一种不完整的形态。就如中国现当代文学，如果不包括台湾、香港、澳门文学，不包括各

种语言写成的非汉语民族文学，它也是一个不完整的文学形态。如果我们把中国的汉语文学/各少数民族的语言文学的关系，与马来西亚的主流文学（马来语言文学）/马华文学的关系相比较，无论是写作阅读的人数比例，还是文学传统力量，马华文学在在地国的位置都比较高。

其次，马来西亚的华文文学与其他国家地区的华语文学相比的话，它的特殊性也是显而易见的。从现在的世界华文文学的概念所涵盖的地区来看，中国内地、台湾、港澳地区除外，其他地区如北美、澳洲和欧洲国家，华语文学作家的主要构成是第一代移民，他们的活动场基本上没有融入在地国，而是依托了原来语系的巨大的文化背景，他们用汉语写作的主要发表刊物、主要阅读者、主要影响都在他们原来的生活区域：中国内地或者台湾、港澳。除了个别双语作家外，他们的汉语写作对象不是在地国读者，而是故乡的读者。这样一种分布在世界各国的华文文学，仅仅是中国（包括台湾、港澳）在发展中掀起的出国移民潮的副产品，它的根在原乡，主要发展形式是依靠一代代的移民来生成的，而在在地国的环境下不可能有再生能力。所以，这一类华文文学，我们可以把它划归到中国现当代文学学科领域，把它看作是中国文学在海外的一个特殊的类别。世界华文文学与世界华人文学、华裔文学的差别，不仅仅在于语言的不同，更主要的差别是，移民第二代以后的华人（华裔）的创作已经使用了在地国的语言，他们的创作里或许有中国元素，但是其主要影响是发生在在地国，或者说已经融入了在地国的文学多元组合。（从这一点来说，我们研究世界华人文学、华裔文学的意义远比研究世界华文文学要重要得多。）我们再来看另外一组国家地区的华文文学，即华侨文学的延续，如泰国、越南、菲律宾等，他们的作家可能与马来西亚、新加坡等地区一样，已经融入了在地国，并且拥有自己特殊的文化社区，只是规模和影响不如新、马，也没有像新、马那样成为国家主流文学的一个重要构成部分。

这样我们就容易看出马华文学在华语语系文学中的特殊位置了。它首先已经形成了自身的传统和在地国的影响和地位，马华文学的对象主要是本国的读者（主要是华人，但也不排除马来人和印度人等其他族群），同时又完全有可能走出国门，在华语语系世界各地区的读者群中发生更加广泛的影响。他们可以完全不依靠中国内地、台湾、香港等地区的文化力量来推动自己的文学活动，对自己的国民发生影响。作为文学原乡的中国文化传统，是马华文学的文化源头，也可以说是同宗同源，但是在历史发展中马华文学已经形成了自身的新传统以及和在地国的新关系。文化源头与文化中心是两个不一样的概念。因此，理论上把马华文学设定为中国文学在海外流布的边缘文学，是没有道理的。在以往我们所理解的世界华文文学的概念里，其实并存着三种文学形态：某国家或地区的完全主流文学（如中国内地、台湾、香港等）；某国家的不完全主流文学（马来西亚、新加坡等）；某些地区中的非主流的边缘性文学（北美、欧洲和澳洲等）。如果再深入探讨的话，那么，完全主流文学和不完全主流文学应该成为世界华文文学的两个并置的中心，它们之间不是中心与边陲的关系，而第三种形态才是边缘性的文学现象，无论在在地国还是在原来国，它都处于边缘化的位置上。如果，我们用华语语系文学的概念来讨论这三种文学形态，那么，各种语系的文学本身就应该是平等的乌托邦关系，就不存在什么边缘与中心。

三、马华文学与国民教育体制

三种形态的华文文学之间的差异是明显的。其划分的标准来自两个方面：一个是它在在地国拥有的读者量和影响，以及文学在国家社会生活中的地位；另一个是它在在地国有没有纳入正规的教育系统。这后一个标准，决定了国民文学教育与文学本身的关系，那正是我要谈的第二个问题，即马华文学的教学实践。

一般来说，某国家或地区有没有深厚的文学传统，主要是看它有没有良好的国民文学教育，其次是看它有没有与本民族风俗相关的文学因素。如在中国，几千年的文明传承依靠基本的儒家教育体制，儒家传统包括了文学、艺术、历史、哲学、政治等一整套完整的人文科学的雏形，儒家孔子定六经，其中《诗经》是一部文学作品集，如果没有《诗经》就不可能保留三百篇民歌，民歌终将会在动乱的社会生活变迁中消失。历代读书人阅读经史子集各类书籍，文学被直接纳入国家教育体制之中，两千多年的文学传统得以保存。其次就是民间风俗所拥有的文学因素，譬如说，中国传统民俗中有书写楹联，唱诗对歌等习惯，传统格律诗词在“五四”新文学运动以后遭到主流文学的排斥，却依然在民间被大量保存并且流行，即使在“文革”中，也会出现很多用旧体诗形式来表达的“革命内容”。“文革”以后旧体诗流行更广，尽管一般高校里没有旧体诗创作的课程，但这种文体依然通过民间教育流传下去。文学传统基本上是依靠这样两种途径来保存的，而现代文化市场上流行的文学读物只是满足读者一时的审美娱乐需要，它本身不可能成为传统的力量，但它可能产生延续传统的基础，大量流行读物在自生自灭的过程中，有一些为人们所喜爱的文学精品就在千百万读者的辗转流布中获得提升、精致化和丰富化，慢慢地成为新的经典，然后被纳入教育体制，被研究、传授和学习。传统吸收了民间的力量，壮大了传统本身，在这个演变过程中，国民教育体制与文学之间的关系绝不是可有可无，而是至关重要的。当然最根本的因素还在于艺术本身所具有的力量，如果是没有艺术生命力的文学作品，即使被国家权力硬性纳入教育体制，终究也是会被读者抛弃的。这是另外一个问题，暂且不去说它。

我们再来看华语文学在各国教育体制中的地位，大致上也可以相应地分为三类，与前面所说的三种形态相对应：第一类是完全被纳入教育体制，如中国内地、台湾以及回归以后的港澳地区，高校中文系的设置保障了这一点。第二类是不完全的纳入教育体制，即华语和华文文学是作为一种民族母语进入教育体制，并不是“国语”教育，像马华文学应该是属于这一类，由于马来西亚有大量的华校存在，华文教育依然得到很完备的保护。第三类就是不具备纳入教育体制的条件，如在欧美、澳洲等，中小学基本上没有为汉语开设的必修课程，唯有高校的外语教育（中文系）才可能涉及。教育体制中的不同地位，导致了华语语系文学未来发展的完全不同的前途和命运。

我指出这一点，正是想探讨马华文学的教学实践的最大可能性。这还不仅仅是指如何将马华文学作为一门主干课程在马来西亚教育系统里推行（关于这一点，许多马来西亚的华文教育家已经在出色地工作），我想强调的是，马华文学既然是马来西亚的国民文学中的一个重要组成部分，我们就应该推动马华文学与主流的国民教育亲密合作，加强两者的关系，扩大马华文学与在地国的主流文学之间正常交融、互相影响、互相渗透的可能。中华文学传统从来就有一种吸纳百川的能量，不仅能够及时吸收来自边缘地区的异族文化因素来丰富自己，在一些特殊的年代（比如元清两代）里，它甚至能够包容消化来自主流（包括国家权力）的异族文化，使自身内涵获得更加丰富的能量。这样一种特殊的能量，在当前马华文学的推动发展中尤其需要重视。这才是我把马华文学设定在比较文学学科的主要意图。

可能有的学者会以为，之所以把马华文学放在比较文学学科领域，是指中国文学与马华文学之间存在着跨国家的关系，这当然是一个方面的问题。但更为深层的理由是，马华文学在在地国教育体制的学科设置里，也应该考虑到比较文学的学科概念和研究方式。马华文学、泰米尔语文学和马来语文学，是同一国家文学属性而不同语种的组成部分，它们之间的关系不仅跨民族跨语言，而且含有各自民族的古老文化背景，充分研究三者之间的互相渗透、互相影响的现状，有利于马来西亚各民族之间的了解、尊重和融合，也有利于华文文学在在地国的地位和影响。这是一项除了马来西亚的华人学者外，很少有人能够胜任的学术事业。在马来西亚，其他民族的学者不一定需要学习华语，而华人学者是必须掌握马来语、英语或者其他几种语言，也就是说，马华学者已经得天独厚地拥有了研究和把握两个以上的马来西亚文学种类的能力。他们在研究和提升马华文学的同时，把马华文学放在国民文学的整体性结构中加以阐释和比较研究，吸引非华族国民对之发生兴趣，引起重视。这对于马华文学创作，可以不断吸收外族文化因素来丰富自身内涵；对于马华文学研究，也可以逐步地从渊源传承的垂直型思维研究转向多元比较的跨越民族文化的空间型思维研究。

人文知识分子面对的最重要的问题，是全人类的共同问题。尤其是在经济全球化的今天，一个民族学者即使从本民族立场出发，他所思考的问题，也必然是有关民族在全球化的环境下的生存处境问题，必然是观照到全人类的。这也是马克思所设想的"世界文学"。马来西亚多元民族的特殊性和复杂性，决定了马华文学不可能走孤立发展的道路，希望它成为一种融合了多民族因素而突出普遍人性、并且在国民文学的整体格局里发挥越来越重要作用的华语创作。这是我对马华文学的最衷心的祝福和愿望。

2012 年 8 月 23 日于上海鱼焦了斋

初刊《杭州师范大学学报》2012 年第 5 期

旅外华语文学之我见

——兼答徐学清的商榷

本文由两部分组成。第一部分是我应加拿大约克大学徐学清教授之约，为加拿大《世界日报》的文艺副刊《华章》（痖弦主编）“名家谈：华人文学之我见”专栏所写的短文①，主要谈了我对于“世界华文文学”概念的一个看法。我认为，来自中国内地或者台港地区的第一代海外移民作家，他们的写作还没有被融入在地国的文学体系，他们用华语写作，创作内涵是从母国带来的生活经验，发表作品的媒介基本上是在海峡两岸的范围，主要的读者群也来自两岸。这一类旅外作家的创作，应该属于中国当代文学的一部分。徐学清接受了我的文章，同时也表示她对我的观点有所保留。听到有不同意见，我当然很高兴。有感于发表在报刊专栏的文章篇幅有限，不能畅所欲言，由此可能对自己的观点阐述不够清晰，所以我请徐学清把她的商榷意见写出来，我可以配合她

---

① 《旅外华语文学之我见》，“华章”第 25 期，《世界日报》2014 年 12 月 26 日（A22）。

的批评思路给以回应。当时我正准备为《中国比较文学》杂志主持栏目，于是就与学清商量，把我们双方的文章发表在同期专栏，希望引起更多的学者来关注这一问题。学清很快就写了商榷文章，而我却因为手边工作杂碎，回应意见拖到现在才勉强写出来。这就是本文的第二部分。这样把所有的意见都放在一起发表，也许能够更加完整地表达我和徐学清教授对这一问题的不同看法。特此说明。

一、《旅外华语文学之我见》

学清教授约我谈谈对世界华文文学的看法，我觉得有点为难。因为“世界华文文学”作为一个学科概念相当混乱。在我看来，它至少包含了两类互不相干，甚至自相矛盾的文学：一类是从中国内地和台湾、香港去外国（主要是北美、欧洲）发展的作家的华语创作；另一类是东南亚国家华侨作家在自己国家里用华语的写作。后者有点像王德威教授提出的“华语语系文学”的概念，即在非中国的国家或者地区的华语写作，尤其是在地国第二代以降的华语作家的创作，其特征在于显现出在地国的语言、社会历史、文化风俗等因素。这类华语写作与中国文学构成了不同国家文化背景下使用同一语言的创作关系，研究这一类世界华文文学，在中国的学科体制内应该是属于比较文学的范畴。而前一类作家的创作情况有点复杂。主要是活跃在北美、欧洲的华语作家，大多数是来自中国内地或者台港地区的第一代移民作家，他们的写作还没有被融入在地国的文学体系，他们用华语写作，创作的内涵是从母国带来的生活经验，发表作品的刊物和出版社基本上是在海峡两岸的范围，主要的读者群也是来自两岸。这一类旅外作家的创作，在我看来，应该属于中国当代文学的一部分，只是他们的活动场所转移到了海外。

但是，由于这一类作家的国籍所限制，他们在中国的身份颇为尴尬。大陆的学术界似乎很难把他们看作是中国作家，如严歌苓、虹影、张翎、陈河等，他们的作品在中国发表并产生影响，但是很难参与中国官方的文学评奖，茅盾奖、鲁迅奖与他们无缘，中国当代文学史著作里，他们的地位也颇为暧昧。事实上，他们被冠以“海外华文作家”的称谓时，已经有了“内外之别”的含义，似乎他们与中国的文学之间的关系不再是浑然一体了。我们讨论白先勇、聂华苓的创作时似乎并没有把他们的创作与台湾文学截然区分，但是，一旦涉及来自大陆的旅美作家与中国文学的关系时，国籍就变得如此敏感。

但事实上，一个中国作家不管漂泊到世界的哪个角落，只要他用华语写作，他的作品就只能是属于中国文学的一部分；当蒲宁获得诺贝尔文学奖，有人会不承认他是一个优秀的俄罗斯流亡作家吗？辛格终生用意第绪语写作，他获奖了难道不是犹太人的荣誉吗？我以为对于这类作家，与其依据他们的国籍而把他们视为某国作家，不如视为旅外作家，因为“旅”是一个动词，它的含义是从某地到某地，不管走多远，定居在哪里，根子仍然在母国。

旅外华语文学还有一个鲜明特点，就是作家队伍基本是由第一代旅居作家所构成，第二代华裔作家往往使用在地国的语言写作，不再是华语作家。而这一类旅居华语文学的再生性与延续性，并没有血缘的传承关系，而是靠一代一代从中国内地或者台湾、香港等地出发的新移民构成的文学的特殊传承，——这种传承，不是老一代旅居作家与新一代旅居作家之间的关系，而是每一代旅居作家与他的母国文化所构成的继承关系。从本质上说，旅居作家构成的华语文学只是在世界交流频繁过程中的中国当代文学的一脉支流，它是当代文学的有机构成。

文学的本质是由语言构成的美学文本，其实与作家的国籍有何干系？随着中国在国际上的地位不断增强，人才流通必然会越来越频繁，人定居于非出生国越来越普遍，而中国文学的边界也会越来越模糊，更何况，强调“中国文学”的国籍概念的文学史写作和文学活动（包括文学评奖），也从来没有真正落实过“中国”的概念，用少数民族语言文字写作的文学，却又偏偏归类为少数民族文学的学科概念。——与其无法落实真正意义上的中国文学，还不如淡化国籍而强化语言，形成一个丰富而多元的“中国当代文学”。

二、我对于徐学清教授商榷的回应

徐学清教授的文章与其说是与我商榷，还不如说是她藉着我提出的看法而发表她自己的见解，正面阐述了世界华文文学与中国文学的关系。这样说起来还是有点笼统，因为世界华文文学的概念是一个充满混乱和矛盾的概念，在这个概念下，至少包含了四种不同性质的文学：1. 中国文学（但许多学者从狭义的角度不承认中国文学属于世界华文文学，但说不出具体的理由，似乎是因为中国文学的容量和体积在世界华文文学概念里占的比重太大，使其他区域的华文文学难以呈现其独立的价值，只有搬掉这座“山”，才能使周边的丘陵的面貌逐渐清晰）；2. 中国的台湾、香港、澳门地区由于历史原因形成的不同于中国内地社会主义体制的文学；3. 东南亚各国华侨文学（以马来西亚、新加坡为最盛行）；4. 20 世纪以来各个历史时期从中国内地或台港澳地区移民海外的作家用华语写作的文学。关于“世界华文文学”概念的解说和清理，国内很多知名学者如刘登翰、刘俊等都做过认真的梳理，并且有专著来阐释他们自己的见解[①]，本文为节省篇幅，不作详细的讨论和具体的引用。海外则有史书美、王德威用“华语语系文学”的概念来消解世界华文文学概念[②]，他们援引了作为世界性因素的“英语语系文学”、“法语语系文学”、“西班牙语系文学”等概念来定义“华语语系文学”，顺理成章地排除了中国内地文学（但保留了台湾、香港、澳门地区的文学）在其范围内的合法性。但是这个概念仍然有可以被质疑之处，因为其所援引的“英语语系文学”、“法语语系文学”、“西班牙语系文学”等概念都是基于前殖民历史的产物，英联邦国家、前法属非洲国家和前西班牙殖民地的南美洲各国都经历了长期被殖民的野蛮统治，它们自身的文化传统被中断，尤其是在民族语言文字被摧残的情况下，才不得不使用了宗主国的语言文字。经过长期的发展以后，宗主国家的语言

---

① 请参考刘登翰《华文文学的大同世界》，台北：人间出版社 2012 年；刘俊《越界与交融：跨区域跨文化的世界华文文学》，北京：人民文学出版社 2014 年。

② 请参考史书美《视觉与认同：跨太平洋华语语系表述・呈现》，台北：联经出版事业公司 2013 年；史书美、蔡建鑫、贝纳德合编《华语语系研究：批评读本》（*Sinophone Studies: A Critical Reader*, eds. Shu-mei Shih, Chien-hsin Tsai and Brian Bernards. New York: Columbia University Press 2013）。

文字里也掺杂了本民族的语言和感情因素，形成了一种不标准但更加含混和丰富的宗主国语言，这种所谓的“语系”正是在与宗主国的殖民语言长期紧张对抗以后的文化结晶，因此考量“语系”国家的语言和宗主国语言的关系是研究殖民文化的重要组成部分。那么，对照中国与周边国家，或者被移民的国家之间，在语言上有没有构成殖民与被殖民的关系？文学表达上是否存在一种紧张关系？华语语系国家的文学与中国的语言文学之间的关系必须重新做界定①，否则，不过是一种技巧性的移植外来概念，还是不能真正地解决问题和定义概念。

接下来我们讨论徐学清教授的观点。作为一位在加拿大高校里开设加拿大华裔文学研究课程的学者，徐学清努力推动移民作家的华语文学在地化，努力将华语文学融入其所住国的文化主流，促使其在加拿大多元文化格局下获得确定性的位置，我认为这项工作对于华文文学在世界各国传播和发展是极为重要的环节，也是学清所说的“加拿大华人作家的华文小说已经作为加拿大华裔文学的一部分而登堂入室于加拿大多所大学”②的重要意义。但我认为，学术研究的目的之正当性与研究对象的事实状况并不是一回事，能够在西方高校里开设一门华裔文学的课程，确

---

① 王德威教授显然已经注意到这个问题，他说：“华语语系文学是不是必须从后殖民主义角度理解呢？这个问题似是而非。我以为即使是在有限的殖民或是半殖民的情况下，海外华语文学的出现，与其说是宗主国强大势力的介入，不如说是在地居民有意无意地赓续了华族文化传承的观念，延伸以华语文学符号的创作形式。”(《华语语系文学：花果飘零灵根自植》，载《文艺报》2015 年 7 月 24 日)

② 本文中所有引用的徐学清的观点，都是引自徐学清《多元文化语境中的华文文学的杂糅——与陈思和商榷》一文(见“附录”)。特此说明。

实来之不易，而且对所在地国家的文化多元化格局的促进也是很重要的举措。但是，这并不能说明这些文学创作在事实上已经属于在地国的文学的一部分。更何况，加拿大华人作家的华文小说能否“作为加拿大华裔文学的一部分”还是需要去证明的，第一代移民与“族裔”的概念不一样，华裔文学在所在国的创作是否是用“华文”呢？美国华裔文学的代表作家汤婷婷、谭恩美都是美国主流社会熟知的英语作家，他们的作品广为美国读者所了解，这与第一代移民美国的作家还在用汉语写作，主要的媒介、读者也来自汉语地区（中国内地、台湾、香港等地）的状况，是不是一样呢？学清在文章里引证的上世纪 90 年代哈佛大学朗费罗学院（The Longfellow Institute）进行的一个简称为 LOWINUS 的研究项目（Languages of What Is Now the United States），“旨在挑战白人盎格鲁—撒克逊以及欧洲白人经典著作一统天下的文学语言霸权，在权利不平等的话语关系中鼓励少数民族文学在多元文化和多种语言（multilingualism）的社会环境中争得自己的一席地位，并研究多种语言共存中的相互影响及其对跨文化、跨社会身份所起的作用”。这是后现代环境下出现的向西方主流社会的“欧洲中心”、“白人中心”传统观念的挑战，但这个例子不是反过来证明了直到 1990 年代（即二十年前）在美国文化中还存在着“白人盎格鲁—撒克逊以及欧洲白人经典著作一统天下”的“权利不平等的话语关系”吗？现在自然美国、加拿大的多元文化格局得到了承认，非裔、华裔、犹太裔以及南美各民族后裔作家们在美国进行创作，被认同为美国作家而得到尊重，这个自然不错，但是否他们的创作的语言，都坚持用自己原来母国的语言呢？这好像有点不可思议吧？如果少数族裔作家用在地国的语言进行创作、出版和与读者交流，不管其影响大小如何，理当是属于在地国的文学的一部分，这一点我与学清的观点完全一致，我也尊重学清在加拿大高校里从事的这一项有意义的工作。

但是我的观点仍然是：活跃在北美、欧洲的华语作家，大多数是来自中国内地或者台港地区的第一代移民作家，他们的写作还没有被融入在地国的文学体系，他们用华语写作，创作内涵是从母国带来的生活经验，发表作品的刊物和出版社基本上是在海峡两岸的范围，主要的读者群也是来自两岸。这一类旅外作家的创作，在我看来，应该属于中国当代文学的一部分，只是他们的活动场所转移到了海外。在这个意义上，我认为中国当代文学研究者不应该忽略这样一个创作群落，应该把他们的创作视为中国文学在世界交流频繁过程中的一脉支流，即我称之为旅外华语文学，是当代文学创作格局中的有机构成。在我的表述里，我有意排除了能够用英语创作，并且已经获得了一定市场效应的旅外作家，如哈金。文学创作使用什么语言，可能在其他国家不成问题，从欧洲、非洲、拉美国家到美国的第一代移民作家也可能用英语创作而获得成功，在中国20世纪旅外作家中，如程抱一、盛澄、黎锦扬等都是在国外用外文发表文学创作，没有人认为他们的外语创作是属于中国文学的一部分；然而另外一种情况是：像来自台湾的白先勇、杜国清、聂华苓、於梨华、张系国等，他们都是用中文创作，发表在台湾或者大陆的刊物上，主要的读者群也是来自上述地区，那么，虽然从国家伦理上说，他们的创作应算作“美国人”的文学，但是无论台湾学界还是大陆学界，都不会那么看重他们的国籍,而更加看重事实上这些创作属于中国文学的一部分,就如林风眠的画,我们能够认为这是属于法国艺术的一部分吗?文学艺术是一种更为抽象的文化因素,它与物质财产不一样,不是被带到了某个国家或者主人的身份改变了,物质财产属性也随之改变。文学艺术的意义远大于物质属性,能够超越人的国籍、民族和身份,成为一种跨越国界的人类财富。我这里所指的是这些文学创作的文化感情构成以及实际产生的影响,应该是属于中国(包括台湾、香港和澳门)文学的一部分。应该强调的是,我所指的"中国文学的一部分"之"中国",不是具体的国家政权的意义,而是象征了一种悠久的文化传统的传播与延续,国籍只是一种人为的标签,在文化解读上并不重要,对于文化传统还是要有更大的包容性和模糊性的理解。

学清举例我所尊敬的前辈痖弦先生在其编辑生涯中对世界华文文学建设的贡献,我非常赞同。但痖弦先生庄严的工作是站在中国文学的立场还是站在加拿大文学的立场来推动世界华文文学,对此应该有充分的理解。可能痖弦先生早有论述,我孤陋寡闻无从知道,我也没有读过《世界日报》副刊《华章》上的专栏文章。先说痖弦先生在台湾主编《联合报》副刊的辉煌岁月,他力推海外作家黎锦扬先生的小说集《旗袍姑娘》。黎锦扬先生最初的英文小说《守旧之人》(《花鼓歌》的一部分)刊发于《纽约客》,以此引起普遍的关注。后来痖弦先生约他用中文写小说在《联合报》副刊上刊发,结集为《旗袍姑娘》,这难道是痖弦先生为了向台湾读者介绍一个美国文学新秀吗?当然不是。我觉得痖弦先生用他的敏锐的眼光从美国刊物上发现了一个优秀的中国小说家,鼓励他用中文写小说，为中国文学增添新的因素。痖弦先生指出黎锦扬小说里的一个共同主题是“美国华人在各种社会情形下如何逐渐融入在地国的主流社会”[①]，这样的主题在原来中国小说里很少得到表现，现在有了黎锦扬的《旗袍姑娘》小说集，就填补了这个空白。就像中国新文学有了郁达夫的小说，就有了留学生的题材；有了巴金的域外小说，就有了域外革命斗争的题材；有了老舍的《小坡的生日》，就有了世界各族人种的大同理想；有了许地山的小说，就有了描写南亚和东南亚的异域故事一样。这些作家同样是开拓了中国新文学的创作空间，大量中国留学生的出国和国外生活，决定了他们的创作里含有新的视野和新的题材，并不是只有外国文学创作里才能表达外国的故事。痖弦先生是一位视野广阔的资深编辑，他这种有凤来仪的编辑风格，让我想起了另一位老编辑，香港的刘以鬯先生，他老人家当时主编《香港文学》刊物时，很早就有意识地在刊物上开设加拿大、菲律宾等国的华文文学专辑，形成了一个以《香港文学》为中心的世界华文文学的展示平台。这应该说是最早的世界华文文学学科的雏形。我想，痖弦先生和刘以鬯先生，都不会把介绍海外华文作家的创作看作是介绍外国文学的新品种，而一定是从丰富中国文学（其表现特征就是世界性的华文文学）的立场出发来看待这些香港、台湾甚至内地移民出去的作家的创作。

对于中国内地旅外作家也是如此。这些作家的创作生涯是在中国内地开始的，当他们移民外国之后，他们的写作只是一种

① 转引自徐学清《多元文化语境中的华文文学的杂糅——与陈思和商榷》。

生活空间转移，他们的创作的资源和对象基本上是延续了在国内已经获得的文学成果，像北岛、杨炼、严歌苓、刘再复、虹影等等，还有一批有了外国国籍后又经常回到中国继续写作的，像严力、卢新华、薛海翔等，或者是到了国外以后创作上有了更大发展的，如张翎、陈河等，各种形态不一样，但是有一点，我说的是他们用中文写作的作品，这些作品有部分是涉及他们在在地国的生活场景，但更多的可能还是取材于中国国内，真正产生的影响也是在中国。像严歌苓，在早些年她写了《扶桑》、《少女小渔》等还涉及美国移民的生活，越到后来就越是返回到她原先最熟悉的国内题材。新世纪以来，严歌苓的《第九个寡妇》、《小姨多鹤》、《陆犯焉识》、《护士万红》等等，越来越贴近中国社会生活，在中国文学领域发挥的影响也越来越大，已经成为中国当代文学无法忽视的一个重要组成部分。所以我觉得旅外作家是中国当代文学的重要组成部分，他们的身份国籍可能不同，但是他们所创作的精神财富，仍然是属于中国的。

在对海外华文文学是否属于“中国文学”的理解中，我设定有三条内在标准：首先就是语言（中文），其次是审美情感（民族性），最后是所表述的内涵。这最后一条标准其实是并不重要的，因为外国作家也完全可以描写异国材料。同时还有三条外在标准，即这些创作是在什么地方发表，哪些人群阅读，以及影响所及的主要地区。从这样综合的因素来判断，我认为第一代移民作家（即旅外作家）的文学创作，应该属于中国当代文学的一部分。当然，文学是属于精神财产而不是物质财产，无所谓国界的分别，学清从加拿大的华裔文学系统来研究，自然也可以把第一代移民文学归于加华文学或者华裔文学的新生力量。我认为这两种归属没有什么根本的冲突,完全可以在不同研究领域同时存在。我站在中国当代文学研究者的立场上,之所以强调旅外作家的创作属于中国当代文学的一部分,只是为了更加有利于旅外作家在中国的发展。

最后我想讨论徐学清所说的:"海外华文文学是否因其特殊而具备独特性以至独立性,并以此与中国文学相对话和互动,是探究世界华文文学属性的重要课题。"我以为旅外文学的创作是中国当代文学研究的重要课题,现在研究得非常不够,而且只有把他们的创作放在当代中国文学的格局下加以比照研究,才能获得整体的印象。如果把他们与中国当下文学的境遇割裂开来,当作是一种"外国文学"去研究,他们的意义就无法完整展现出来。但是我与学清的意见相反的是,旅外作家的文学创作环境主要是在国外,作家的身份也已经变换成在地国的公民,所以他们实际上面对的紧张感应该是他们自己身处的海外环境,不管他们用在地国的语言还是用母语创作,也不管是华裔文学还是移民文学,他们的独立性首先不应该是对母国而言,而是应该针对在地国的环境以及主流文化,在批判与抗争中与在地国的主流文化进行平等对话和互动。这在美国,就应该"挑战白人盎格鲁—撒克逊以及欧洲白人经典著作一统天下的文学语言霸权,在权利不平等的话语关系中鼓励少数民族文学在多元文化和多种语言的社会环境中争得自己的一席地位";如果是马来西亚等国家的华语文学,那就应该是参与到当地的主流社会的文化建设中,与马来语文学、泰米尔语文学等一起平等地对话与互动,在抗议和批判在地国主流社会的写作中获得生存和发展。旅外文学在世界各个国家里形成自己的特立独行的声音和风貌，并且在这种写作实践中反省、检验甚至批判原来的母国经验，以求进一步达到更高层面的超越和融合。这才是中国当代文学延伸到世界平台上的努力方向，也是新的经验空间的开拓。

关于这一特点，用世界性因素的观点来解读，如果“华语语系文学”这个概念能够成立的话，这就是它与传统殖民历史下演绎出来的其他语种的语系文学最不一样的地方，也是华语语系文学的独特之处。华语语系文学与母国的主流文学之间由于抽离了殖民与被殖民的关系，所以两者之间不存在潜在对立的紧张关系。世界华语文学是从母国文学语言主流派生出来的一个分支，外延于在地国的文化环境中进行新的对抗和融合，产生出新的文学因素。它的特征是在与在地国文化主流（异者）的紧张关系中进行独立对话与互动，在这个过程中，它需要不断从母国文化传统中吸取资源和动力，不断丰富自己和发展自己（旅外作家需要不断回到中国，从母国的生活中寻找激发他们创作热情的因素）；同时，旅外作家也会用异者的眼光来审视母国文化的得失，从世界性的高度来反省中国经验，对于中国经验的批判也会因为他们的特殊身份而更加深刻。

其他语种的语系文学都来自拥有自身独立的民族国家，他们与原来的殖民宗主国之间构成的紧张对立是必然的。而在华语语系的地区中，华语创作在其生存发展的国家里都属于少数民族或者移民群落，他们在在地国环境里所处的生存的紧张关系，远远超过与母国之间的紧张关系，所以，旅外作家在与在地国的紧张关系中寻找平等对话和互动的可能性，不能不依靠以母国为背景的文化资源和文化力量。在这个意义上，我们回到世界华文文学与中国文学的关系上来看问题，中国文学属于世界华文文学的一部分或者主体的思路也并非完全不可取，虽然从中国文学为主体的格局看其他地区的华文文学都成了边陲文学，但是从动态的向世界开放的中国文学地图而言，华语语系文学则成为进驻世界各地的前沿和先锋，他们在与世界各地文化的冲撞与交融中最擅长变化，最可能吸取新的文学因素来拓展华语文学世界，应该成为世界华文文学范畴里最活跃最有生气的部分。这一点，是需要我们研究者必须重视的。

2016 年 5 月 12 日于鱼焦了斋

初刊《中国比较文学》2016 年第 3 期

【附】

多元文化语境中的华文文学的杂糅
——与陈思和商榷

徐学清

我非常认同陈思和教授关于"'世界华文文学'作为一个学科概念相当混乱"的看法[①]，与此相似并比较流行的还有世界华语语

① 陈思和《旅外华语文学之我见》，"华章"第 25 期，《世界日报》2014 年 12 月 26 日(A22)。

系文学、华人文学、新移民文学等概念，皆试图以此来整合华人第一代移民所创作的文学。学术界试图阐释、界定、重新界定的努力自上世纪下半叶就开始，21世纪以来海内外学者对此倾注了很大关注，有针对这一课题的研讨会、专文和论文集，但是直至今日仍然未能形成统一的看法。也许，这一不能形成共识的文学概念，正体现了世界华文文学这一丰富多彩、众声喧哗的文学现象杂糅的本质。

本文在此与陈思和教授商榷关于他的从中国内地或台港地区去往北美、欧洲的第一代华语移民作家的创作“应属于中国当代文学一部分”的论点[①]，旨在抛砖引玉，引起争论，以一家之言换得百家争鸣，期待有助于对华文文学概念的深入探讨。陈教授的这一观点见于《旅外华语文学之我见》一文中，发表在2014年年底《世界日报》的文艺副刊《华章》“名家谈：华人文学之我见”专栏里。本文认为，这些作家的文学创作不应该属于中国当代文学，并将从下面几个方面来论述以上观点：一、世界华文文学和中国文学；二、一元、三元和多元的关系；结尾，落叶归根、落地生根及灵根自植。论述中本文将重点以加拿大华人中具有代表性的作家作品和创作谈为例。

一、世界华文文学和中国文学

世界华文文学从字面上看，它理应涵盖一切用华语书写、创作的文学，包括中国文学。正如英语中的World Literature in

---

① 陈思和《旅外华语文学之我见》。

English 一词，它囊括了用英语创作的文学，无论是英联邦还是非英联邦国家的文学。刘登翰教授的见解在国内学者中颇具代表性："作为世界性语种的华文文学，毫无疑问应当包括使用华语人口最多、作家队伍最为庞大、读者市场最为广阔、历史也最为悠久的中国内地地区文学。"[①]这是一种对世界华文文学广义的理解。但是在具体实践运用中，世界华文文学指涉的是居住在中国以外的移民或外籍作家用华语创作出来的文学，它的前身是海外华文文学或华侨文学。这一理解似乎是约定俗成的共识，也是对世界华文文学的狭义理解。然而在对狭义的世界华文文学作出定位时，它又往往被认为是中国文学的一个部分，是中国文学向外的辐射延伸。王德威教授在分析这一现象时指出："以往的海外文学、华侨文学往往被视为祖国文学的延伸或附庸。时至今日，有心人代之以世界华文文学的名称，以示尊重个别地区的创作自主性。但在罗列各地样板人物作品之际，收编的意图似乎大于其他。"[②]而胡德才教授则认为中国文学和世界华文文学有本源上的根本联系，中国文学是世界华语文学的发源地和大本营。[③]

对于狭义的世界华文文学的归属问题，海内外的学者显然有着不同的观点和认知。这就涉及文学的归类和划分是视语言为

① 刘登翰《华文文学的大同世界》，见《世界华文文学研究：理论与实践——国际学术研讨会论文集》，香港：中国文化出版社 2007 年，第 24—31 页，此处引文见第 29 页。

② 王德威《文学行旅与世界想象：华文作家在哈佛大学》，载《联合报·联合副刊》，2006 年 7 月 8—9 日(E7)。

③ 胡德才《"华语语系文学"理论建构的意义和问题》，见《生命行旅与历史叙述》，广州：暨南大学出版社 2014 年，第 23—31 页，此处见第 31 页。

唯一标准，还是以语言与文学产生的其他因素，诸如题材、地/区域、时/空间、作者各自居住国的文化、历史、政治的特殊性等等作综合考量。华语语系文学研究的开拓者之一史书美教授认为："华语语系文化是因地制宜(place-based)的文化，它属于产生它的所在地的文化。美国华语文化中的乡愁/思乡情产生于在美国的生活经验，所以它是美国乡愁/思乡情的一种表现形式。"①显然，史书美教授更关注的是"境外多元的环境与作品之间的相互界定"②，虽然她把思乡情里想象中的原乡文化"包括在外"③，但是她强调原乡文化和异乡文化碰撞中产生的特殊经验，这种经验只能在特殊的环境中产生，可以是在美国，可以是在加拿大，也可以是在澳大利亚，这也就形成了海外华文文学国内文学难以取代的特殊性。

海外华文文学是否因其特殊而具备独特性以至独立性，并以此与中国文学相对话和互动，是探究世界华文文学属性的重要课题。关注并研究海外华人文学"地区的创作自主性"是著名诗人、编辑家痖弦先生引领下《世界日报》的《华章》"名家谈：华人文学之我见"专栏的主要宗旨之一。《华章》副刊由痖弦先生主编，加拿大华人文学学会具体操作，自创刊以来，已经发表30篇名家谈

---

① Shu-mei Shih, "Introduction: What is Sinophone Studies?" in: *Sinophone Studies: A Critical Reader*. eds. Shu-mei Shih, Chien-hsin Tsai and Brian Bernards. New York: Columbia University Press 2013, p.7. 我的翻译。

② 蔡建鑫、高家谦《多元面向的华语语系文学观察——关于"华语语系文学与文化"专辑》，载《中国现代文学》第22期(2012年)，第1—10页，此处见第5页。

③ 这里是借用王德威的著名引句，从张爱玲的"把我包括在外"引发到将中国"包括在外"。见王德威《文学行旅与世界想象：华文作家在哈佛大学》。

华人文学的文章，为世界华文文学的讨论提供了一个开放的、各抒己见的、建设性的平台。

痖弦先生对华文文学的真知灼见早在上个世纪90年代中期就体现在他的编辑实践中。其时为《联合报》副刊总编的痖弦先生鼓励已经是著名美籍华人英语作家的黎锦扬用中文创作，热情邀请他为《联合报》撰写中文小说，这些小说最后结集为《旗袍姑娘》。黎锦扬在上个世纪40年代中期在美国就学戏剧和文学创作，后以其英语创作饮誉于美国。痖弦先生建议黎锦扬用中文写作之初衷，便是希望作家的作品能进入中文读者的视野，因为它具有题材和内容的独特性和区域性。在为黎锦扬小说集所写的序言里，痖弦指出，小说集里的一个共同主题是美国华人在各种社会情形下如何逐渐融入在地国的主流社会，并强调作家的灵感及其源泉来自于对唐人街华人生活的观察和体验。[①] 那么，我们是否可以把黎锦扬用英语创作的文学作品归类于美国华裔文学，而把用中文创作的作品归属于中国文学？

当中国学者根据华文文学的语言和文化同根性把世界华文文学纳入中国文学范畴之时，美国学者却在多元文化和多种语言的大旗下囊括在美作家的文学作品，无论是用何种语言写成。早在上个世纪90年代哈佛大学的朗费罗学院（The Longfellow Institute）

---

① 参见 Dexing Shan, "Redefining Chinese American Literature from a LOWINUS Perspective — Two Recent Examples", in: *Transnationalism, Ethnicity, and the Languages of American Literature*. ed. Werner Sollors, New York: New York University Press 1998, pp. 115 - 116。单德兴在文章中具体介绍了痖弦先生邀请黎锦扬用中文为《联合报》副刊写小说的经过。

就开展了一个简称为LOWINUS的研究项目(Languages of What Is Now the United States),旨在挑战白人盎格鲁—撒克逊以及欧洲白人经典著作一统天下的文学语言霸权,在权利不平等的话语关系中鼓励少数民族文学在多元文化和多种语言(multilingualism)的社会环境中争得自己的一席地位,并研究多种语言共存中的相互影响及其对跨文化、跨社会身份所起的作用。加拿大华人作家的华文小说已经作为加拿大华裔文学的一部分而登堂入室于加拿大多所大学。那么,这样的文学究竟属于其作者所居住国,还是属于其语言的发源地的中国文学?还是同时属于这两个地区而具有双重属性,进而具有跨文化和跨地域的世界性?抑或两者都不属于,只属于它们自己?黄万华教授发表在痖弦主编的《华章》上《百年海外文学经典化之我见》一文,有益于对这些问题的深入思考。

二、一元、三元和多元的关系

黄教授在《华章》的"华人文学论坛"上提出"第三元"的观念,他认为"'第三元'是百年海外文学经典性所在"。[①] 从旅法学者、作家程抱一对道家传统的"三元论"的分析、阐述得到启发,黄万华把此观念引用到华人文学研究中。"三元论"从《道德经》中的"道生一,一生二,二生三,三生万物"的思想提炼出"第三元","从一元跳到三元"[②],既是对一成不变的颠覆,也是对文化原乡/异乡

---

① 黄万华《百年海外文学经典化之我见》,载《世界日报》2013年11月22日(A22)。

② 黄万华《百年海外文学经典化之我见》。

二元对立的解构。“第三元”论强调华人作家的文化根源和在地国文化现状之间的既对立又互相调和的关系，它是“二元”之间的冲突、对话、互动以后的嬗变物或者是“超出物”①，因其是二元结合的衍生物，它便不再是二元的各自再现，而是超越于二元之外的有其独特禀性的第三元。而不同地理区域的华文文学因其在地国政治、文学、历史的特殊性和离散移居者在当地社会的个体经验都是个性化的第三元，从而形成“三生万物”的众声喧哗、多元多姿的世界华文文学的景观。“第三元”的论点与王灵智教授的“双重统合结构”(the structure of dual domination)论不谋而合，王德威教授“一方面关注离散境况里华人应该保有中国性，一方面又强烈地意识到华人必须融入新环境，并由此建立其(少数族裔)代表性”②。

本文在前面述及痖弦先生对黎锦扬作品的关注，他关注的是黎锦扬的作品与中国文学不同的特殊性，该特殊性表现在作者以特殊的角度、在特殊的地点、特殊的时间描写特殊的人物的特殊人生经历。这种“特殊”性就源于体验疆域跨越、文化交叉和政治碰撞时所激发出来的创作灵感。这种灵感的发生条件和场景决定了作者所描写的角度、知觉、阐释的个体性。海外华人作家在这一点上有着共同性，他们共享有离散、客居、移民的经历，经验着在多种文化冲突的夹缝里的彷徨和徘徊，从边缘向中心转移的

① 黄万华《百年海外文学经典化之我见》。

② 见王德威《文学地理与国族想象：台湾的鲁迅，南洋的张爱玲》一文对王灵智教授的“双重统合结构”论的分析，载《中国现代文学》第22期(2012年)，第11—38页，此处引文见第19页。

努力，在性别、种族和阶级关系之间的抗争和斡旋，以及在抵制和被同化之间的挣扎。这种移民的心态和创作来源，国内作家是不具有的，差异是很明显的。加之，这样的生活经历必然给作家带来方法论和认识论上的变化，和从单一到多向的视角的变位。

这种变化的轨迹也反映在作家自己的表述中以及创作实践中。加拿大华人作家张翎对自己创作的定位颇令人深思，“我从异国所书写的故土，似乎更像是两个国度中间的第三个国度，这个国度是我的想象世界，是真实的记忆在时空的间隔过程中所发酵衍生出来的东西。它是我个人版本的故土，虽出于无奈，我却希望我的视角由此而不同”①。而加拿大著名华裔诗人洛夫在谈到自己“二度流放”的心境时，发现自己虽然有着强烈的“自我存在”的意识，却也感觉自己的“定位是如此的暧昧而虚浮”，“生命中认同的对象，其焦点已日渐模糊不清了”。② 他的经典长篇诗作《漂木》表现出来的对生命哲学的探究，对文化的反思，对精神家园的追寻，无不反映出诗人在域外漂泊生涯中产生的对自己定位的焦虑，以至于“在路上踽踽独行的是我对诗艺的追求”③。这种灵魂深处的感悟与张翎“个人版本”故土的想象有着异曲同工之韵：“寻找一种只有自己听懂的语言/埋在心的最深处的/原乡/”④，即是对第三国度的文学想象。

---

① 陈泳蓓《张翎：疼痛，是生命和写作的起源》，载《中山日报》2014 年 11 月 12 日(T2)。

② 洛夫《在北美的天空下丢了魂》，载《世界日报》2013 年 1 月 25 日(A22)。

③ 洛夫《在北美的天空下丢了魂》。

④ 洛夫《漂木》，北京：国际文化出版公司 2006 年，第 40 页。

从故土家园到居住国,进而到文学想象中的第三国,在逻辑上和黄万华的“第三元”理论相符,也是“第三元”论在书写实践上得到的呼应。以加拿大华人作家陈河的小说《西尼罗河症》和其续作《猹》为例,这两部作品从不同的角度描写了作品主人公们在逐渐融入加拿大的社会、人文环境过程中的日常生活体验,都涉及到人与鸟和其他动物之间的关系。国内的读者、评论家感到非常新颖、独特,对此高度赞扬,《猹》由此获得 2013 年度人民文学奖优秀中篇小说奖。当然作品获奖与作者的黑色幽默和反讽技巧的精湛运用不无关系,然而,作者陈河发现国内读者的阅读欣赏角度和他美学创作心态并不符合,他注意到读者认为他“把人和动物的关系拉平了看是一种难得的高度”,然而,他在写作时,“倒是一点没有觉察到这是个问题”,因为“在加拿大,人和自然的关系比较融洽,人和小动物们似乎有一种相互尊重的默契”①,这是一种生活的常态。小说的要旨在于具有象征意义的 20 世纪初的“闰土”与同样具有象征意义的 21 世纪的“猹/浣熊”持久战似的博弈,表面上是人兽之战,其实是文化之相互消长。小说最亮的看点其实是在结尾处,主人公惊讶地发现报警电话号码中的一个居然是他自己家的这一细节上。这一意味深长的细节暗示着主人公家庭内部成员在加拿大人文环境中正在完成文化观念、意识从二元到三元的递进,主人公意识中根深蒂固的闰土形象受到法制观念的解构,主人公自己的闰土行为也被家人以加拿大人的行为所消蚀。作者主观创作意图和国内读者解读的分歧,恰恰表

① 陈河《“猹”创作谈》,载《中篇小说选刊》2013 年第 5 期,第 15 页。

明作品本身对二元对立的超越，成为多元中的一个成员。

海外华文文学/华语语系文学在世界性的文化地理位置上，各自呈现文化原乡/异乡的杂糅，由丰富的第三元组成万物众生相，正如张错教授所指出："在同一语言底下，它们个别衍生，而成一树多枝的多元体系，互相平衡发展，互相交错指涉，互相影响或拒绝对方。"①

结尾：落叶归根、落地生根及灵根自植

世界/海外华文文学的创作者都经历着背井离乡、花果飘零的离散生活，从文化原乡拔根而起，或落叶归根抑或在异国他乡落地生根似乎是移民文学的咏叹调之一。黄万华在他的《百年海外文学经典化之我见》一文中所述可以说是对很多华文作家移民心态的经典描述："海外华人对文化多元的深切认同萌生于其自身的移民生涯中，密切联系着华人从'落叶归根'的侨民心态到'落地生根'的人生选择的转变。"②这一转变有迹可循地体现在加拿大知名华文作家的创作题材和作品的人物形象上。除了前面提到的张翎、陈河的经典作品，还有刘慧琴的《被遗忘的角落》③，曾晓文的《苏格兰短裙和三叶草》和《遣返》④，余曦的《多伦

---

① 张错《文学奖的争议与执行：世界华文文学领域探讨与展望》，载《文讯》222期(2004年)，第7页。

② 黄万华《百年海外文学经典化之我见》。

③ 刘慧琴《被遗忘的角落》，见《西方的月亮》，吴华等编，台北：水牛图书出版事业有限公司2004年，第73—88页。

④ 曾晓文《苏格兰短裙和三叶草》，载《文学界》2009年第6期，第27—36页；《遣送》，载《百花洲》2010年第1期，第55—73页。

多市长》[①]，笑言的《香火》[②]，原志的《生个加拿大》[③]，等等。这些作品无不显示出其题材和人物的在地性，以及与在地政治、文化的密切联系，人物不仅与主流社会的白人而且与其他有色少数民族具有互动关系。即使他们的作品同时深及中国文化和当代历史，他们却已不可避免地获取了多种参照系统，能够从多向审视角度来作反观和比较，由此使他们从中国当代文学中脱离出来，形成加拿大华文文学个性化的特色。

在信息、资本、经济全球化的时代，多元文化国家中的少数民族文学和文化是在跨越和超越种族、宗教、国家界限的基础上产生的文学和文化的杂糅，在其发展过程中，它不断地在在地国和祖籍国的政治文化传统中调整、斡旋。作为加拿大少数民族文学中一员的华文文学，它的最基本的特色便是表现华人逐渐融入加拿大社会的历史过程以及和其他族裔共同生活的体验。这一表现同时也常常夹杂着作者对原乡文化在不同政治环境、文化地理中衍变的思考，和对故乡历史远距离的观照。当第一代移民在浓重的乡情中剪不断、理还乱时，他们的下一代却在文化地理的跨越/穿越中灵根自植，落地开花。然而，当移民的下一二代用在地国的语言作为文学创作的文化资本时，华语于他们已不再是深厚的文化载体，而是

---

① 余曦《多伦多市长》，载《侨报》副刊2010年5月11日—6月12日。

② 笑言《香火》，渥太华：北方出版社2008年。

③ 原志《生个加拿大》，见《旋转的硬币》，孙博编，成都：成都时代出版社2007年，第19—26页。

沟通的工具。[1] 因此，华文文学鲜明的在地性和强烈的时间性决定了它的不可取代的个性，使它成为中国文学的大叙事之外的华语文学。

原刊《中国比较文学》2016年第3期

① 见王德威《文学地理与国族想象》一文中对洪美恩教授"On Not Speaking Chinese"论述的分析。洪教授出身于印尼华裔和土著的混血家庭，虽不能讲中文，却总被认为是讲中文的中国人，对她而言，"中文已经不是那个根深蒂固的文化载体，而应该是多元华裔社会的(一种)沟通工具"。(《文学地理与国族想象：台湾的鲁迅，南洋的张爱玲》，第20页)

读王德威《“世界中”的中国文学》

张燕玲女士传来王德威先生的新作《“世界中”的中国文学》，说是要在《南方文坛》上刊发，希望我谈点阅读感想。这篇文章是王德威先生主编的哈佛版《新编中国现代文学史》的导言。我前几天刚刚收到哈佛大学出版社寄来的英文版文学史，连索引厚达1 001页，简直就是一块沉重的砖石。我为之感到欣喜。对于这本文学史我并不陌生，我本人也参与了其中有关“重写文学史”章节的撰写。2013年初，我在波士顿过春节，与德威先生围绕这本著作的构思做过长谈。因此，我一直在期盼这部著作的出版。我知道这部著作将会引起海峡两岸学界的争论，离经叛道的编辑思路、庞杂不齐的作者队伍、众声喧哗的各家见解，大约难以弥合得天衣无缝。必然会有叙述的缝隙，必然会有内在的矛盾，但这部文学史的魅力可能也正在于此。我想起鲁迅在《无声的中国》里说过的一个意思：在一间光线太暗的老旧房子里，有谁提出要开一个窗，就会受到许多反对。但如果有谁干脆要拆掉屋顶，那么调和一下，开窗也变得容易了。现在有人把这部著作看作是“重写文学史”的一个成果，我要说的是，当年提出“重写文学史”的口号，就算是建议开窗户，而王德威先生现在已经在旧房子的旁边，集中海内外各门各派建筑工匠，建造起一座新的大厦，而且实践的是西方后现代的建构理念。对于这个新建筑的评价自有不同，但它是在新的视野和理念下造成的，已经不是原来修修补补的老房子了。所以我们要评估这样的新建筑，也要有新的标准和方式，不能回到鲁班爷爷那里去讨主意。

因为燕玲催稿紧，我就不扯开去谈《新编中国现代文学史》了，还是回到这篇《“世界中”的中国文学》。这是王德威先生从百衲衣式的文学史叙事中提炼出来的纲领性文字，也反映了主编者的文学史观与史识。

王德威先生为这部新编文学史提供了一个关键词：“世界中”(worlding)。这部中国现代文学史是在“世界中”被演示的，“海德格尔将名词‘世界’动词化，提醒我们世界不是一成不变的在那里，而是一种变化的状态，一种被召唤、揭示的存在的方式(being-in-the-world)。‘世界中’是世界的一个复杂的、涌现的过程，持续更新现实、感知和观念，借此来实现‘开放’的状态”。当我们把哲学概念移用到文学史写作，那么这个“世界”既是构成文学演变的宏大自然背景，又是文学演变本身。就仿佛我们列身于世界事物中，我们本身也是世界事物的一部分。“世界中”作为一种方法论，大千世界在变，作为大千世界的一部分中国文学也相应地变，而且两者的“变化”关系，并非是简单的决定与被决定、影响与被影响、制约与被制约的关系，而是一个事物(中国文学)在另一个更大的变化状态(世界)中发生着变化。太阳系里的行星在太阳系运动过程中，行星自身也在自转。对这样一种双重形态的变化运转之间的关系的叙述，就构成这部文学史的叙述主体。

我以为“世界中”是这部《新编中国现代文学史》的核心叙述。文学史的核心叙述决定了文学史的一般叙述。譬如说，我们曾经的主流文学史的核心叙述是新民主主义革命论，所以一般叙述就必须从五四运动开始，因为之前只是旧民主主义革命，而反帝反封建的革命性质也必然成为文学史的主要叙述内容。上世纪 80 年代以降，“现代性”逐渐成为现代文学史的核心叙述，所以文学史的视域就集中到晚清，用“被压抑的现代性”来分析晚清小说就是一般叙述，由此引出国内学术界对通俗文学的再评价，也是以现代性为核心叙述的一般叙述。在这个叙述系统里，“五四”新文学运动的重要性就被减弱。现在王德威先生在学术上自我突破，更上层楼，跳出了海外汉学以“现代性”为核心叙述的视域，这就构成了以“世界中”为核心叙述的文学史观，使这部文学史在时空上获得了大幅度的扩张，其一般叙述就与我们传统的文学史一般叙述大相径庭。

既然是把“世界中”这样一个动词作为核心叙述，那么文学史的一般叙述必然会是充满动感，要把握这种动感，最好方法就是把文学现象还原给世界本原，让无数文学细节在自然运行中自在地开启丰富灿烂的状态，从而在斑斓浩瀚的文学现象的运动过程中显现底下的潜流与深层的结构。也许那不一定是所谓的历史本质，但它要揭示出与未来的文学发展有密切关系的必然性与预见性。这样的写法，必然与我们以往的文学史叙述拉开了距离，因为不论以新民主主义革命还是以现代性为文学史核心叙述，文学史的梳理与整合都是带有一元单向的特征，即在文学史叙述中要展示出编者对于这一段历史、文学史以及文学走向的本质界定，对于什么现象值得进入文学史，什么现象不值得进入文学史以及如何进入，都有一个基本的立场，这种立场又往往形成了某种遮蔽，这也是我们以往文学史叙述中一个难以克服的难点。而这在王德威先生的“世界中”的文学史叙述系统里被轻易地跨越过去了。各种看似对立的现象(如“五四”新文学与民国旧派文学的并置，抗战时期重庆、延安以及上海三地文学的并置，1949 年以后两岸文学的并置，当下海内外离散文学的并置，等等)都可以在同一个平台上得到展示，各种不同叙述立场的参与者的观点也互相冲突地并置于同一种文学史系统里，只看文学世界的现象演示，不去深究以往文学史一元单向演变的所谓本质及其规律，所以我们在这部文学史里可以看到前所未有的丰富性、奇异性和开放性，恰似万花筒般的，许许多多瞬息即逝的文学现象都被展示出来。

与“世界中”核心叙述相应的，是文学史叙述方法的自我解放。文学史的结构是由 161 个片段构成，片段与片段之间是没有连续性的，每一个片段都是独立的文学小故事，自成一个演变中的小世界。它们之间唯一联系的是时间的顺序。因此它的开放性结构可以演变出无数种文学史，如果主编者在这本文学史里再设立若干章节，或者删去若干章节，都不影响它的独立性和完整性。同时为了避免对于历史本质的深究，撰稿者刻意采用了一般文学史叙述比较忌讳的写作方式：描述性的叙事，用王德威先生的话，是“文学性”的叙述文体。他把这种写史方式追溯到太史公的纪传笔法，把理论依据找到了钱锺书的《管锥编》，当然，太史公与钱锺书都是无人可以企及的高标，作为一部文学史编撰形式的尝试，是否能够被人广泛承认可能还是有待时日。但他做出了如此大胆的尝试，这种探索的精神是值得赞赏的。

作为一位海外学者，立足美国，放眼全球华语文学，王德威先生在推动中国文学（也是华语文学）的国际化、内地与台港澳之间的文学交流和整合方面，作出的学术贡献是有目共睹的。在海外学术界，夏志清先生在国际冷战的局势下，用新批评的审美标准书写了《中国现代小说史》，当时中国现代文学在台湾受到严厉禁止，而夏先生的英文著作第一次让中国现代文学进入了国际学界的视域之中。李欧梵追随捷克汉学大师普实克，对中国现代文学与西方浪漫主义、现代主义思潮的关系做了进一步的梳理。如果说，夏志清向西方学界推荐了几个中国作家，李欧梵先生向西方世界讲述了中国文学的思潮流派。而现在，他们的传人王德威先生建构起整个华语写作的国际版图，提供了第一本由海外学者主撰，并且跨越国界地区，沟通世界华语创作的《新编中国现代文学史》。夏、李、王三代学者的学术行迹，清楚表明了海外学术的进步和变化。同样，我们中国内地的学界也一样在不断进步。我清楚地记得上世纪80年代夏志清先生第一次（也是唯一的一次）回国来探亲、顺道访问复旦的情景，我们的接待工作曾经是如临大敌；我也清楚地记得李欧梵先生1980年在复旦大学做访问学者时，环境就好多了，我导师贾植芳先生安排我担任李先生的助理，我得以亲聆李先生的许多精辟见解，醍醐灌顶之感至今没忘。而新世纪以来王德威先生曾经担任教育部长江学者讲座教授，直接参与了复旦大学现代文学的学科建设，他的学术成果，某种意义上不仅代表了复旦，也代表了我们内地的学术成果。我之所以要从夏志清的学术研究来讲海外汉学，就是想针对当前有关海外汉学的争论（海外汉学是一个广泛的概念，我这里仅仅指中国现代文学研究领域中的海外学人的成果）谈谈我的态度：我以为，我们对于海外学人的研究成果，要有一个客观的善意的学术评价，同时也要有一个正常的宽容的心态。

最近的争论涉及如何理解以马克思主义观点来评价海外汉学的问题。这是一个值得探讨的理论问题，本文没有足够的篇幅，只能谈一个最基本的观点。那就是历史唯物主义一再强调的，要把批评对象置放在历史的场景中考察其是否提供了前人没有提供的东西，而且其所提供的是否有助于人类社会的发展进步。现在学术界对于“社会发展进步”一说歧义丛生，暂且不论。我们考察海外汉学成果的意义，就应该本着实事求是的精神，以马克思主义的立场、观点和方法来讨论这些成果是否提供了在当时历史场景下前人所没有做到的因素，而这些因素有没有促进我们自身学术的进步。在这方面，马克思主义经典作家早就为我们作出了榜样，恩格斯在评论歌德时就强调，我们不是用道德的、党派的观点评论歌德，而是要用美学的、历史的观点评论歌德。这里所说的从“美学”、“历史”出发的研究观点，是马克思主义评论应有的标准。我们不能用“道德的”、“党派的”观点来评论，更不能用有些人所理解（不一定准确）的所谓“马克思主义”的见解（其中可能不乏片面性），硬要求海外汉学来执行。这既违反马克思主义，也不是实事求是的态度。

毋庸讳言，海外汉学是在非中国内地的文化背景下研究中国文化、文学的学术成果。学者的研究必然是带有海外的文化立场，与我们内地主流的学术成果，可能有较大的差异。有些成果反映了海外学者的别样见解，如果我们能够正确地对待，理性地接受，完全可以去粗取精，来弥补我们在自身文化境遇下可能出现的遮蔽。我们与海外学界之间存在某些差异是客观存在，但也是极为正常的，现在国际文化交流如此繁荣，众声喧哗，多元多维，是必然的大趋势。再说，我们的学术界本身也是百家争鸣自由探索，为什么要求海外的汉学舆论一律呢？

我举一个例子，就是如何看待夏志清先生的《中国现代小说史》。在1950年代冷战时期夏志清先生在美国求学，出于生计的需要，夏先生参加了耶鲁大学政治系教授饶大卫(David N. Rowe)的工作团队(年薪四千)，参与编写为朝鲜战争的美国军人了解中国情况而准备的《中国手册》(分上中下三卷)，饶大卫担任主编，夏先生参与编写其中的"思想"、"文学"、"中共大众传播"三章，以及"礼仪"、"幽默"两小节等。这里的"思想"指的是孔孟儒家传统思想，"文学"涉及鲁迅、周作人、沈从文等现代文学。这是夏先生首次涉及现代文学的内容。这部手册编完后并未被录用，只印了三百五十本"试印本"。也就是说，没有产生实际的任何影响。但夏先生由此产生了研究现代文学的兴趣，便向洛克菲勒基金会申请了一项研究项目，就是《中国现代小说史》。现在很多人误以为夏先生的小说史是从《中国手册》改编过来的，于是就夸大了夏先生这部小说史的政治倾向。其实，夏先生参与编写《中国手册》与后来撰写的《中国现代小说史》完全是两回事。即使《中国手册》

出于"韩战"、"反共"的目的编写，与《中国现代小说史》的学术研究也没有直接的关联。何况《中国现代小说史》的中译本也多次修订再版，表明夏先生对中国内地的态度也在不断地改变。如果有人要在这本书里找出与中国内地主流意识形态不一样的论述，大约是很容易的，也是明摆的事实，但问题是需要用这种方法来研究海外汉学吗？夏先生这本小说史的核心叙述是西方新批评的审美，根据这样的核心叙述，他梳理出现代文学史上鲁迅、茅盾、张天翼等代表的左翼文艺，沈从文、师陀等代表的乡土民间文艺，张爱玲代表的现代都市文艺以及钱锺书为代表的知识分子的讽刺文艺等四大传统，基本上也奠定了海外研究中国现代文学的基本格局，比起我们以前唯左翼文艺独尊的狭隘文学史观，自然是更加全面和符合历史真实。现在媒体老是在宣传什么"夏志清捧红了钱锺书、张爱玲"，难道夏先生没有高度评价鲁迅、许地山、茅盾、张天翼、师陀吗？还要指出的是，夏先生当时在海外无法阅读到大量的左翼作家的著作，他在小说史里的疏漏是大量存在的，夏先生后来自己也不断作深刻反省，对于萧红、端木蕻良、吴组缃等人的作品都有好评。如果我们能够真正用马克思主义者的宽容襟怀、发展的眼光来看待夏先生这样一个海外知识分子的学术成果，我们就能吸收到很多有益的营养来启发我们自己的研究。

再说到王德威先生的这部《新编中国现代文学史》，这部著作有很多可以讨论之处，在此不表。我只指出，"世界中"的核心叙述给这部著作带来了前所未有的丰富性，以及广阔的国际视域，尤其是，编者站在海外的华语文学立场上，不但整合了中国内地文学，还把台湾香港人士、南洋华侨、海外华人的创作都整合到中国现代文学的范畴，这是我们内地学界努力多年却没有做到的。为什么王德威先生能够在这部文学史里成功做到，因为他具有内在理论的统一性和包容性。“世界中”还原了世界华语文学的原生态，它包容了各种不同的政治立场、党派观点、国别身份。王先生不同于夏先生，他与中国内地学界有广泛的接触和交流，对于中国内地文学与海外文学的沟通做过大量的工作。所以在他的文学史里，中国内地文学与海外文学自然而然被并置在同一个平台上展示出来，而这个平台的理论基础是华语语系文学。关于这个学科概念，现在也是被打上了意识形态的烙印，造成了复杂含义，各有不同表述。但王德威先生使用这个概念是非常谨慎的，他自己的解释是：“华语语系研究学者如果想真正发挥这一方法的批判力，藉以改变目前中国文学史封闭的范式，就必须将研究范围从海外扩大到中国本土。所谓深入虎穴，华语语系研究必须同时在中国文学（和领土）以内，思考‘母语’或与生俱来、或习而得之的政治、情感、社群动力，而不是站在简化对立立场，批判中国国家、文学、语言霸权——否则我们只是回到冷战论述的老路。唯有如此，我们才能在广义华语领域以内和以外，审视各种地域、阶级、社群，甚至网络、虚空间种种方言行话口语，与约定俗成的表述方法。这与官方或正统文学、声腔、说法，产生复杂的、既联合又斗争的关系。”对于目前海外流行的“华语语系文学”的概念，我也不是很赞同，但是王德威先生的解释显然与别人不一样，是有利于华语世界的交流和团结。正如马克思所说的，“一步实际行动比一打纲领更重要”。有些人与其纠缠不清于这个概念的复杂含义，还不如站在这个现实世界的立场上思考一下，如果这部《新编中国现代文学史》以重磅炸弹的形式译成中文在海峡两岸出版，人们看到的是台湾文学、香港文学、海外文学都自然而然归属在“中国现代文学”的旗帜之下，这比中国内地学者写一百部文学史还要有震撼力。有些人自然可以从意识形态的立场去挑剔这部文学史，但总不能去挑剔一部整合两岸统一的文学史吧。

我这么说，当然不是说，海外汉学的成果不可以批评。正常的理性的学术交锋永远是需要的，内地和海外话语系统不一样，对于同一种文学史现象可能产生不同的理解，当海外汉学传入内地，学术界发出讨论、商榷甚至批评的声音，我认为也是正常的。沟通意味着信任，意味着融合。我们现代文学研究领域，从1980年代起就形成一支成熟的学人队伍，在王瑶先生、李何林先生、唐弢先生、钱谷融先生、贾植芳先生等风骨凛然的老一辈学人的带领下，经过了近四十年的传承发展，现在又加入了海外学人的团队，有了从夏志清、李欧梵到王德威为代表的学术团队。我们需要有充分的沟通和理解，在相互尊重的平等立场上，取长补短，求同存异，使我们的学术研究更加丰富，更加多元，同时也发展得更好。

定稿于2017年7月1日

初刊《南方文坛》2017年第5期

【附录】

《陈思和文集》[1]七卷序跋

第一卷《告别橙色梦》序

《陈思和文集》前三卷，主要收入我近四十年来的当代文学批评，少数文章涉及对“五四”传统和知识分子问题的思考。第一卷收录文章的时间范围，大致是从 1978 年我考上复旦大学中文系到 1994 年参与人文精神讨论，这是我在学术上的起步阶段。[2] 我学习写评论的时间还要早一些。1974 年前后我泡在卢湾区图书馆读书，渐渐地与图书馆工作人员熟悉起来，参与了图书馆的书评工作。但在那个时代，图书馆的书评活动离不开主流话语以及政治运动的影响，所写的书评没有什么价值。我真正的学术起步还是在 1978 年进了复旦大学以后，开始规范地学习文艺理论和现代文学史，在思想解放运动中认识到今是而昨非，又在我的导

① 《陈思和文集》共七卷，由广东人民出版社 2017 年出版。

② 文集第一卷中有个别文章是后来写作发表的，但为了内容相对集中，我也特意把它们移到这一卷。特此说明。

师贾植芳先生身边，思考知识分子的传承与责任等问题。所以我把1977年全国恢复高考制度视为人生的转折，把我考进复旦大学中文系，看作是学术的起步。

本卷第一辑我特意收录三篇评论卢新华作品的文章。卢新华是我的大学同班同学，我们有缘分，居然是同年同月同日生，又有同窗之谊。他后来出国了，但始终没有放弃写作，断断续续创作了好几本长篇小说和思想随笔。我之所以把评论卢新华的三篇文章放在文集之首，正是想强调自己学术道路的起点：思想解放、伤痕文学、复旦大学、“7711”……

第二辑主要收录我在1980年代的一个未曾完成的写作计划：海上文谈。具体缘起，我在《关于“海上文谈”的一封信》里已经说明。我当时打算写一组上海作家的评论。已经完成的是有关巴金的《随想录》、徐兴业的《金瓯缺》，以及赵长天、沙叶新的创作评论，其他都是零星的阅读感想，有的是通信，有的是短评，也有对话，还没有完成作家论的结构。记得我把这个计划与《上海文论》的主编徐俊西老师谈过，得到过他的支持，他邀我把文章全部交给《上海文论》连续发表，但我做事情总是拖拖拉拉，难以按期刊周期持续写作，后来又在《上海文论》办起了“重写文学史”专栏，事情一多，写作计划就拖了下来，最终也没有完成全部计划。现在我把这四篇作家论与另外一些有关上海作家的评论集中编为一辑。

第三辑收录的是有关当代文学的评论。应该说，当代文学评论在1980年代不是我的主要工作，那时我毕业留校，除了教学以外，主要的科研是研究巴金和现代文学史，出版了《巴金论稿》和《中国新文学整体观》两种著作。文学评论是我教学和科研之余的爱好，起先写得并不好，我毕竟是从1970年代走出来的一个散兵游勇，在大学期间写过几篇评论，如批评刘心武创作的《思考·生活·概念化》（刊于《光明日报》）、推荐《重放的鲜花》的《捍卫诚实的权利》（刊于《读书》杂志）等，所发表的报刊都是思想解放运动的重镇，但我的文章则平平，这次编文集时我又读了一遍，觉得没什么意思，都未收录。后来我参加了《上海文学》编辑部组织的青年批评家活动，结识了吴亮、程德培、蔡翔等一批朋友，从他们那里得到不少启发，文风也渐渐变了。记得我当时发表在《上海文学》上的一篇评论陆星儿与陈可雄合作的中篇小说，马上受到一位前辈的批评。所以我特意把这篇被认为写得不好的文章也收进来，以纪念当时良好、坦诚的学术风气。

读者读这一卷首先可能会觉得，我起初写评论文章有点吃力。在形式上也不停地变化，采用了通信的形式、对话的形式等等，这是我对自己的写作缺乏自信，也不喜欢文学评论变成一种居高临下的批评和指导，我用通信、对话等形式，就是想改变批评与作家的传统关系，使批评成为一种平等的对话。其次，读者会觉得我的关注面很狭隘，从1980年代开始，我关注的几个作家，几乎伴随了我近四十年的批评生涯。我不是一个来者不拒、什么作品都能够解读的评论家，只有与我的兴趣或者某种隐秘的生命要素相吻合的作品，才会引起我阐释的兴奋。换句话说，我借助批评一直在诉说我自己内心的某种激情。我曾经把批评与创作比作一条道路两边的树，相看两不厌，慢慢生长。我与作家创作的关系，基本上符合这样一种关系。

第四辑、第五辑分别关于“重写文学史”和对“五四”传统的思考，也涉及知识分子人文精神寻思，这些活动都有人写过研究文章，在此不表。

2017年3月31日于鱼焦了斋

第二卷《营造精神之塔》序

《文集》第二卷收录1990年代的文艺批评，在时间上与第一卷的文章有部分交错。我之所以把一部分文章（主要是关于人文精神寻思和关于新写实小说的批评）编在第一卷，是为了让内容有相对的完整性。第二卷的内容更加偏重我的文学实践。1990年代市场经济大潮席卷中国大地，知识分子的人文状态暴露出许多原先被遮蔽在计划经济下的弊病。作为一个人文知识分子，经过了“重写文学史”和“人文精神寻思”两次讨论以后，我渐渐清楚了自己所处的时代环境和新文化传统承传的责任，那段时间里我一直在探索知识分子民间岗位在社会转型中的可能与范围。《文集》没有编入我在教育、出版等领域的活动记录，只是集中在文学研究领域的探索。我把20世纪中国文学史的研究与当下文学批评结合起来，在文学史研究领域提出了战争文化心理、民间文化形态、“无名”文化状态、潜在写作、世界性因素等文学史理论概念，可以说是“重写文学史”的继续和实践。这些主要理论成果我编入了《文集》第六卷，其中每一个理论概念被提出来讨论之前或之后，我在当下文学创作的批评实践和文本解读里已经进行过尝试性的运用实践。我把这一类评论文章收录于本卷的第一辑和第二辑。

第一辑主要内容是我为《逼近世纪末小说选》写的一系列序文。1990年代,“逼近世纪末”成为文化上的一个热门话题。上海文艺出版社约我和几位青年朋友一起主编一个系列选本：每年编一本小说选,一直编到世纪末,以此为线索来寻找文学(主要是小说)变化的脉络。为此,我在每一卷《逼近世纪末小说选》前面都写一篇长序来分析文学创作运势,这样坚持了好几年,有些理论概念(如“民间”、“无名”等)都是在这些序文论述里逐渐形成的。第二辑是具体作家作品的讨论,也涉及我的理论探索,如对赵本夫作品的分析里,我起先用“准文化”的概念来解读,后来在对刘玉堂和张炜作品的分析中,就形成了“民间”的概念。我常常说,作为一个评论家,我是在与同时代作家的创作对话中,慢慢地成熟起来的。

第三辑我收录了部分台湾文学的评论。之前,颜敏编过一部《行思集——台港澳暨海外华文文学论稿》,由花城出版社2014年出版,收录了我关于台港澳及海外华文文学的研究文章,不仅内容齐全而且有资料价值。所以我编文集,没有编录这部分内容,只选了若干篇论文(不计发表时间),表示我对这个领域的关注。

第四辑收录我对影视戏剧等艺术领域的评论。主要是影评和剧评,大多是比较短小的文章,配合作品上演及时发表在报刊上。我与影评的因缘起于上海《青年报》,1982年我的同班同学汪乐春分配在《青年报》当编辑,分管文艺类版面,在他的催促下我随机写作了一些电影评论，当然是我以为比较好的作品。文章虽短，我还是努力寻找作品中的艺术美感。后来我参加梅朵先生主持的上海电影评论家协会，那时候看电影不像现在这么容易，上海电影资料馆每年冬天有一个被称为“冬令进补”的活动，集中上海的电影界人士观摩一批国外的优秀电影，还要组织讨论。电影评论家协会也参加了这个活动，那是我与电影的关系最为密切的时期。进而我又参与了上海举办的各种戏剧观摩活动，有些评论文章是观摩后在研讨会上的发言，整理成文发表，也有的是我自己写的观后感。这些影评剧评，我比较忽视，很多都没有收入编年体文集，以致这次编辑中费了不少工夫去寻找和抄录，因此我对这一辑文章有点偏爱。电影和戏剧不像文学作品，文学作品因为有文字保留可以经常被人阅读，影视和戏剧往往在演出时轰动一时，过后就无人问津，唯有一些辉煌的艺术形象闪烁在人们的印象中。所以艺术评论尤其显得重要，它通过文字能够保留住影视戏剧演出过程中给人的片刻印象，以及曾经产生的艺术效应。这对于后人来说，也许是赖以参考的重要文献资料。

最后我想说明一下第一、二卷文章的版本。我从 1988 年龙年起，计划编辑一套编年体文集，逐年按照生肖来取名编辑，先后出版《笔走龙蛇》、《马蹄声声碎》、《羊骚与猴骚》、《鸡鸣风雨》、《犬耕集》、《豕突集》、《写在子夜》、《牛后文录》和《谈虎谈兔》九本。现在编第一、二卷《文集》，基本上是依据了以上的各册版本，这些文章从初刊到收入编年体文集，都是经过修改的，这次又经过编辑者的认真校对和修订。凡是没有收录于以上九本文集的文章，均按照初刊于刊物的版本，但也经过编辑者的修订，并在文章后都注明发表的刊物和时间。

2017 年 3 月 31 日于鱼焦了斋

第三卷《在场笔记》序

《文集》第三卷主要收录我在 2000 年以后写的文艺评论，包括文学评论和艺术评论两部分。从新世纪千禧年到现在，差不多十七年已经过去。这十几年的时间里，中国文学发展到了一个相对辉煌的阶段，其标志不仅仅是莫言获得诺贝尔文学奖，中国当下的文学创作受到了国际文坛的关注，而是从整体上说，一批在“文革”后走上写作道路的作家，经过了 1990 年代的坚持与积累，进入新世纪后创作出成熟风格的扛鼎之作。他们经过了三四十年的沉着写作，对中国社会的发展形成了较为稳定的独立的见解，并且能够在形象创造中深刻反映当代中国的真实社会画面。作为一个评论家，我见证了这三四十年的文学发展与变化，并努力用文字记录下自己对这个时代的文学心得。所以，我把第三卷的书名叫作《在场笔记》。

本卷第一辑是关于新世纪初文学的概说。在我看来，新世纪初发生的世界性事件（如“9・11”事件、加入世界贸易组织等）对于中国作为大国崛起都是有利的，但未来将会怎样？文学将会起到什么作用？这一切都有待民族良知在进一步的实践中经受考验。新世纪文学正处在一个裂变阶段，成熟一代作家的创作把“五四”新文学传统推向了高峰，但是紧接着下一代青年作家究竟有多大力量来发扬先锋文学精神，究竟是衔接前辈的文学传统，还是在全民娱乐的新时代开创出新的文学文化局面，这需要在未来的文学实践中继续寻找答案。我在《书写当代，开创未来》一文里就是强调了这个意思。

第二辑收录了我的一本小册子《当代小说阅读五种》，是陈平原教授为香港三联书店策划的一套小丛书中的一本，2009 年出版。我选了五位作家的近期创作给以文本解读，这里比较集中表达了我研究当代文学的态度、立场和方法。我把这本书单独作为一辑，也是为了向陈平原教授致敬。第三辑收录我的其他文学评论文章。第四辑收录我在新世纪以来有关艺术的评论，除了影评与剧评外，关注的范围有所扩大，涉及表演艺术、书法绘画。这虽然是我的初步尝试，但文字里一如既往饱含了我的生命激情。

这一卷还有一个特辑，就是第五辑。我在 2003—2006 年受上海作家协会党组的委托，担任了《上海文学》杂志的主编。可是我没有想到，这一脚竟踏入了地雷阵，发生了连锁性的爆炸，直到我三年后辞去这个职务，"炮轰"声才平息下来。这三年我长了不少见识，仿佛让我重温了一遍鲁迅的《华盖集》，对于正人君子们的流言有了深刻的认识。这一辑里所收录的，主要是从我发表在《上海文学》上的文章里选出来的，偏重于文学评论，我把这些文章编为一辑，以示对这段历史的纪念。

新世纪以来，我先后担任了复旦大学中文系主任将近十二年，接着又担任了复旦大学图书馆馆长，这两种行政职务给我带来了新的人生经验，我对高校教育体制、图书馆的转型和大数据时代的某些特征有了进一步的认识，但也耗费了我大量的精力与时间。因此，在这十五六年时间里，文艺评论似乎越来越成为我的业余工作。当然我会继续关心文艺创作的发展变化，还是会发表一些我认为有价值的读书心得，但是我得承认，随着自己生命步入老年与精力衰退，以后我也许会写得更少，把主要精力放在图书馆的转型、文学史编撰以及几种理论专著的写作上面。坚持了两轮的编年体文集也将放慢速度，最近一本，我特地取名曰《未完稿》，但希望还能有完稿的努力。如果我到 66 岁还有文字可以编书，就决定编一本《碌碌集》，到 70 岁还有文字能够编书，就编一本《逾矩集》。

本卷所编文章，主要来自新世纪以后出版的编年体文集《草心集》、《海藻集》、《献芹录》、《萍水文字》、《昙花现集》、《耳顺六记》、《流水账》、《未完稿》，但都经过编辑者的重新修订校对。凡是没有收录于以上八本文集的文章，均按照初刊于刊物的版本，或者根据电子文档直接编入，但也经过编辑者的修订。应该说，《文集》所收的各篇文章都是经过修订，比较完美的版本。

2017 年 4 月 2 日于鱼焦了斋

第四卷《名著新解》序

《文集》第四卷着重于中国现代文学作品的研究。——我所理解的现代文学史，是一个朝向未来的漫长的过程，20 世纪文学仅仅是一个开端，现代文学在新的世纪里还要延续发展下去。在 1985 年提出“新文学整体观”以后，我不再把现代文学和当代文学视为两个学科,20世纪文学史是一个整体,不可分开考察,因此我比较慎用“当代文学”这个概念。一般情况下,我倾向于使用另外一个概念,就是“当下文学”。我认为“当下文学”是有阶段性的,即指最近一段时期的文学,属于现代文学范畴里的一个特殊阶段,这个阶段的内涵是可以变化的。我在这套文集里使用的“当下文学”的概念,也就是指“文革”后(1978年)到现在近四十年的时间的文学。“文革”前的文学,我也把它归为现代文学的一部分。所以本卷所论及的作品,除了极个别的篇什,大部分都属于现代文学,但不属于当下文学。

本卷的第一辑,收录了《中国现当代文学名篇十五讲》的大部分篇章。这本书的书名是出版社定的,原书里也有几讲是分析当下文学作品,如《长恨歌》、《坚硬似水》、《秦腔》和《讲故事的人》,都是我先写了论文发表,再移用到课堂上讲授的,现在按照论文的格式收在前三卷。这里不予收录,因此把书名也相应改为《中国现代文学名篇十五讲》。

这本书由北京大学出版社出过的两个版本,章节内容有所不同。这些情况我在两个版本的后记里都已经说明。这本书在我的所有著作里算是我比较喜欢的一本,是我有意运用文本细读的方法解读作品的尝试。这里所讨论的作品,都是现代文学史上的名篇,通俗地说,已经含了经典的意思。既然被尊为经典,总会有些约定俗成的阐释习惯,在文学史上也有些固定的意义,而我在分析这些作品时,由于采取了新的解读方法,作品就有了多元理解的可能性,对固定模式的阐释也起了一点解构作用。因此,较之阐释内容的创新,我对新方法的运用更为重视。为了强调这一点，在本卷中我收录了两篇谈文本细读的文章，这些看法和见解都是我自己从批评实践中总结出来的。提倡文本细读，不再囿于对作品的价值评价，而是在对文本的解析过程中，描绘出文本隐藏的别样阐释。批评的态度是平和的，批评的立场是客观的，批评的效果则是趣味的。书中解读《狂人日记》、《雷雨》、《骆驼祥子》、《十四行集》、《倾城之恋》等几篇，可以说明我在批评方法上的创新努力。

文本细读是一种在实践中形成的批评方法，我是不自觉地探索、寻找其规律，进而掌握一点方法。1988年我参与发起"重写文学史"的讨论，最初是从讨论具体作品着手的，但是当时还没有运用新方法的自觉，只是偏重在艺术分析和政治正确上兜圈子，说服力不强。但是就在那个时候，蓝棣之教授开始对文学作品作症候式的分析，他对《子夜》、《家》、《二月》等都作出了别样的阐释。现在回想起来，蓝棣之教授的症候批评，是最早尝试了文本细读的方法。我在《中国现当代文学名篇十五讲》的文本分析，并不是每篇都有意为之，有些篇章并没有做到真正的文本细读，倒是我在当下文学作品的评论实践中，有意尝试了文本细读的方法，如对《秦腔》、《生死疲劳》、《兄弟》等作品的分析。读者可以对照着阅读。

本卷第二辑，我选了一组解读作品的文章，多数是被学界所忽略的作品。《无名书》是中国文学史上的一部奇书。作家无名氏（卜乃夫）在抗战时期创作了《北极风情画》和《塔里的女人》，风行一时，影响长远。我最初知道无名氏的名字，是在"文革"时期读过《塔里的女人》手抄本，被其华丽的文才辞藻所倾倒。抗战胜利，无名氏退出政坛，潜心创作《无名书》，直到1949年，已经创作了前三卷，1949年以后无名氏从文坛上失踪，隐居杭州西子湖畔，花了整整十年时间，续成《无名书》的后三卷，总计起来近两百万字，通过主人公印蒂的人生探索，描写了政治、战争、情色、颓废、宗教、文化等上天入地的奇异场景，说它是《浮士德》的东方版也不为过。但由于《无名书》是一部现代潜在写作集大成之书，至今在内地还没有获得完整的出版。因此，寻找搜集版本，认真阅读文本，都成为研究这部鸿篇巨著的最大障碍。我写作这篇论文是1998年在韩国讲学期间，六卷本小说都是从韩国外国语大学朴宰雨教授那里借来的，现在回想起来，已经快二十年了。但是关于无名氏的研究仍然是寂寞的。《红旗歌》是鲁煤执笔的一部集体创作，也是现代文学史上最早描写工人班组生产劳动的作品，反映了社会主义文艺初期的某些特征。除了这两篇较长的论文外，其他所收的都是读书随笔。——我本来说过文集不收随笔，这里几篇是个例外。这里涉及的评论对象胡风、梅志、阿垅、贾植芳、曾卓，再加上鲁煤，都是1955年胡风集团冤案里的分子。我有意识地把他们集中在这一辑里展示，表达我对这些追求真理的先驱者的由衷敬仰。

第三辑收录两篇论文，也属于文本细读。《重读有关〈新青年〉阵营分化的信件》是一篇未完稿，原是为纪念《新青年》创办一百周年而写，起因是《上海文化》夏锦乾兄约稿，后来越写越长，分作两篇，写了近三万字，连第一封信的文本还没有“细读”完毕，以此规模慢慢分析，似乎可以写成一本小册子。可惜我实在没有时间这么写下去，所以就自己把它“腰斩”了。《六十年文学话土改》

是我在香港岭南大学访学期间写成的。我在这篇论文里试图运用一种新的研究方法——文史互证来探讨文学作品中的土改题材和历史著作里的土改研究之间的关系，但不知道是否获得成功？——这是要读者来认可的。

2017年3月9日于鱼焦了斋

第五卷《巴金的魅力》序

《文集》第五卷收录巴金研究的论文。第一辑是我与李辉合作完成的《巴金论稿》。这是我们的第一本著作，在大学读书期间开始酝酿、讨论和撰写的。那时我们在贾植芳先生的指导下，开始研读巴金的著作，并经常在一起讨论学术界有关巴金的研究成果。有一次，我们在《文学评论》杂志上读到了李多文先生的论文《试论巴金的世界观与早期创作》。李多文先生为巴金早期世界观辩护，认为巴金早期思想不是无政府主义，而是革命民主主义。这个观点在当时学术界被普遍接受。无政府主义在国际共运史上作为马克思主义的对立面，历来受到主流马克思主义理论家的批判，“文革”中，巴金因为信仰无政府主义而受到残酷迫害。“文革”后，巴金在政治上获得平反，许多研究巴金的学者为了进一步为巴金辩护，努力想替巴金与无政府主义撇清关系，以证明巴金早期不是一个无政府主义者，仅仅是受了一点思想上的影响。李多文先生的论文具有代表性。我们在贾植芳先生的指导下，阅读了一部分克鲁泡特金和其他国际无政府主义者、民粹主义者的著作，也认真阅读了巴金早期发表的很多关于无政府主义的文章。

我们的观点与李多文先生不一样,我们认为巴金早期就是一个坚定的无政府主义者,但他是在中国的特殊环境下运用无政府主义的思想武器,批判军阀政府、国民党政府的强权与专制独裁,反对帝国主义侵略强权,因此,巴金在反帝反封建的新民主主义革命时期是进步的,无政府主义在中国的语境下起到了进步作用。我们在贾植芳先生的鼓励下撰写了第一篇研究巴金的文章,由贾先生转寄给《文学评论》编辑部。这篇论文经过了王信老师和陈骏涛老师的审读和推荐,终于在《文学评论》上发表,只是改用了读者来信的形式。这篇文章的发表对我们研究巴金起了极大的鼓舞作用,坚定了我们研究下去的信心。后来我们商量合作写一本研究巴金早期世界观与创作关系的书。这个目标对于当时还是本科学生的我们来说,毕竟太难了,我们在大学期间边商量边写作,李辉写出了《巴金和法国民主主义》,我写出了《论巴金的文艺思想》,都是由贾植芳担任我们的指导老师。毕业以后,李辉被分配到北京晚报社当记者,我被安排留校任教。我们在之后的两三年里一直通过书信保持了联系,在这些书信里我们反复讨论研究巴金的问题,合作撰写了其余的八篇文章。我这里所说的“合作”,是名副其实的合作,我们不是各人分头写几篇文章然后凑在一起编成一本书,而是每一篇文章都是经过了反复商量,稿子也是改来改去,每一篇文章都分不出彼此的个人劳动因素,完全融合在一起。再加上贾先生孜孜不倦的指导。可以说,这本书是我们俩的全部心血加上先生的精心指导三位一体成就的产物。现在我把这本书稿编入文集,以纪念我们青春时代的友谊与激情。

《巴金论稿》由人民文学出版社1986年出版。2009年在上海巴金研究会的资助下出版过增订版，改书名为《巴金研究论稿》，由复旦大学出版社出版。现在是在第一版的书稿基础上做了修订，尤其在引文注释方面，全部重新校对了一遍，纠正了不少错误，也做了许多补充。所依据的是引文的初刊文或者初版本，又与后来出版的《巴金文集》（14卷，人民文学出版社1958—1962年）和《巴金全集》（26卷，人民文学出版社1986—1994年）的相关内容做了校对，保存了巴金写作时期的真实思想以及他晚年的多次修订状况。我们当时撰写《巴金论稿》时，有的没有找到初版本，只是按照《文集》引用，这次也一律按照初刊文或者初版本校对，并在注释里加以说明。另需要说明的是，为让注释简洁起见，涉及《巴金文集》与《巴金全集》的引文注释，均省略出版社，以卷数/出版年份/页码表示。

那一批记录这本书辛苦撰写过程的书信，后来经过我们的整理，分别收录在我的《豕突集》和李辉的《深酌浅饮》，都被列入倪墨炎先生主编的《书友文丛》，由上海汉语大词典出版社出版。后来又集中在一起，收录于复旦版的《巴金研究论稿》。这次限于篇幅，没有再收录于文集。

我后来在巴金研究领域继续写过两本书：一本是《巴金研究的回顾与瞻望》，1991年由天津教育出版社出版，2009年改由香港文汇出版社出版修订本，书名改为《巴金研究十年（1978—1988）》；另一本是传记《人格的发展——巴金传》，1991年由台湾业强出版社出版繁体字本，第二年由上海人民出版社出简体字本。限于体例，这两本书这次都未收入文集。

此外,我一直在巴金研究的领域撰写各种研究论文和散文,直到2014年才结集由复旦大学出版社出版,书名《巴金晚年思想研究论稿》。但是我觉得这个书名不贴切,因为书里面也有几篇是讨论巴金前期创作的。这次趁着编文集,我把这本书里的文章拆散开来。其中几篇散文收录于文集的第七卷;一篇论《电》的文本细读,原来是属于《中国现当代文学名篇十五讲》中的一讲,现在按照体例收录于第四卷;其他的文章,除了一些零星短文没有收录外,大部分评论都放在本卷的第二辑。为了与前一辑保持一致性,第二辑我用了《巴金研究论稿续编》为题。另外有几篇论文是关于巴金研究的研究,我把它们专门放在一处,列为第三辑,取名为《巴金研究的回顾与瞻望》。

巴金先生是我的人生道路上的又一位导师。我常常想,贾植芳先生是我人生道路上的精神父亲,如果没有贾先生的榜样,我可能一辈子也不会成为一个自觉的知识分子。而巴金先生却似我人生道路上的北斗星座,他也许没有与我说过许多教诲的话,但是他就那么默默地坐着,给了我无限的想象力。他曾经的信仰,他晚年的著述,他沉默的心灵,不断地提升我的思想和境界。我多次阅读《随想录》,不断揣摩他在沉默中的深意,精神上的领悟无法用语言来表述。还有,因为研究巴金,我又有缘分结识了毕修勺和吴朗西两位先生,他们都是无政府主义的信仰者,又是实践者,用他们朴素的生活行为践行自己的理想,教会了我如何安心于平凡的人生,而又努力做出不平凡的业绩。人生啊,也许只要有一个这样的伟大良心作精神指导,一生都会幸福,何况我在青年时代能够遇到这么一群智慧老人的厚爱,命运女神对我是何其眷顾！今天我把文集第五卷作为巴金研究卷，就是要保留下我对我的精神导师们的无限的感激。

2017年3月18日于鱼焦了斋

第六卷《新文学整体观》序

《文集》第六卷主要收了我的两本文学史论著。

第一辑《中国新文学整体观》，1987年由上海文艺出版社出版，整整三十年前的一本书。那时我才33岁。上海文艺出版社是一家老牌出版机构，专出文艺类图书。他们有一套“文革”前就开始出版的现代文学研究丛书，还有一套在1986年前后推出的新的文艺理论丛书，叫“探索书系”，打头的就是刘再复的《性格组合论》，名重一时。同时还有两种大型丛刊，一种是《美学》，另一种是《中国现代文艺资料丛刊》，都发表过重要的文献和文章。我之所以今天还能细细地介绍这些书刊，可以想象，三十年前我是多么喜欢这些出版物，也希望自己的书能够列入这些丛书出版。但是在编辑老师看来，我毕竟太年轻，没有资格进入高大上的殿堂，于是理论编辑室主任高国平老师就找我商量，他们想组织一个为青年批评家服务的平台，也就是集中出版青年批评家的小丛书。为了强调其“小”，高老师特意取了一个名字——牛犊丛书，有一点“初生牛犊不怕虎”的意思。还决定不让作者自己写序，由责编与作者做一场对话放在书前，以代替序；还请人画漫画来代替作者的照片，等等；装帧设计都想好了。我闻之大喜，那时候我正在连续写作一个系列文章，都是用“中国新文学发展中的……”

为题,在学界有一点好的反响。原本计划连续写十篇,结果才写了七篇,就匆匆结集出书,就是这本薄薄的《中国新文学整体观》。大约七万字左右,因为丛书的要求就是七到十万字。记得当时字数还有点不够,我就把一篇原本不属于这个系列的文章也编了进去,就成了八篇。那时的我是多么急功近利!后来钱理群教授还给我写了一封信,问我为什么不再好好地写下去,他在信里不无讽喻地说,这大概就是海派吧。

《中国新文学整体观》是我追随贾植芳先生进行"外来思潮流派理论在中国现代文学史上的影响"资料汇编的副产品。那是属于国家六五社科规划的一个大项目,因为工程过于浩大(我们做的仅仅是一个子课题),最终成果没有能够全部出版。但是我在先生的指导下慢慢学会了搜集资料,编写年表大事记等等工作,由此结合我的专业,对现代文学研究有了自己的想法:一个就是不再受"现代文学"和"当代文学"两个学科界限的束缚,主张打通学科边界,确立"新文学整体观"的学科视野;另一个就是看到了中国新文学是在西方思潮的影响下一步步发展起来的,研究中国现代文学不能脱离世界格局。根据这两个心得,我开始撰写这一组文章。现在三十年过去,书中每一篇文章所涉及的内容都是极为粗浅的,以后都有大量的硕、博士研究生深入研究,成果斐然。但是我当初撰写这些题目时还很少有人涉及,几乎每一个题目都是花费了大量的时间去搜集资料和阅读原始文献。那时我刚刚大学毕业,留校任教,婚后居住条件也不好,我坐在狭小厨房的一张小桌上,奋笔疾书的情景现在想起来,还让人怦然心动。

但是因为急功近利，我还是为之付出了代价。以后我对这本书的质量一直不很满意，心里一直放不下，总想找时间好好修改。这种心理至今犹存。在我自己的著作里，这本书的版本最多，编来编去，就是我内心的不安在作祟。1990 年代，这本书在台湾出繁体字版，我加了两篇论文，删去了原先不属于这个系列的一篇，并且在文字上做了较大的修订增补。以后出版韩语译本时，又做了一次修订。2001 年，上海文艺出版社出版这本书的增订本，我又加入了许多后来写的论文，扩大到三十万字左右，还写了一篇后记，交代这本书的版本变化情况。现在为了让读者了解，我把这篇序跋也附在里面，这里我就不多说了。

但是我还是不满意，因为增订本里许多内容是后来十多年里陆续写成的论文，掺和在一起总觉得有点不伦不类。于是在 2010 年我为山东教育出版社主编一套“20 世纪文学史理论创新探索丛书”时，又从增订本里抽出几篇 1990 年代写的论文，加上别的新写的文学史研究论文，编成了《新文学整体观续编》，并在后记里说明了这个情况，我承诺以后《中国新文学整体观》再出版的话，就不再编入这部分内容，让两者各得其所。现在出版文集正是给了我这样一个机会，我就把《新文学整体观续编》编入本卷第二辑，调整了少量篇幅。《新文学整体观续编》的后记我也特意附在里面。

本卷第三辑是我关于学科建设的几篇论述，主要是我主编的两本文学史的导言。在此不赘。还有一点要交代的是：原来在编《中国新文学整体观》和《新文学整体观续编》时，根据当时出版社的要求，都把论文集改编为专著的形式，其实我是不喜欢这样的编辑形式的。这次总算又恢复了最初的论文集形式。我希望这是一个最后定本了。

2017年3月17日于鱼焦了斋

第七卷《星空遥远》跋

《文集》第七卷主要收录我的两本小书，一本是《星光》，东方出版中心郑纳新先生约的稿，编辑过程已经在《星光》跋里说了，在此不赘。① 另一本是《1966—1970：暗淡岁月》。其他还有些零星与回忆有关的散文杂篇，都收录在第三辑。

《1966—1970：暗淡岁月》出版后，原来靖南中学的同学中有些反响，有的朋友指出了一些我记忆中的错误，这里都已经做了修订。我的朋友王沂波也已经在南京的工作岗位上退休，他经常回上海小住。于是我们又有了经常见面的机会。他告诉我一些有关凤凰村的信息，趁此机会，我把它写出来，聊以表达自己的思念。

我在这本小书里写到了王沂波的母亲孙惠芬女士。她以前对我很好，她既是邻居，又是同学的母亲。王沂波去黑龙江插队后，我也搬走了，但如果去学校，总还会到王妈妈那里去坐坐，有时还留在她家里，与他们一家一起吃饭。王妈妈烧的红烧肉特别好吃，不仅肥肉好吃，而且猪油都渗透在精肉里，精肉也好吃，咬

---

① 东方出版中心版的《星光》后来因时间耽误，出版在《文集》之后，我对篇目做了重大调整，与文集版的《星光》不一样了。特此说明。

进去松软入味，不像一般饮食店里做的红烧肉，肥肉与精肉好像是分家的，精肉总是又硬又干，口感很差。毫不夸张我在此刻回忆起王妈妈，依旧会有满口噙香之感。我的文章在《杨树浦文艺》上连载，听王沂波说，他妈妈看到了这个刊物，爱不释手，每期都放在枕头边，时常拿起来读。后来她患病住院，沂波送她去医院时，她就说，把这套刊物也带去，在医院里也可以看看。但她老人家再也没有能走出医院。我事先一点也不知道王妈妈的事，等丧事办完了王沂波才告诉我。现在我把王妈妈的故事写进后记，寄托我的深深怀念。

我在书中还写到同一幢楼的小伙伴周建国，靖南中学文艺小分队成员，性格活泼。他比我大一届，与我非常投缘。我写过他常常（有段时间可以说是每天）与我待在一起，我埋头看书，他独自拉二胡。有一次他突然很抒情地对我说，他就喜欢与我这样静静地待在一起，哪怕一句话都不要说，就这样子，他心里也会很开心。他说这话的神情，我到现在还历历在目。后来他毕业分配时，正逢"12·21"关于"上山下乡"的指示发表，他参军不成，就报名去贵州插队落户。他走后我们还通过几封信。他选择去贵州，因为那里是上海的"三线"，有很多工业基地，他想过几年争取从农村上调工矿企业。那时，他对自己的前途还是很有信心的。后来我们渐渐通信少了，相互信息就断了。这次听王沂波说，周建国已经去世二十多年了，是一次骑摩托在山道上行驶时翻车而亡。我们当时一幢楼里还有一个小伙伴叫徐正德，我在书里没有写到的，我们四人是一个小圈子，常常在一起玩。徐正德性格比较沉闷，说话总是嘟嘟囔囔的，表述不大清楚。他的家境似乎也不太好，他是老大，还有三个弟弟，他与我一样，也是年纪很小就开始操持家务了。我们一群孩子外出买菜什么的活动，他总是打头的。我们四人中，他年纪最大，是67届初中生，毕业的时候还没有遇到“上山下乡一片红”，他被分配在上海一家工厂里当翻砂工人，工作非常辛苦。我搬离凤凰村后再没有听到他的消息，这次王沂波告诉我，徐正德也是在二十多年前就患肝癌去世了。

人在世上的命运，真是难以预料，也是不可把握的。当我编着自己的文集，读着一个个出自心灵深处的文字，尤其是这一卷，七卷本文集的最后一卷，心里念叨着别人的生命，其实也是在默默与自己生命中的一段段故事告别。通过编辑文集，我把曾经关爱过我、鼓舞过我，给我智慧、勇气和力量的前辈与朋友的生命信息熔铸在文字里，我满怀深情地工作，就是要把这些美好的生命信息传播到更加广远的世界。

2017年3月5日于鱼焦了斋

初刊《当代文坛》2018年第1期

编后记

编完《流水账》时，我做了如下的说明："为了反省自己，我为自己这两年不到(2015 年 1 月到 2016 年 9 月)的生活做了一个流水账，排除了日常工作，会议，教学，交际，吃饭，杂务，以及偶尔的旅游和其他休闲，只把写作的内容罗列出来，大约留下了 25 万左右的文字。与我前两本编年体文集的篇幅相比，还是要少了一些。在这些文字中，几篇较长的文章都是未最后完成的半成品，还不宜收入文集。所以我干脆把十多万字的研究论文都暂且放在一边，收取那些比较短小的文字，编成这本小书。"这里无意中交代了我现在编《未完稿》的由来。所谓的"未最后完成的半成品"，主要是指收在本书中的前四篇文章。其中《中国现代文学学科发展概述》和《有关 20 世纪中国文学史研究的几个问题》是我为正在杀青中的《中国现代文学史教程》写的导论第一、二两部分，都作为独立的论文发表过；《重读有关〈新青年〉阵营分化的信件》也是计划中的一组系列论文，只完成了两篇，作为上下篇发表在《上海文化》杂志上。当时觉得意犹未尽，如果认真写下去，这个题目还是会有许多新的发现。但是我手边的工作多而且杂，好好的一篇论文,写了一半被其他事情打断,再要捡拾起来就不容易,但是又不甘心就此放弃这个题目,于是就决定把这些文章抽出来,另外放在一边,等以后有机会续写了。

不想刚刚编完《流水账》,纳新来电话说,希望我再编一本论文集,交与东方出版中心出版。于是我又想到了这些被搁置在一边的论文。除了上面说过的四篇以外,其他几篇大都与会议发言有关。2016 年复旦大学中文系现代文学学科连续举办了两次学术会议,都是郜元宝教授筹办的,我被邀去做主题发言。这两个学术会议的议题都很有意思,一个是"从鲁迅传统看中国与世界",另一个是"中国现当代文学语言问题",这两个话题,都让我觉得有话可说,而且也被允许说出来的。我在会上的发言都是即兴的,没有预备提纲,更没有草稿,会后有人根据录音记录整理出来,经过我的修订,就成了现在的样子。其中第一个会议发言整理稿,我又拿去在淮阴师范学院讲过一次,添加了一些内容。《面对现实农村巨变的痛苦思考——论关仁山的创作兼论一种新现实主义文学的诞生》是根据 2015 年 11 月 1 日复旦大学当代文学创作和批评中心举办的关仁山小说研讨会上的发言重新写成的论文。《比较文学视野下的马华文学》成文早一些,2009 年 1 月 12 日,马来亚大学中文系毕业生协会和复旦大学中文系联合举办马华文学教学与研究国际学术研讨会,那时我还担任中文系主任,当天我正要出国,只参加了一个开幕式,匆匆致辞后就离开会场了。后来会议论文集要出版,主编许文荣教授要我为论文集作序,我又捡拾起当时的发言记录稿,改写成一篇序文。又值当时香港城市大学张隆溪教授七十大寿,学生们为他庆寿要出版一本论文集，我也被邀请参与，一时没有其他稿子，就把这篇序文又改写成论文，成为“一鸡多吃”的最后一道菜。只有《新世纪以来四代作家简论》情况有点特殊。《山花》杂志主编何锐策划一套关于“70后”作家的丛书，他约我写一篇评论，收在他主编的这套书里。我写了《低谷的一代——关于“70后”作家的断想》一文，针对“70后”作家为什么被遮蔽的现象提出了一点看法。那是2011年的事情。到了2013年，香港城市大学为中国文化研究中心成立十五周年举办学术会议，议题是泛泛的：“中国文化教学与研究：回顾与前瞻”。我原来准备的是另外一个题目，关于禁忌文学的问题，但终究还是因为事情多，来不及把论文写出来，临时抱佛脚又把这篇文章找出来，扩写成现在的规模。我把这篇文章收录在集子里，也算是给它最后定了名分。

只有《旅外华语文学之我见》与会议无关。那是我的复旦大学77级中文系的师妹、加拿大约克大学教授徐学清代痖弦先生约稿，要我为加拿大《世界日报》文艺副刊《华章》的“名家谈：华人文学之我见”专栏写一篇短文。我把文章寄去后很快就登了出来，徐学清给我来信说她看了我的文章，不同意我把北美华文文学看作中国当代文学一部分的观点，我就鼓励她把商榷意见写出来，这样我们可以进一步深入讨论下去。她很快就写好了，而我却拖了很久。——理由总不外是忙，但也是想好好梳理一下自己的思路。这就费了些时光。后来宋炳辉知道了这件事，他希望把我们商榷的文章一起放在《中国比较文学》刊物上发表，经过他的认真而不间断的催促，这篇回应文章终于能够交卷。这是我要向徐学清和宋炳辉致以感谢的。为了让读者了解我们之间的商榷观点，我把学清的文章也附在后面。这样读者可以完整地看到我们商榷的内容。现在学术上认真的商榷实在太少，以至于我们做了一点工作还像献宝似的在这里显摆，也是有点惭愧的。

书名《未完稿》，有的朋友觉得不喜，其实我并没有什么深意，仅仅是指以上的十篇文章，有的是可以继续写下去，有的是从会议到论文改来改去没个完，也有的是因为商榷，似乎还有待于深入……林林总总加在一起，希望读者读了以后能够与我一起思考，一起深入地讨论下去。学无止境啊。此书稿编完后，里波对全书稿的引文及其文字做了极为认真的校对核实，订正了许多错误，特别要感谢的。

2016 年 10 月 31 日于鱼焦了斋

又记

《未完稿》命运多舛，搁在出版社一年多，最近有编辑来电说，因为原来的责任编辑调离工作岗位，临阵换将，耽搁了一点时间。但这于我未尝不是好事。在这被耽搁的一年多时间里，我又写过几篇评论文章，现在趁机补充进去，增加一点篇幅，不至于看上去因单薄而显得寒酸。所增加的文章有《被误读的人性之歌——读严歌苓的新作〈芳华〉》、《民间说野史，当代《水浒》魂——读贾平凹新著〈山本〉》、《读王德威〈“世界中”的中国文学〉》，以及作为附录的《〈陈思和文集〉七卷序跋》。特此说明。

2018 年 4 月 6 日清明节后一天